卷手语

马尚龙

上海书店出版社

目录

自序　卷首卷在手………………………………………… 1

左手

穿过漫长而漆黑的隧道…………………………………… 3

不平淡地追求……………………………………………… 5

更实在的是喜悦…………………………………………… 8

生命是一种承诺…………………………………………… 11

命运就是牵手……………………………………………… 14

那些年轻的女孩…………………………………………… 17

最起码的事情……………………………	20
名气两个字………………………………	23
生活是不是斯诺克…………………………	26
误读与真实………………………………	29
公交车是一种生活方式……………………	32
万事如意那是神仙…………………………	35
另一个端口………………………………	39
用心良苦…………………………………	42
明年今日，让我们一同欢笑吧……………	45
为梦想或者为目标…………………………	48
人生赌与搏………………………………	51
两滴雨水的命运……………………………	54
生命的红菱艳……………………………	57
一生的功课………………………………	60
北风那个吹………………………………	63
除夕夜一觉梦春……………………………	66
金锁银锁…………………………………	69
以尊严和体面作后缀………………………	74

酒逢千杯	77
勉励者	80
假如西西佛斯不推巨石	83
我看你时很近	86
为活而生还是为生而活	90
对对对，错错错	93
木马的心和情	97
摩天轮是风也是俗	100
生存基本要素	103
恨铁	106
人性、人文、人本	110
在后悔与忏悔之间	113
难的是看到别人的底限	116
远虑和远方	119
道德这本经	123
他们	127
程度改变了态度	130
数一数自家老祖宗	133

亲疏之间 ························ 136

善举的意思是 ···················· 139

像角马过河一样 ·················· 142

如果亲情是一棵树 ················ 145

如果生活就是我要飞 ·············· 148

所谓及时行乐 ···················· 151

虽然过去很唏嘘 ·················· 154

回来啦 ·························· 157

亲情这一桌团圆饭 ················ 162

那些发过的誓言 ·················· 166

天怎么长，地怎么久 ·············· 169

感情和经验的交叉点 ·············· 172

挑战自我之后 ···················· 176

如意在哪里 ······················ 180

人生的有常和无常 ················ 184

怎么修怎么养 ···················· 188

你将到哪里去 ···················· 192

印象分 ·························· 196

舍得谁占先? …………………………… 200
人我之间的战与和 …………………… 204
先想到了什么 ………………………… 208
野百合不稀罕春天 …………………… 212
格局算什么 …………………………… 215
我愿意为你，你是谁? ………………… 220
精神财富你有么 ……………………… 224
大气之气 ……………………………… 228
我的站台 ……………………………… 231

右手

别把人不当动物 ……………………… 239
三文鱼哈哈镜 ………………………… 242
为虎惆怅 ……………………………… 246
人情东西 ……………………………… 250
狗若有情狗亦老 ……………………… 254
蛋白质公马 …………………………… 257
鸡鸣寺的钟声 ………………………… 261

他们没有选择	265
歌女之歌	269
蒙娜丽莎的乐趣	272
戴安娜的结婚蛋糕	275
花布裹身	278
假如比尔·盖茨去了	281
德国男人的女人	284
浇花壶的身价	287
荣誉转让	290
玩具对工具的情意	293
贴上派克标记	296
莫斯科奥运村遥想	299
上帝的玫瑰	303
欢迎马可·波罗先生	307
从家到庭的延伸	312
辈分渐渐长	316
心门	320
活着就是意义	325

不能承受囚父之轻	329
让心从悲哀中活过来	333
当丈夫每天默默赎罪的时候	337
没有了儿子，我们的家虚脱了	341
赞和赞歌	346
有意识的存在	351
喝酒这本事	354
男酒女茶	358
人可以貌相	361
灰姑娘和她的后裔	365
天大地小	368
地上一缕烟	372
恨不美之心	376
谁对谁的征服	380
惊回首	383
以我为本	386
惩罚本是一场秀	390
成功之母	394

火烛	398
一切皆有可能	401
一世中的一年	404
年味之淡之走	409
心想环游	413
卫生问题	417
绰号"三毛"	421
1978年的易拉罐	425
若为工资故	428
就像波西米娅花瓶	432
裤袋里的一把硬币	437
小女人有小女人的姓	441
美称在变丑	444
女人永远有道理	448
手时代的手指味道	452
同学即江湖	455
两分法	458
当琐碎变成民俗	461

需要	465
谁的眼泪在飞	468
"空叔"	471
对细节的意会	475
漂着金子的河	480
飞雪三千尺	485
撒谎在曾经	489
我有一匹红马	492
终于上了台面	497

附录 作家马尚龙：生活在光明邨的风与味之间
································· 沈轶伦 502

卷后语································· 512

自序　卷首卷在手

有时候，一个好的初衷，未必有好的结局；同理，一个不太好的主意，走向倒是不错。《卷手语》似乎就是如此歪打正着的。

都已经要追溯到九年前了。我供职的杂志，入驻了些许外来经营者，提出每期杂志都要有卷首语，由主编撰写。我不很赞同，因为卷首语不适合生活类杂志；但是经营者还是决定了，当然也很尊重我，还夸赞我文章。受了夸赞再要反对，语气已经柔和，况且也就是每个月写一篇不长的文章。我答应了。九年过去，外来经营者早就撤了，卷首语还在写，每月一篇，也算是我文章的一个特别品种了。

而且这个品种当时很快得到了读者反馈。"坐在阳台上,一边观雨,一边读马尚龙先生《两滴雨水的命运》,很惬意的感觉。"还是在博客年代,一位不知名的朋友在我博客上留言,选了一大段我的文章:当上苍将一片云化为万千雨滴向下落的时候,上苍是公平的,因为这万千雨滴的每一滴都是公平的,但是当万千雨滴落到地上的时候,每一滴雨水所遭遇到的结局是不公平的。有一些雨滴落到了久旱的热地,被称之为"甘霖",有些雨滴落在了洪涝的湿地,被斥之为"暴雨",还肆虐呢。

往大里说,我善于思考,但是我宁愿往小里说,我是一个喜欢钻牛角尖的人,喜欢在一些定型的答案里找出一些异常。第一篇卷首语,便是我漫长而细碎的多思多虑的开始,诸如两滴雨水的命运。话题限于生活,但是生活无穷之大,也就没有局限。每一个人都在竭力把握自己,把握生存规律,常常就觉得自己把握得很不错,倏尔又充满了挫败感。这世界如何是这般容易把握?有常和无常,有知和无知,有意和无意,有趣和无趣,有序和无序,有界和无界,有悔和无悔,有怨和无怨……

即便是对自己,谁都不敢说,我想有就有我想无就无。

在这一个系列的文章里,我不想用质疑的眼光看待每一个人,更多的是以己推人。我会有许多内心纠结,脱离不了人性的纠结,人性纠结也一定笼罩每一个人——并非涉及大是大非,只是有关一个生活情节,有关一个生活判断。我用暖色调的文字来铺陈,用感性的语气来叙述,与我以前写杂文时候擅长的刻薄犀利迥异,与我写《上海女人》《上海制造》的风格也完全不同。

效果倒是不错。九年了,一直有读者评述我的卷首语,还要和我讨论我的"冷峻的暖色调",他们喜欢我的总是有些独特的视角,会从一些生活桥段中提炼出一个与众不同的答案,恰又是在不经意间会心一笑。

我曾经写到过一块涂满了果酱的面包从手中滑落。当一块面包从手中滑落时,往往总是涂满了果酱的一面粘在了地板上,而不是另一面,这是被很多人承认的一个事实。后来有个好奇者做了一项实验,将100块单面涂了果酱的面包从1.2米的高度垂直滑落,结果涂了果酱的一面的粘地概率还低于不涂果酱的一面粘地概率。实验者就此得出一个结论:当一个客观事物有可能朝好的方向发展也有可能朝坏的方向发展的时候，人往往是往坏处想，而不是往好处想。我们就常常在误读、错判我们的生活和我们身边的人。

我还曾经写到过斯诺克的象征意义。在十个红球没有被打尽之前，所有进袋的彩球入袋后重新归位，一次又一次地起死回生，它是可以重复的。生活很多时候也是如此，日复一日，年复一年，发生过的事情都会重复，都在重复，很像斯诺克红球和彩球的关系。只是，当十个红球打尽，桌面上只剩下彩球的时候，才会发现，彩球落袋归位，看似重复，其实从来没有重复过。

在九年前写第一篇卷首语的时候，我已经有了预谋，给自己布局要写一本书的，于是形成了统一的感性而暖色调风格。只是一个月一篇的积累太过漫长，每个月似乎也是像斯诺克一样重复。如今，再加上一部分相似风格的文章，终于可以连篇累牍到了一本书的厚度。毕竟都是不长的文章，随手拿起，随手翻看，轻松轻巧；忽而就想出了一个令我自己兴奋不已的书名——《卷手语》，似乎蛮有书卷气的。

2015年6月30日

左手

辑封绘画：王达麟

穿过漫长而漆黑的隧道

前提是你乘过这样的火车,当然你一定乘过,尤其是高铁动车之前的绿皮火车。

当火车穿过漫长而漆黑的隧道,迎来隧道口阳光的一瞬间,这就是你的期待了。将这样的期待移植到实际的生活,恰似期待幸福来临的一瞬间。

生活的本身可能是幸福的,也可能是不幸福的;可能是幸福和不幸福的此起彼伏,可能是幸福和不幸福的互为因果。既然隧道外的阳光是衷心的期待,那么隧道内的漫长而漆黑就是完全的拒绝;但是假如删除了隧道内的漫长而漆黑,隧道口的阳光也无所谓是衷心的期待;

反过来，也不能因为期待隧道口阳光的一瞬间而去刻意营造漫长而漆黑。生活这一趟列车，或者说人生这一趟列车，注定是在意想不到的时候钻进了漫长而漆黑的隧道，甚至常常刚刚钻出一个隧道又被另一个隧道吞没，又是一个漫长而漆黑；注定是因为一马平川无聊之至而期待前方会有一个隧道，哪怕它漫长而漆黑。

我们可以看得到的社会，也恰是一列行进着的火车，而不是电动玩具火车。电动玩具火车固然温馨，却全然没有悬念，没有生动，因为它的袖珍轨道无力承载生命的律动。行进着的火车，它会经历阳光下的湖光山色，它会经历旷野和荒芜，它会经历华丽和绚烂，它会经历漫长而漆黑的隧道……这一切与其说是命运，还不如说是生活列车的全部历程。它在幸福和苦难间穿行，它在富裕和贫穷间沉思，它在崇高和渺小间选择；生活这一列火车，让每一个乘客必须承载，必须坚韧，必须享受。我们既是某一列火车上的乘客，也是看着火车从我们眼前掠过的人，我们关注的是每一个人的生命状态和每一个人所处于的社会层面的生存状态，也就是每一个人的人生列车的路程、路况、起点和终点。

不平淡地追求

所有追求，基本上可以分为两类：一类是不平淡地追求平淡，一类是平淡地追求不平淡。

天下父母谁最痛，清冷墓前哭儿声。有报道说，上海平均每天有18个16岁以下的孩子，因为各种原因而早逝。一天就有16个孩子的家长从此暗无天日，那么一年、三年、十年……统计出来的数字让人心有戚戚焉。悲苦的家庭在叠加，悲苦的夫妻在叠加。就此我策划了一篇后来影响极大的文章《天下父母谁最痛》，两位年轻的女同事采访撰稿，叙述了这些失去孩子的家长们的悲苦余生。

假如说父母之最痛,在于自己的孩子永远地离开了自己,那么父母之最苦,在于自己的孩子是先天性脑瘫,是严重的弱智,此生永远不能像其他孩子一样上学、工作、结婚,安宁地生活一生。他们此生最大的愿望,是孩子会站起来,孩子可以上学,孩子可以生活自理。就是这么一种平淡得不能再平淡的心愿,他们必须最不平淡地去追求,然而当这样的平淡心愿只能是梦中的温馨时,他们从心底里只想对孩子说一声:"孩子,你别长大!"这与正常家庭父母的愿望背道而驰。假如孩子不长大,像小狗小猫,傻得可爱,假如孩子不长大,那么他就永远生活在家庭的暖房里,假如孩子不长大,那么父母永远还坚持着治愈脑瘫、提高智商的理想……但是孩子无可奈何地长大了,孩子无可奈何地治不好了,父母无可奈何地老了。"孩子,你别长大",让我们体验到这些父母之苦。

痛苦的人大概只占百分之一,所以,只有这百分之一的人有资格说,平平淡淡才是真。这百分之一的人,是不平淡地追求着平淡的人。他们没有奢望,最大的心愿是平淡,但是为了拥有平淡,他们付出的是不平淡的追求。付出了不平淡，往往，平淡还是那么遥不可及。有句著名的励志警语说，不经历风雨，怎能见彩虹；事实上他们已经风风雨雨大半生，明天却分明还是一个风风和雨雨的日子。

几乎是百分之九十九的人，都属于平淡地追求不平淡，就像你我。所有追求的终端，在于功名荣耀之间，当然功名荣耀绝非贬义词。成家立业、梦寐以求，求学求职求婚，晋升晋级，无一不是贯穿在生活之中，生活不惜追求不止，目标总是高高在上的，目的总是摆脱平庸平常平淡；所以所谓平平淡淡才是真，百分之九十九的人都是没有资格这么说的，因为我们一直是在以平常者的身份追求着不平常。

不需要用痛苦作为幸福的陪衬，而是需要明白，假如幸福是一种赐予，那么幸福也是一种责任——痛苦给了我痛苦的沉吟，我却用它呼唤生命。

更实在的是喜悦

我们有一个约定,去写一篇不说幸福的文章。虽然是写最寻常的人最寻常幸福的文章,但是,绝对不去问采访对象是不是幸福,甚至在采访中,始终回避"幸福"这个话题、这个词汇。因为我们看到,"幸福"这个美好的词汇,这种美好的心情,常常被"泛幸福化",以至于"幸福"常常失去了它应有的神圣,如同"爱情"这两个字,当它可以被很漫不经心地挂在嘴上的时候,那是对爱情的不负责,就幸福而言,当然也是对幸福的不负责。

所有的采访对象——其实也就是和我们很相像的最普通的市民,从头到底,没有一个人说过自己很幸福,当然也没有一个人说过自己很不幸福。反观到我们每一个人，每个人的居家生活，哪有整天把幸福当作流行歌曲在一唱三叹？或者当作花腔女高音的咏叹调在引吭高歌？并不是说在生活中幸福缺损，事实上所有的采访对象也完全可以用幸福来小结自己的生活，而是说幸福是一个太大的概念，居家生活过日子却是由一个接着一个细节在累积。这每一个细节，至多是一份喜悦，这就够了，喜悦比幸福更加实在，更加抓得住，更加说得出来；当然也有不喜悦的细节也在累积，但是在喜悦的细节前面，不喜悦的细节毕竟寡不敌众，这就是最寻常的生活。所以，在俗常的日子里，我们从来不说幸福，始终读不到"幸福"二字，但是充满了喜悦的细节。"漫卷诗书喜欲狂"——喜悦是如此的温馨。

幸福本身并不虚幻，只是它太像是一座山，需要登攀，需要努力，只有会当凌绝顶，才能一览众山小。有一位中年男子徐福明先生，一个知天命之年的男人，终于知悉了生身父母是谁，却不知道父母是否健在，兄弟姐妹是否安康，而他自己却遭受了晚期癌症的折磨，对于他来说，能够以生命的名义，看到一眼自己的血缘之亲,是此生最后的心愿,也是此生最大的幸福,如果得不到这一份幸福,那就是此生深深的遗憾。我们愿意为他寻找幸福出一点点的力——当他和血缘之亲团聚的时候,他是幸福的,我们是喜悦的。

蛋糕上的四本书(徐丽遐创意)

生命是一种承诺

想到承诺,是因为徐福明先生的寻亲重托。而后我们帮助他找到了哥哥姐姐。事实上,失散四十多年,他的哥哥姐姐也一直在寻找他们的小弟。他们一家人始终在打听寻找。这一份寻找有多种的含义,不仅是他们同胞之亲的思念,更有着对自己母亲的承诺,他们的母亲在临终前,把当年小儿子的照片和契约托付给长子;而母亲的临终嘱托,又在于老人家当年将小儿子送走时候自己心里歉疚中的一个承诺:但愿有一天,儿子会回来。至于徐福明,也始终生活在承诺之中,明明知道自己不是养父母所生,但是面对着养父母的慈爱,他从来不去寻找生身父母，因为他怕养父母伤心。如今当亲人团聚之时，徐福明更多了一份承诺：但愿人长久，千里共婵娟。

有时候，承诺看上去是装饰品，确实会有人将承诺当作自己需要的装饰，于是信口开河夸夸其谈，一转身就把承诺当作了过时的衣裳，捐出去又讨个好名声。真正的承诺，是在于去面对和亲临艰难困苦，绝不言放弃，甚至赴汤蹈火在所不辞。有一位梨园学戏人说，他坚守梨园，是为了完成对老师的承诺。学戏人寥寥，学戏人将来唱戏更寥寥；学戏人都说不清楚自己应该承诺什么。将来永远唱戏？那是因为梨园不仅需要承诺，也需要被承诺。承诺与被承诺是互相依存的。

常常在旅游景点看到有人在墙上树上刻了些相爱永远的字，会觉得很不文明，但是不可否认，它也是承诺。有个男人多年前和妻子一起到山上刻下了"爱你一生一世"，后来结婚了，离婚了，直至前妻生了重病，男人陡然间想起自己的承诺，到山上去看当年自己在树上刻的字，于是将轮椅上的前妻娶回家。旁人可以说这个男人完全没有必要，那时那人，此时此人，时过境迁。但是那时你就不可以承诺,如今并不在于违背了承诺会得到什么报应,而在于既然承诺了,那就要对得起承诺。所以顺便提醒在墙上树上刻字的人,不单单是要注意文明,还要想到,刻上去的字,就是诺言了。古人有言,君子一诺,驷马难追;今人岂可昨是而今非?街角拥吻的信誓旦旦,岂可转过身手机短信就再会?当然不可。

因为承诺是庄严的,不可亵玩矣。

命运就是牵手

"命运交响曲",是命和运的交响曲——汉语有一种奇妙的意会功能,虽然是错解,却是会有会心一笑的味道,并且远远超出原意。贝多芬不会想到交响在汉语中还可以别解。

"命"的"人字头"像房梁,一个人,从出生的第一天开始,就在这一个房梁的屋檐下生活,"命中注定"基本上是既与生俱来又贯穿一生的一条隐性生命线。"运"则不是如此,它的"走字底"明白无误地告知:运是移动的,走来走去的,而与走相辅相成的是飘忽不定的云,再美丽的云彩、再低压的乌云也不可能专属地停留在某一个人的上空。

　　尤其是当命运有人牵手的时候，不妨说，牵手就是命运。徐福明先生和他的姚姓哥哥姐姐终于团聚了。姚家四兄弟告诉我们，虽然在期待了四十多年分离之后，4个月的团聚是多么的短暂，但是他们的弟弟不再用"徐福明"这个名字，而是以"姚界森"的名义，镌刻在了他的墓碑上，这是父母亲起的名字。也是命运不幸中的大幸。好像冥冥中就决定了的，姚家兄弟姐妹的团聚在漫漫四十多年后和短短4个月前，之后徐先生带着团圆的欣慰离开了人世。我们无法阻止姚家小弟的生命终结，但是我们做到了让姚家小弟叶落归根。

　　牵手有了神圣的意蕴，"执子之手"也自然成为美好的愿望。但是并非所有的牵手都会神圣，尤其是当那一枚戴在无名指上的钻石婚戒以几克拉计的时候，牵手的神圣程度，常常比不上有酱油渍的手。台湾政界人士胡志强和邵晓玲结婚时很穷，邵晓玲去买酱油的时候，特意买3公斤装的大瓶，就是为了便宜。胡志强不忍心妻子那一双细手：你太娇小了，看你拿着大瓶往锅里倒太累了，于是胡志强去买了小瓶酱油。当下某几位女明星的钻石婚姻就要显赫得多,婚纱上和无名指上的钻石重达几百克拉,足以买下世界上所有的酱油——其实这样的比,是错误的,是对不起胡志强和邵晓玲的。当然也只有在比较中,才能感觉到,什么才是牵手,什么才是命运。

那些年轻的女孩

"那些年轻的女孩,她们都老了吧,她们在哪里呀?"这是朴树《那些花儿》里的歌词,有点沧桑,却完全像是为一群女孩度身定制,她们就是1979年诞生的中国第一批模特。当时20岁上下的女孩子,曾经在中南海做过表演,几乎是万千宠爱集一身……她们在哪里呀?她们的生活,她们的家庭,依旧像她们当年出道一样,引起我们的关注。

她们说,她们是最纯朴的一代模特,因为她们当年大多有了男朋友,而后男朋友就是自己的丈夫,而后和丈夫一直相伴到如今,她们中间没有离婚的。她们说她们如今都过着平静的生活，虽然她们将模特塑造成一个明星行业，但是当模特成为明星的时候，她们已经走下了T台。有人走向了新的人生，有人回到了原来的单位。"我曾以为我会永远守在他身旁，今天我们已经离去在人海茫茫，我们就这样各自奔天涯"。这也就是为什么媒体要采访她们时通常会遇到很大困难的原因，当年的模特并不希望自己有如一池春水的平静生活，被微风吹皱；这也更促发了我们对她们表示敬意。

"那些年轻的女孩"，也就是当年的我们，也就是阅尽人间的所有人；人世间所有的阴晴圆缺，悲欢离合，都暗合了"我曾以为我会永远守在他身旁"的叹喟，因为后来的事实往往并不如此。人生正因为有遗憾，才更凸现其魅力。

守望是期待，守望也是境界，也只是到达了境界之后，守望和等待之间有了落差。比如一对贫穷的父母，几十年前与自己的儿子失散，在苦苦等待几十年之后，一个富裕的儿子寻亲寻到了身边要来报恩；当儿子已经将自己的存款交给了老人之后，老人兴奋之余却发现了这一个儿子并非己出。老人可以冒认下这一个报恩的儿子，没有人会知道，但是老人内心里觉得对不起这一个儿子几十年的寻找，也对不起自己几十年的守望。老人将实情相告，并且将钱退还。男人很失望地回家。没几天他带着自己的妻子又来了，他告诉老人，他和妻子已经认两位老人为自己的父母，他们等待的是血亲，他们守望的是亲情。

"那些心情在岁月中已经难辨真假，如今这里荒草丛生有了鲜花，好在曾经拥有你们的春秋和冬夏"。有钱的儿子媳妇固然不会像朴树一样唱得委婉，但是意思是一样的；也只是有了这样的生活，才会有这样的歌词。

最起码的事情

"有借有还,再借不难",这是在民间传承的道理;似乎很是简单,真正做起来常常未必,而且还容易被人家误解。莫泊桑的《项链》,读过的人很多,以往我们联想到的是一个漂亮小妇人为了虚荣心而付出10年的艰辛,但是换一个角度来看,几乎所有人都忽视了她的纯朴,女主人能不惜代价偿还所欠,有借有还,是信守承诺,是遵守一个在那时被普遍认可的道德规则:借就是借,借了是要还的,说话是要算数的。

信守承诺,原来是最起码的事情,以现在流行的话语解释,也只是底线。信守承诺被社会忽视缘于两种态势,一种态势是,信守承诺已经被社会完全接受,于是底线是没有资格炫耀的,另一种态势是,信守承诺常常像是一件被主人一直晾在竹竿上忘了收下来的衣服,于是,底线不再是底线,而是值得珍视的美誉。

承诺需要良心,还需要勇气。明星的家长常常母以子贵,但是如果这一群明星是智障者呢?他们的父母分明是在以自己的一生,兑现自己对孩子的承诺。这一份承诺,比起寻常家庭来,显得既非常微不足道,又弥足珍贵,这一份对孩子的承诺仅仅是:"长大成人"。

亲情承诺的最大动力在于血缘,所以,有血缘的承诺多少是包含了责任;但是当一份亲情承诺与血缘无关、而且也与任何功利无关的时候,不是每一个人都能够以自己的心跳作为动力的,尤其是当生活发生了剧烈动荡之后。有两家原本不相识的家庭成立了"家庭联盟",不知情的人会以为是要合伙做生意,事实上,是不幸的"串子"事件降临在两家人家,十几年后,血缘找到了归属,但是已经形成的亲情和生活在血缘归属中失重下沉。两个孩子的两对父母拒绝不了血缘,同时割舍不下亲情;他们对孩子的承诺变得更加坚毅,而"家庭联盟"是两对父母兑现自己承诺的最好依托。

　　承诺有时候还会被人家视作不可思议。有一个女人，她的承诺，不仅来自于青梅竹马时代，还延伸到要去监狱"美人救英雄"，要以"监狱婚礼"来温暖爱人的心。不可思议只是别人，女人自己心里是把它当作了最起码的事情，她没有欠男人任何钱财，但是她自会觉得，是欠了男人的情了。

名气两个字

透过"名气",能够看得出的是人性最本质的东西。人在本质上都很难摆脱功名利禄的诱惑,名气排行第二,或许会比利禄容易抗拒,但是真要感觉到"平平淡淡才是真",往往不是发自于肺腑。

抗拒不了不见得是坏东西。"名气"的近义词是"著名","著名"当然是好事情了。所以追求某一种名气,甚至在名气上公开宣称舍我其谁,不仅是一种自信和气概,有时候也是一种淳朴,因为这个人在说真话。有一段时间,智障者舟舟名气很响,不料有个男孩说,他的名气比舟舟还响。他名叫雷俊申,我们对这个名字其实很陌生，但是只要听到他的一句话，就豁然开朗。他说：我不知道舟舟是谁，我的名气肯定比他大。他是国内唯一在故事片中担当过男一号主角的智障者，那一部电影片名就叫做《我的名气比舟舟大》。雷俊申和舟舟之间谁的名气更大并不重要，重要的是有更多的智障者参与对名气的追求。

绝大多数的人为名气的降临而欣慰，但是也有相反的人。上海有一群特殊的母亲，当她们的生活经历被拍成了纪录片，要在电视里播放的时候，她们原来也满怀着期待，甚至要丈夫和孩子一起坐下来看；有邻居还开玩笑说，电视台一放，你们的名气就响了，但是放出来的纪录片让她们尴尬而无以释怀。她们是一群普通而不普通的人，她们都患过小儿麻痹症，要靠拐杖走路。她们是母亲，但是他们的母爱会比别的母亲更深，也更难：她们中几乎所有人，从来不去参加孩子的家长会，从来不与孩子一起参加活动，从来不与孩子一起去饭店、逛马路，甚至还要回避孩子的婚礼——不是她们的孩子有障碍，而是她们作为母亲，比别的母亲多了一份特殊的母爱。她们在家里，享受着母与子的天伦之乐，走出家门,她们更愿意做一个孤独的残疾人,生怕妨碍了子女的生活。

女人的心思啊。在面对自己孩子的时候,她有非凡的牺牲自己的精神,而在面对自己的时候,她又有非凡的战胜一切的精神。

生活是不是斯诺克

斯诺克和所有的体育比赛一样,有很多的象征意义,但是斯诺克还有一个象征意义,恐怕是绝无仅有的。在十个红球没有被打尽之前,所有进袋的彩球入袋后重新归位,一次又一次地起死回生,它是可以重复的。

生活很多时候也是如此,日复一日,年复一年,发生过的事情都会重复,都在重复,很像斯诺克红球和彩球的关系。只是,当十个红球打尽,桌面上只剩下彩球的时候,才会发现,彩球落袋归位,看似重复,其实从来没有重复过。生活也是如此,是不可以重复的。生活像是斯诺克,一直在重复,生活依旧像是斯诺克,看似重复，其实从来没有重复过。人们宁愿用单程车票来形容一去不复返的生活和情感。有一首歌的歌名就是《单程车票》。

对于许多千金小姐的父母来说，他们心里或许是想对女儿说，你的年纪、你的生活，也都不是斯诺克，而是单程车票，并且正在越开越远；他们几乎是由爱生急，由急生忧，由忧生恨，恨女儿不嫁之心。所有的声音似乎都在劝说千金小姐，事不宜迟地在婚姻圈里安营扎寨，所有的声音都以为看到了结婚难的问题症结；但是独独忽略了千金小姐的内心，她们不嫁是因为她们觉得自己还很小，在她们的内心里，美好的生活就是刚刚开局的斯诺克，在变化中重复，在重复中变化。30岁实在还是一个享受个人幸福的年纪，而不是一个传统意义上的老姑娘，"女儿自有娇小不嫁心"。父母和女儿之间观念上的错位，实际上已经上升为一场战争，一场以温柔作为表象、以格格不入作为实质的战争。

SHE有一首歌叫做《不想长大》，那是唯恐长大而失去了今天的可爱；而当婚女子更想说的是，我还没有长大，她们没有觉得自己已经进入了斯诺克的残局。

在她们的背后，是城市和女性互为因果、互相抵触的关系。一方面城市使女性享受独立和自由，一方面因为独立和自由，女性与婚姻之间产生了排斥力，女性可以离开男人而存在，也意味着女性可以离开婚姻而存在——斯诺克的本意是"障碍"，那么什么是30岁女人不嫁之心的障碍？

在特殊的时候，人希望生活像斯诺克一样可以重复。比如失去珍爱，比如失去亲人……要从失去了的生活中找回感情的寄托，希冀"昨天再来"。

不希望重复的一定是不堪回首的生活。有一位千万富翁，曾经经历过的爱情，像是被蚂蟥叮咬一样，对方在乎的不是他的人而是他的血，于是他要推开他的"富翁"这一个爱情的斯诺克，以一个民工的身份去寻找爱他的人。当然那是不可能的，因为生活不是斯诺克。

误读与真实

当一块面包从手中滑落时,往往总是涂满了果酱的一面粘在了地板上,而不是另一面,这是被很多人认同的一个事实。认同的理由在于自己记得为此还要擦地板。后来有个好奇者做了一项实验,将 100 块单面涂了果酱的面包从 1.2 米的高度垂直滑落,结果涂了果酱一面的粘地概率还低于不涂果酱一面的粘地概率。于是实验者得出一个结论:当一个客观事物有可能朝好的方向发展也有可能朝坏的方向发展的时候,人往往是往坏处想,而不是往好处想。

我们就常常在误读、错判我们的生活和我们身边的人。很偶然谈论到"歌舞团的女孩子们"时,有人就说,歌舞团的女孩子们肯定是最光鲜的,肯定是最赚得动钱的,要么开宝马,要么有宝马香车每天晚上来接走……后来有一天这么猜想的人去了歌舞团采访,才明白这是一个完完全全的误判。歌舞团的女孩子们绝少开车,甚至很少坐出租,假如你乘公交车经过歌舞团门口的站点,看到一个两个体形极佳、婀娜多姿的女孩上车,就是歌舞团的女孩子了,说不定还是闻名海外的大牌领衔主演。她们的收入、职业、爱情,被许多不知情者误读着、错判着。很少有人知道,她们属于事业单位,除了极个别不再跳舞的明星,只要还是歌舞团的团员,只要还是要在歌舞团里演出,那么她们就不会有很多钱很多名气。

就像有一位上海小护士,把爱情寄托在大别山。上海与大别山之间的贫富悬殊已经算不了什么,更重要的还是健康与瘫痪之间的依依相恋。当然有人不能理解,要么是这个男人有多少人所不知的财产,要么小护士是嫁不出去,要么就是小护士傻,反正其中必有隐情。所有的错判错就错在了以寻常的观念臆想别人,缺少一种对爱情的追求和对人心善良一面的领会。当然上海小护士可以述说一个动人的爱情故事，也说明这一个爱情故事的不寻常。

真实原本应该是最自然的，但是事实上常常是最困难的。因为每一个人都处在被正读和被误读之中，只是我们自己要正读自己。有一位做父亲的男人，就是一个被误读的人，有人说他是不讲科学，有人说他是不讲道理，只有他自己相信自己，用自己的土办法治疗儿子的脑瘫。恰是经由他不科学的治疗，儿子居然站起来了居然还考上了大学。于是他周遭的人以另外一种眼光看待他的传奇。其实他仍旧是他。

为了少误读，就应该去接近真实。

公交车是一种生活方式

有人这样问,为什么生活在城市里会感觉到压力,而且城市越大,压力也越大,照此推理,生活在国际都市里,感受到的就是国际压力了;假如去往小城小镇乃至偏远的乡村,压力显然小得多。朋友的问题是,有什么办法可以生活在城市里而享受乡村的悠闲,或者生活在乡村里而享受城市的时尚。

暂时没有办法。

在城市生活好比是上下班高峰时段挤公交车,要承受挤不上去的压力,要承受挤上去了却透不过气来的压力,要承受堵车的压力。有如此的压力还是要拼命挤上去，因为公交车是有明确的方向的，这一个明确的方向正是你要去的地方，你去得了的地方。假如是生活在大漠荒原，你可以率性，可以高亢，可以奋臂，甚至纵横驰骋，但是很有可能你没有明确的方向——真正的迷路永远是在没有方向的地方，而不是红绿灯下十字街头——公交车隐喻了城市的生活方式，它的方向和压力，像维纳斯和她的断臂一样，是一个整体。

即使是驾驶公交车辆的人，也照样感受乘公交车的压力。上海历来有女司机，如今还有女出租车司机，她们会有什么性别上的压力？男人开出租尚且有吃饭难，如厕难，女司机上女厕所那就更难；男司机开了一天一夜车后就是休息一天，女司机开了一天一夜车后，还要做一天的家务。有位女司机半夜还在做生意，客人下车时禁不住地对她咕了句：看来你的男人是没有花头的。女司机当然心中不悦，男人要有花头她还用得着半夜开出租？是家庭的经济压力驱动着半夜的车轮。虽然有些重压，几乎所有的女司机，都不是忧郁的人，恰恰相反的是，她们都觉得自己很有本事，有几个女人像她们一样对大大小小的马路这么熟稔的？有几个女人像她们一样看得懂仪表盘的？有几个女人像她们一样可以成为家里的一号经济来源的？

压力不一定是方向，而方向一定就是压力。即使是奔月的"嫦娥"，当我们仰视的时候，看得到的是方向，是威风，是豪迈，但是它从地平线到月宫的飞天过程，恰是方向和压力同生同往的过程，数不尽的压力压在了科学家的心里而没有让我们看到……

万事如意那是神仙

曾经这么想过,所谓新年,其实是人造的、人为的;先有地球,而后才有人,在有人之前,地球上也早就日复一日,年复一年。人到了某一种思维成熟之后,突然想到要给时间和历史设立一个起点,于是公元的元年诞生了。假如两千多年前的前辈晚若干年想到公元,那么我们或许才刚刚轮到欢呼新世纪的到来;也或许,老前辈们另一个闪念,元旦这一天就不是元旦了。假如元旦这一"天"像人一样的有知,那么这一"天"一定会觉得它是最幸运的一"天",两千多年了,为了庆祝新的一年到来,有多多少少的喜庆都在围绕着这一"天"转,而其他的364天，同样"一母所生"，却都是这一天的陪衬。

新年依旧。"拿什么奉献给你，我的爱人？"一下子都说不清楚，这应该是新年在对人表白，还是人在对新年诉说？当然这不重要，而且奉献什么心里也都明白，不就是"快乐"二字？可是啊，"新年快乐"四个字太容易地挂在了嘴上向别人祝福，很难留在自己的心里，几乎人人都是如此。"新年快乐"容易，但是快乐不容易。

为什么不可以制造一点快乐呢？人是如此的伟大，可以人为地设定某一年的某一天为公元的元旦，为自己营造、制造一点小小的快乐，实在是小菜一碟的事情。天上不会掉下来免费的午餐，却常常落下免费的快乐，不见得落在金碧辉煌中，却常常散落在犄角旮旯里，是需要像觅宝一样地去寻找快乐，寻找开心。所谓寻开心，既是获得快乐获得开心的最高境界，也是获得快乐获得开心的能力。

看到过西方人过万圣节的情景，家家户户挖一盏南瓜灯放在门外台阶上，三三两两小孩会去敲门，主人必定会拿出几颗糖给小孩，算是驱了邪了。这么一个类似低幼儿童的游戏,没有任何想象,没有任何诱惑,假如不是亲眼所见,真无法相信哪个孩子会为了几颗糖而去敲陌生人家的门。可是人家真的很快乐,像真的一样。假如本地有这么一个节日,可以断定谁都会流露出无动于衷的眼神。我们的快乐的渴求,就像是美食家对厨师的挑剔。

况且,人从生到死这中间所有的日子,所有的追求,其实都只是在寻开心,都是在找乐。学业进步,事业有成,生活美满,家庭幸福,人事和顺,功名利禄……最高的境界,就是开心,就是一个乐字。只是最高的境界岂能很容易就到达?绝大多数的人是到不了最高境界,很多人只是能够到达某一方面的高度,有事业的健康欠佳,身强如牛的读书不好,读书好的婚姻没有着落……万事如意那是神仙了。一旦想明白这些,也就释然,也就开心,也就乐了。

而且有一些找乐真需要一辈子。有一位黄老先生,是个老知识分子。在年届八旬之后,他坦言,50年前结婚、以及结婚后的30多年里,他根本没有爱过自己的妻子。自己有知识有理想,妻子是乡下女人目不识丁。他曾经对父母之命的婚姻耿耿于怀，这样的郁闷熬过30多年后，他突然在妻子身上找到了一生的爱情——不是妻子有了变化，而是他找到了妻子的价值。在上海的小路上，一对迈过金婚的老人每天携手而行，衬托着他们的是一抹斜阳。他们的快乐和幸福很寻常，但是对于他们自己，很不寻常。

另一个端口

用一个网络语言来形容人生,人生是一个端口。端口的意义在于,它只有链接到另一个端口之后,它的内涵才会有意义,它的生命才会有价值。

一个人,之所以成功,之所以健康,之所以幸福,在于这一个人所链接的端口是正确的,匹配的;反过来,假如是不成功、不健康、不幸福,也是因为这一个人所链接的端口不正确,不匹配,至少是不通畅。这么形容可以推断出另一个结论,每一个人每一个家庭都具备成功、健康和幸福的资质,只是有些人找对了最适合自己的端口,有些人没有找到端口,有些人找到的端口并不是适合自己的。对于家庭来说也一样。这时候就显出"端口"这一个形容的苍白——网络的端口是有规律的，即使找错了还可以再来一次，寻找人生的端口，常常是终极一生的努力，却不能保证一定找得到匹配的端口。

有这么一个医生，硕士学历，在旁人眼里，他已经找到了一个职业的端口，非常匹配，但是在这个医生的心里，他苦苦寻找的是另一个端口，以一个堂堂八尺之躯，要做一个娇柔万状的京剧梅派青衣。在医生职业之外所有的生活里，他都沉静在那一个青衣的端口里，于是他会被人家误会，连谈恋爱都不容易。直到一夜之间跃居全国京剧十大票友之首，直到被梅葆玖收为唯一的男弟子，他的那一个青衣端口，才被旁人认可，并且赞慕。其实他依旧是业余的，他依旧沉静于兹，依旧有青衣的举手投足，也依旧谈恋爱都不容易。这一个医生究竟是找到了人生的端口了么？准确地说，找到了几个，却还有几个没有找到。

有一些端口是天然的，比如血缘。因为血缘，人类会宽容许多事情，因为非血缘，人类也会排斥许多事情。事实上，端口也是可以"人造"的，还可以很温馨：亲生的儿子从乡下回归了，抱错的孩子却不愿意失去在城市里接受更好的教育的机会，孩子的生父母更是信任有加；于是这一个非血缘的家庭，就成为这一个孩子的端口，而这一个端口所链接的另一个端口，是大学，是不同于农村的一生。

故事总是因为具有传奇的色彩而动人，故事也因为传奇色彩而个体化，每一个故事的端口看上去都是唯一的。对于我们来说，除了故事本身还是什么呢？从每一个小家庭的悲喜中，看得到的是大社会的演变，从每一个小事件的哀乐中，看得到的是大文化的内涵，从每一个小人物的甘苦中，看得到的是大生命的意义，这就是每一个故事的端口还将链接的另一个端口。

用心良苦

有许多声音就在我们耳际,我们听到了,有许多表情就在我们眼前,我们也看到了,但是常常因为这些声音和表情的过于纷纷杂杂,在我们耳际眼前忽略而过。假如我们有机会去倾听一下,去关注一下,去细细想一下,也许会有新的发现和认识。

上海地铁的拥挤是谁都知道的事情,人们用"贴邮票"来形容拥挤的程度,相信其他有地铁的城市也会这样。七八年前,上海地铁日均客流量是 200 万人,如今已经是 900 万之多,即便有一半人每天都在重复坐地铁,那么每天还是有几百万颗心,随着地铁在驿动。到了晚上,地铁停下来了,这几百万颗驿动的心停泊在哪里?当然回到了自己的居所,或者是一个家,或者是出租屋,甚至是群租房,还甚至是一个工棚。白天,这几百颗心,被职业套装包裹着,被光鲜的时尚簇拥着;问题是,这几百万颗心在午夜时分都安心了吗?哪怕只有百分之一的人没有安心,也就是会有几万人,为了婚姻、爱情、收入、就业、读书、人际关系……可能是因为挫折而烦恼,也可能是为了追求某一种目标而用心良苦。

都市就是驿动,生活就是用心良苦。有一个很阳光的少年,他不怕穷也不怕苦,甚至不怕无家可归,他唯一的怕,是找不到自己作为一个合法公民的依据——从出生的第一天起,他就没有户口,于是不能读书、不能工作。他的声音在纷杂的社会里是微弱的,好在有人听到了,不仅听到,而且也是因为用心良苦才帮助少年找回了自己的合法身份。

生活需要用心良苦,实际上也就可以看作是珍惜自己的生活,爱护自己的生活。"好好活着就是意义",可以说是最没有光华地过日子,也可以说是最知道生活的光华是什么。

当然，一定不要错解为是两会会场

明年今日,让我们一同欢笑吧

对一段情感的追求,从时间上丈量,至少应该是多少个日日夜夜?应该是365天。

当然不是无端的推理。日本心理及社会学家一番苦思冥索,终于拍脑袋创造出一句感情箴言,"明年今日,让我们一同欢笑吧"。箴言中每一个字都没有特别之处,但组合在一起会引发无可抗拒的力量。据称,这句箴言埋伏了两颗情感炸弹,第一是用字,例如"明年今日",代表说话者有意与对方发展长久爱情,第二是不会给人轻佻感,说话者不至于碰钉子,更使得话说得下去。这两颗绝佳的情感炸弹,旨在扭转日本人因为工作繁忙引起的低落生育问题，女性购买宠物的数字也会上升。

细细想想"明年今日，让我们一同欢笑吧"，还确有温馨之处。明年我们还"我们"着，明年我们还"一同"着，明年我们还"欢笑"着。有了这一年的精神合同，可以生一个孩子，不至于孩子尚未呱呱坠地，父母却已劳燕分飞；还可以添置些许家用，最终使得购买能力恢复人气。

"明年今日，让我们一同欢笑吧"，代表了情感的诉求，肯定不会留芳千古，留芳千古的是伤春："去年今日此门中，人面桃花相映红，人面不知何处去，桃花依旧笑东风。"去年今日是不可更改走过的日子，明年今日是期待到来的日子。

"明年今日"是每一个人的期待，只是期待可能是很实在的，也可能是不怎么确切的。比如"门萨"国际证书获得者。很多人完全不知道门萨，不能怪不懂者无知，因为门萨者太少，这样的人在中国大陆，也才不到30多个，上海一共有6个，比世界冠军还稀有，可谓凤毛麟角。他们的智商在140以上。门萨是绝对聪明的人，由门萨组织颁发证书，但是这一份国际证书仅仅只是一纸证书，并不会享受到升学、升职的加分。他们的聪明在生活中没有实际的价值，甚至他们还考不上大学，需要在高复班再拼搏到明年今日。

当听说有这么一种聪明人的证书后，也有不少人心里想的是，明年今日，我也去考一个！为一种并不具有实际生活价值的荣誉去努力，褪去的是功利，展露的是欢笑。"明年今日，让我们一同欢笑吧"。

为梦想或者为目标

有一个瑞典老船长，年轻时游弋四海，来过中国的几大港口，还曾经在巴黎摇滚；退休后去了一个小岛，是为了看守灯塔。老人的意思，一生受灯塔的指引，如今终于有了一个可以看护灯塔的机会，依旧可以看海，看过往的船被灯塔指引。一切仅仅是老人的热爱，没有任何的报酬。依旧还是这一个老船长，小岛的岸边，泊着他自己的双桅船，岛上还有自己的小楼，有自己的画室，还有为自己展出的自己的画展。记者问老船长的想法，老船长说没有想法，大海和船，是他一生的梦想和一生的依赖。而后，记者问瑞典驻上海总领事馆的官员，为什么许多瑞典人会去做一些没有什么实际意义和目标的事情？瑞典官员说，是为了梦想。

梦想和目标并不是同一件事情，但是我们很难将它们区别开来。更多的时候，所有目标的指向都是梦想，所有目标的源动力也都是梦想。比如考大学、就业、薪金、三十而立、四十而富、买房子、买车子、买股票……非常现实，非常美好，也非常必须。于是，不管是在家里还是在亲朋好友同事间，基本上三句不离各自的目标，并且充满了是否达到目标的情绪，或者喜悦，或者亢奋，或者叹惋，或者无奈。

目标一定不是不好的事情，没有目标就没有动力和方向，就不会有成功，但是目标一定是带着某一种功利性的事情。梦想也是包含了自己的心愿，却是删除了功利色彩。目标好像是滚在地上的足球，梦想好像是飘在天空的气球，足球的一切是进对方的球门，气球飞到哪里去谁也不会在意；看足球比赛注定了惊心动魄，看气球轻飏免不了浮想联翩。如果说，目标可以用成功来衡定，那么梦想的衡定词汇叫做光荣。成功与目标，光荣与梦想，成功比光荣更加深入人心。因为目标是一个接着一个，所以目标让人处在强烈的奋斗状态，行色匆匆；梦想常常就是一个，让人发呆的人，就像那一个瑞典老船长。

当目标很强势而且与梦想不一致的时候，梦想显得脆弱。儿时的梦想是当一个司机，而且还是开卡车的，长大之后往往将一个目标覆盖了儿时的梦想；儿时的梦想是当一个喜剧演员，并且还历经千锤百炼的苦学，长大之后一夜之间便改了行。比如技术含量很高的艺术，舞蹈演员、戏剧演员、杂技演员，非常光鲜，365天没有一天休息，一身伤痛，收入赧然，练10年功，却只为8年的演艺生涯。他们的动力是为了梦想还是为了成功？

目标我所欲也，梦想我所心也；但愿两者可以得兼。"可以得兼"到底是一个目标还是一个梦想？

人生赌与搏

相信不少人都会这么说,赌与搏的意思不分彼此,甚至完全一样。赌博赌博,赌就是博。那些去澳门甚至再远一点赌场的人,他们的行为是赌,他们的心理是博,当然在社区棋牌室的麻将台上,是同样的心理。

不少人这么想的时候,一定是看错了一个字,赌博的"博"是博而不是搏,"搏"是搏击、搏斗的意思。

赌与搏的意思当然也就不同,虽然也摩肩接踵。人的一生免不了需要重大选择,重大选择一定也就是有相当多的不确定因素,有一半对一半的成功与失败的冒险。这其中,就是赌与搏交合。人生的道路虽然漫长,但是紧要之处就是那么几步。这紧要之处的几步，到底需要的是赌还是搏？一个人的生活，可以从来不赌，却常常陷于赌局式的选择，而且这样的赌局式选择，随着生活的富裕而繁复而揪心：买房似乎就是赌了一把，当买过房的人沾沾自喜的时候，自有没有买房的人暗自沮丧；股票也是赌了一把又一把，或许就决定了某一个人后半生的生活走向；甚至高考填志愿的时候，也是自己给自己设了一个赌局；至于婚姻，聚或许是共同搏击，散一定是人生的赌局。人生能有几回搏，更多时候演变为人生能有几回赌。

　　赌与不赌不以人的意志转移。举例来说：当某一年高考填写志愿方案改革之后，每一个考生填志愿不必赌了，因为可以梯次入选了，还需要什么呢？需要的是搏，搏击的意思，这大概是赌与搏的细微差别。十来年前，乒乓国手刘国正面临被对方淘汰的七个赛点，需要的是搏杀，但是最后一个致胜的球，又多多少少有赌的成分，他心里赌对方的一个接球线路，然后反其线路而胜之，结果他赌赢了。人生能有几回搏的搏，毕竟不是漫长的马拉松，只需要一往无前的跑啊跑，不仅是意志，还有扑朔迷离之间的勇气；但是它又不是盲目地下单，还浸润了理性的判断。

曾经听闻一个男医生弃医从"绒"，就是赌与搏之间的推手。放弃医生的职业，去做女红刺绣的头领，怎么说放弃得总是太多，但是这一个男人成功了。在这样的时候去解释赌与搏的关系，赌是把自己陷进去，搏是将自己提起来，陷进去的结果是拔不出来，提起来的结果是达到了某一个目标。

两滴雨水的命运

当上苍将一片云化为万千雨滴向下落的时候,上苍是公平的,因为这万千雨滴的每一滴都是公平的,但是当万千雨滴落到地上的时候,每一滴雨水所遭遇到的结局是不公平的。有一些雨滴落到了久旱的热地,被称之为"甘霖",有些雨滴落在了洪涝的湿地,被斥之为"暴雨",还肆虐呢;有些雨滴被当作了饮用的天落水盛在缸里,有些雨滴直接流向了下水道。两滴雨水本身完全相同,没有发生过变化,"甘霖"的雨滴,没有想要温婉过,暴雨的雨滴也没有刻意强悍过,但是结局迥异。

这迥异结局的判断者是人——人总是习惯以自己的

好恶作为对大自然差异的褒贬。还比如人会热衷奇山异水，无视于无名山水的存在，但是两种山水本身的生命价值是等同的。人是功利的——但是假如人纠正了这一份功利心，去欢呼暴雨去诅咒甘霖，去徜徉无名山水不屑奇山异水，假如真是那样，人又丧失了自己应有的价值观。

  每一个人就是一滴雨水。他生长在哪一个年代、生长在哪一个环境，他就受到了那一个年代和那一个环境的褒贬。不是说一个人来到世界上就是一种命运的归宿，但是某一个世界往往是某一个人的命运。"躬逢盛世"是每一个人的期待，却不是每一个人有幸的结局。姚明虽然从NBA退役早了些，无疑依旧是中国的"一代天骄"，但是假如姚明的二十岁青春是在五六十年前度过，那么直至退役，姚明都不知道世界上还有一个叫做NBA的职业篮球比赛，至多也就是中国的第一中锋，因为五六十年前中国还是处于全封闭状态。假如姚明生对了年代而生错了地方，生在一个闭塞而贫瘠的山乡，甚至十五六岁还没有上过学，没有摸过篮球，很有可能，他会因为饭量超大、衣服"伤料"，成为全家的物质累赘，累赘的根源是他的身高。

这像是一个黑色幽默,事实上,世界上充满了这样的幽默,我们每一个人也常常是某一个黑色幽默段子中的角色。如今的名模,也只是因为世界上有了模特这一份光彩的职业,才有幸成为明星,否则连嫁人都困难。如今的IT智者,假如没有网络时代的铺垫,说不定他们就是很缺乏动手能力的待业青年。当我们觉得这一代高妹有幸、这一代网虫有幸的时候,其实几十年前也有高妹,几十年前也有足以成为超级玩家的小青年,他们也是万千雨滴中的几滴,他们虽然不见得成为暴雨,也没有成为甘霖。

每一个人就是一滴雨水。抑或雨水也会有性格,有些雨水悄悄的来,就像它悄悄的去,有些雨水总是要下一个明明白白。这么说的时候,还是在以人的好恶来评判自然,雨水是没有性格的,人是有性格的,人的性格外向或者内向,有若两滴雨水,本身是公平的,但是到了不同的环境也会有不同的结局。问题在于,外向性格被社会吸收的空间,远远要比内向性格大,男人内向要比女人内向遭遇的社会障碍远远的大。于是,内向,尤其是男人的内向成为了问题。两滴雨水的归宿常常是不一样的。

生命的红菱艳

1948年,英国诞生了一部几十年后仍旧叹为观止的经典电影《红菱艳》。女主角佩姬是爱舞如命的人,当舞蹈团团长莱蒙托夫问她为什么要跳舞时,她的回答是:"就像你为什么活着。"她把自己生命的激情倾注在芭蕾舞剧《红菱艳》的排练之中,结果演出大为成功。这一部根据安徒生童话改编的电影给女主角设置了一个魔力,一旦穿上红舞鞋,就永远无法停止舞步,一直要跳到累死为止;果然女主角佩姬直至追赶爱人而遭火车撞击时还穿着红舞鞋。"帮我脱下红舞鞋",这是佩姬对爱人朱利安的遗言。

悲剧的艺术以残酷而经典：它创造了一个绝色的女主角，展现了这一个女人最完美的灵性，但是它赋予了这一个女人最残酷的结局，并且为残酷的结局设下了无法逃脱的天罗地网：要么你看不到佩姬，要是看到了佩姬，就要接受佩姬香消玉殒的结局。悲剧的魔力，恰恰是佩姬的最爱：那一双红舞鞋。

当生命用红菱艳诠释的时候，其实绝大多数的生命不会像红菱艳那样以悲剧而告终，就像绝大多数的生命不可能像佩姬那样因为拥有红舞鞋而光芒四射，但是每一个认真生活的人、每一个对生活负责的人，内心深处都会有一个红菱艳情结。佩姬是将跳舞和活着的意义视为一体，这何尝不是当下生活中的寻常见闻？比如一个人以勤俭节约为理由，手中的每一分钱想到的是储蓄、炒股之类的攒钱，一生以攒钱为乐，攒钱就是活着，活着就是攒钱，攒钱这一双红舞鞋，也一定是伴随终生的。有一位著名音乐家，每年要开一百多场音乐会，当然是他事业如日中天的表现，但是每两到三天一场音乐会，他感受到的不再是艺术赋予的快感，而是一百多场音乐会的快感，是那一双红舞鞋的眩目。

是不是可以说，平平淡淡才是真，少攒一点钱，少开几场音乐会？事实上，所有平平淡淡的人心里几乎没有愿意平淡的。曾经有一个女明星私底下感叹，如果从名气上、经济上考虑，每年是用不着拍这么多电视剧的，但是如果你什么时候娇贵一下，平淡一下，那么明年你就一部戏都没得拍了，因为有太多的人等着取代你，有太多的人会忘记你。当年的佩姬是穿上了红舞鞋再也无法脱下，佩姬有所不知，如果她当年破了魔力而脱下了红舞鞋，那就是另一个极端的担心：再也没有红舞鞋让她穿了。生命中不能承受红舞鞋的穿上，同样也不能承受红舞鞋的脱下。

幸好生命中很多时候，是不必强迫自己攀附红菱艳的境界的。有一对寻常夫妻，不寻常地从上世纪五十年代分居至当下，因为男人支援三线内地建设，留下妻子照顾家庭。五十年代的分居夫妻，两地分居遥遥无期，就像红菱艳一样，却又不是红菱艳，因为丈夫在退休的时候，回来和妻子团聚了。如今有更多的爱人为生存为希望而分居，他们生命的红舞鞋是如何地穿上，如何地脱下？

一生的功课

每一个人都是想把人做好的,做得心想事成,做得如鱼得水,做得有口皆碑,但是不是每一个人都可以把人做好。一个人的一生,其实像是一个学生,一直在做功课,想把功课做好,但是不可能所有的学生都能把功课做好,不可能所有的学生都考上一流大学。那些没有考上一流大学的考生,很有可能花的力气超过了考上一流大学的学生。没办法,读书不仅靠努力,更要靠能力。

做人也是如此。

要做好人不容易,要把人做好更难。有一位很值得同情的女士,婚姻事业流年不利,经济拮据,一个人带着孩子艰难地生活。她非常期待得到别人的同情，周边的人虽然也会有一些物质的资助，但是对她总有些非议，几乎很一致地得出结论：这个人不坏的，也值得同情的，但是她的行为方式总是不受欢迎，不受女人欢迎，也不受男人欢迎，以至于她的行为方式成为了她坎坷生活的延长线。所有的生活结果与这一位女士的意愿完全相悖。如果是另一位女士有同样的生活遭遇，或许就会得到很多的关心。并不是另一位女士富有其他的魅惑，而是另一位女士的行为方式更能够唤起他人的共鸣和同情。

这一个行为方式大约就是做人了。做人是一种能力，能力强的人就容易把人做好，能力差的人不容易把人做好；把人做好的时候，事情也做好了，人没有做好的时候，往往事情也做不好。

做人的能力一直是被社会忽视的能力。高考考的是智商而不是情商，更不是"爱商"——恋爱的能力，与异性交朋友的能力。长久以来，我们会看不起、批评教育那些不好好读书而过早恋爱的学生，几年之后才发现，被批评书读不好的人已经做了爸爸，智商不高，爱商不低；而当年的好学生、甚至是名校硕士生还没有找到女朋友,不是他太挑剔,看不上女孩子,反而是屡屡被女孩子看不上。所有的恋爱硬件都是一流的,我们也习惯了以硬件来衡量他的恋爱,可惜我们没有估量过他的软件、他的爱商,可能很低,低到了像一个小学生。我用"爱商"作为一个概念推出,希冀所有人关注,它探究的不仅仅是爱商,也是做人的能力。

活到老学到老,要学的不但是如何做一个好人,还有是如何把人做好,这是一生的功课。有能力的不要不努力,努力了的要提高能力。

北风那个吹

过年的时候,基本上是北风吹的时候。

北风那个吹,雪花那个飘,年来到。

吹了五十多年的北风,白毛女也就走过了一代、一代、又一代。谁都看得到芭蕾舞演员仙女一样的美丽,但是很少有人知道,因为是脚尖的艺术,芭蕾舞演员的脚趾与美丽无关;谁都想象得到芭蕾舞演员明星的光环,但是很少有人知道她们的出场费曾经仅是两块巧克力,她们走在马路上,很少有人能辨认出来……

北风那个吹,雪花那个飘,年来到。当年的白毛女在舞台下,和所有人一样,会过一个革命化的春节。

从来没有强调过要过一个革命化的元旦、革命化的国庆,唯独春节需要革命化,足以见得,春节的非革命化一直很坚强甚至很顽固。1969年《解放日报》报道说,为了过一个革命化的春节,年初一清晨,"市百一店等商店革命职工,一进店就手捧宝书,组织了毛泽东思想宣传小分队,用文艺形式在商场宣传毛主席'要进一步节约闹革命'等最新指示"……但是愚公移山易,春节易俗难;移风易俗,移易掉的只不过是一层薄薄的尘埃,老百姓的骨子里,一年就为这一天,当然要把年留住。

在做怀旧式纪念时,普遍的声音都认同革命化的春节是苦中作乐,但是这样的声音忽略了很重要的一点,春节是一个需要热需要闹的节日,披星戴月的排队,走门串巷的借磨,滚铁环可以滚过三条弄堂,过了元旦就开始筹备春节,开放式的、长周期的、全身心投入的,和西方的圣诞节不无相似。贯穿春节的排队,更像是聚会,再夸张一点,就是狂欢了。

农历是中国的土产,公历是舶来品。假如用棋牌来作比喻,农历是打麻将,公历是打八十分,麻将的要义是没有升级,一圈一圈地打,农历六十年一个轮回,公历八十分追求的是一级一级往上爬,如今都已经爬了两千多年了。因为春节一年年的轮回,所以需要的不是更新,而是守旧;守岁守岁,要守住的是过年最核心的、最陈旧的热闹;结果我们将贫穷和热闹一起丢失了。

五十年代过的是光荣春节,六十年代过的是革命春节,七十年代过的是鱼肉春节,八十年代过的是补药春节,九十年代过的是祈祷春节。也就是从祈祷春节开始,年初一寺庙烧头香越来越显规模,于是有许多有关烧头香的传闻,头香的门票多少钱一张,头香要半夜几点钟排队,谁谁谁每年都去烧头香……

不管是不是烧头香,是不是烧香拜佛,新年的祈祷和祝福成为每个人的心声。仿照鲁迅先生的话来说:曾经满足的想念旧,已经满足的想长久,未曾满足的想创新。这是多么俗常而又多么鲜活多么美好!

除夕夜一觉梦春

一年只有这一觉,一睡就是两年,睡下去是旧历除夕,醒过来是新年初一,当然不能怠慢这样美妙的时刻。两个人当然不可能像往日里睡觉起床的时间,都会像工厂里错开上班一样,这一夜,当然应该同枕共眠了,虽然是两个枕头。也因为这一觉睡下去,又将不由自主地攀爬上年龄的高一级台阶,所以就想着守岁,把岁留住。压岁红包是给小孩子,其实想压住的是自己的岁。

当然岁是留不住的,至少是在额头上再多留一条印记,俗称皱纹,浪漫派叫做岁月留痕。到了一两点钟,乏意渐渐袭来,除夕的压轴大戏也就悄然登场。称除夕安寝是大戏,并不是一定要多么的轰轰烈烈,多么的热情高涨,而是因为不知不觉地你是在将它当作一件大事来做,很庄严,需要铺垫,需要默契,需要营造氛围。

或许一年之中只有这一个晚上,会两个人一齐铺床。即使白天为了年夜饭的一个细节,还唇枪舌剑,此时双方特别的宽容,都健忘了几小时前的冷战,都不再发出挑衅的闪光。钻入被窝,一定会依在床背上,既是解解乏,也是同商家是作为年终总结表彰,比如很庆幸这一年歪打正着地买进了房子或者在股市上大有作为;说说孩子的长大和犟头倔脑;愉快的事情在除夕回忆起来两个人都一点不觉得唠叨,也说到了身体是多么的要紧。又说到了黄金欧元,说到了钱越来越不值钱,盘算一下自己的存折。话题是严重的,心情倒不严重。突然其中的一个哼起了那首老歌:春天在哪里呀?春天在哪里呀?春天在那青翠的山林里,这里有红花呀,这里有绿草,还有那会唱歌的小黄鹂……

不是每一个春天都有动人心弦的传奇,但是每一个春天都被寄予最美好的期待,甚至将春天作为一切美好而生机勃勃的象征。一个凤凰男和一个上海女在春天恋爱了,在春天结婚了,但是在结婚后迎来了越来越阴冷的秋天,摩擦、冷战、埋怨;恋爱时想到只要两个人经济的和平,结婚后迎来的是两种文化的战争。他们也在问自己:曾经拥有过的春天在哪里?过了多少年之后,及至这一对凤凰男和上海女都已经年轻不再,回首往事,倒是会觉得,他们亲历了两种文化从战争到和平,他们是和平的使者,也是春天的使者。

金锁银锁

"金锁银锁,嘎啦啦啦一锁……"

及至三十多年前到了黄山天都峰,第一次看到山峰两侧的铁链条上串满了一对一对的铁锁,当地山人说这是小青年旅行结婚到黄山,买一对锁挂起来留个纪念的,两把锁钥匙抛在数十丈深的沟壑里。至今都应该叹服最早在黄山上永结同心的那一对男女,那时候的人本分,羞于表达情感,却有一对锁静悄悄地与黄山松常青算是浪漫。也不必担心锁被人偷去,只有偷心的人,没有偷锁的人,何况两个人的心锁在了一起,心也偷不去了。同心锁的美称大约由此而来。尔后许多年,凡有山有铁链条处皆有同心锁,静谧而坚定的浪漫不再羞涩。只是一旦不羞涩,浪漫也不再安分不再坚定。山上一对对同心锁层林尽染,山下多少对主人却已经各奔东西——浪漫和散伙接踵而至,同心锁和离婚率同步扩容。可惜散了伙的主儿,是不会想到山顶上还有一对同心锁依然相连:昨夜山上又东风,心锁不堪回首月明中。

于是同心锁不再珍贵,甚至像如今的千纸鹤一样随风飘扬。铁链条上锁不住锁,锁锁的人锁不住心。同心锁终于西风东渐。好几年前,日本人也学会了如此浪漫,但是浪漫成灾,神户政府决定把锁全部撤下,将它们熔化后制成心形的纪念板,不管是心心相印的还是分道扬镳的,都熔为一体:婚姻如生物链,需要有人作出牺牲,牺牲者也需要记忆;生存者的记忆叫做纪念,牺牲者的记忆叫做祭奠。

依然会有很多人将同心锁挂在山顶上,哪怕像游戏一般:金锁银锁,嘎啦啦啦啦一锁……但是更多的锁恢复了它的强制性制约功能。枷锁是不需要了,铜雀春深足以锁二乔,几千年后成了金丝鸟孤独的咏叹;金丝鸟被锁在鸟笼内毕竟养尊处优,她们总比不过那个被自己的男人上了贞操锁的女人之苦吧。贞操锁显示了怀疑、权力和无能的混合。假如那个男人很有钱，怎么还屑于贞操锁的研究？假如那个男人很有能力，那么他不在于要研制贞操锁，而在于要励志做锁王。

有爱情的时候，锁是爱情双方的吉祥物；失去爱情的时候，锁是失爱双方的累赘；有爱情而得不到爱情的时候，锁是爱情双方的天堑。"梁祝爱情"传唱千年，到了1959年，它成为了一部著名音乐作品：小提琴协奏曲《梁祝》三位主要创作者何占豪、俞丽拿、陈钢，也是风雨人生五十年。梁山伯祝英台锁不住自己的爱情，他们三人中何陈二位，也曾经为谁是"梁祝"的主创，各自封锁了对方，但是有一点，他们三人却是锁住了《梁祝》，成为了经典。

恰是在校读本文时，我看到了一篇报道《浪漫之都巴黎为啥要拆"爱情锁"》，有一种很奇妙的感觉，于是摘录如下——

巴黎塞纳河上的艺术桥，堪称爱情圣地，无数情侣在桥上上锁,并把钥匙扔到河里,象征爱情永恒,不过从今以后情侣们就没法这样"肆无忌惮"地在艺术桥上秀恩爱了。巴黎市政府从2015年6月1日起封艺术桥一周,拆除桥上超过70万个总重量达45吨的锁。

巴黎艺术桥(the Pont des Arts),横跨巴黎塞纳河,连接法兰西学会和卢浮宫中央广场,是巴黎唯一的步行铁木桥。艺术桥始建于1802到1804年,也是巴黎第一座金属桥梁。

欧洲爱情锁的"风俗"起源于100年前。真正推动"锁爱狂潮"的,被认为是意大利作家Federico Moccia 2006年的小说《I Want You》。书里男女主人公,将刻有名字的锁挂于罗马米欧维奥桥,并将钥匙扔进泰伯河以代表永恒之爱。随后,情侣们的模仿风潮最先在罗马兴起,继而席卷整个欧洲,巴黎作为浪漫之都自然也受到了风潮的洗礼。在2008年开始挂锁风流行,愈演愈烈。

早在2010年巴黎政府对爱情锁表示忧虑,担心越来越多的连心锁危及桥梁安全,很多连心锁已经锈迹斑斑,腐蚀了作为文物保护的古桥,还有碍观瞻,和美丽的巴黎风景很不协调。但很多情侣并不认同巴黎政府的看法,一度引起"禁与不禁、拆与不拆"大讨论。

2014年6月8日,艺术桥上的一段长2.4米的安全护栏网不堪承受铁锁的重负被压垮,所幸没有造成人员伤害。护栏垮塌事件的发生,终于令巴黎市政府下定决心,采取行动阻止古桥"被爱情压垮"。于是就有了2015年6月1日的封桥拆锁行动。

"挂锁的时代结束了,"巴黎副市长布鲁诺·朱利亚尔在声明中表示。"挂锁破坏了艺术桥的美观,对桥的结构造成了损害,并可能引发事故。"

以尊严和体面作后缀

阳光下读书，通常联想到恬静、悠闲，花园的树荫下，家里的阳台，或者露天吧的一隅，还能联想到品位、高雅，甚至还有邂逅和爱情。一定很少有人会联想到撒谎——读书成为谎言的内容。很不幸，在英国，读书常常就是谎言。有 2/3 的英国人承认，为了吸引异性，他们曾假装读过某一本高水平的经典名著。比如谎称读过托尔斯泰的《战争与和平》、乔治·奥威尔的《1984》和詹姆斯·乔伊斯的《尤利西斯》等名著，以便让自己显得更睿智和性感。敢于撒谎，在于撒谎者赌他们的约会对象也没读过这些名著。

还真是水平蛮高的谎言。很多人知道《战争与和平》,却没什么人知道《1984》。当某一种东西会被普遍谎称拥有的时候,至少这是公认的好东西,就算是谎言,也有文化的含量。也就让人想起2009年奥斯卡获奖电影《朗读者》。片中的女主角一字不识,却俨然是一个读过很多小说的人,具有读书人所有的体面,甚至在终身监禁和公开自己不识字隐秘的两者间,她选择了终身监禁。她的选择也是以谎言作前提,却是以尊严和体面作后缀。一个不读书的人是没有修养的,一个不识字的人是没有尊严的。

从知识就是力量的角度来说,读书也就是力量。"书中自有黄金屋,书中自有颜如玉",也就是力量的延伸产品。从读书可以作为谎言的角度看,读书不仅仅是力量,还是体面,还是尊严,还是身份。文化人最有兴趣向他人展示的是自己几近豪华的书房,看上去是展示力量,实际上是表现体面和尊严。遇到过一位不知名的加拿大旅游大巴的司机,每到一地,这位司机会拿出一本小说书,读下去,然后插上书签,到下一个停车点再翻开来;他读到的是书,别人读到的是尊严和体面,抑或他也是为了尊严和体面在读书?

尊严和体面是一种享受,也是一种付出,要付出的是时间的积累和文化的积累,甚至是强迫自己去接受熏陶,享受已经是尊严和体面的最高境界。上海有一位驾校老师洪传新,连他的学生们都知道,洪老师有一个习惯,每天下午三点他必听电台94.7的经典音乐,很享受。

谎称自己读过多少名著毕竟还是虚荣,但是比起某种诚实来,谎言竟有可爱之处。如果问问身边的人读过几本书,或许很多人都公开宣称:我已经多少年没读过书了,言语中还带着对读书的不屑,似乎不屑读书也是某种尊严和体面。

酒逢千杯

"酒逢知己千杯少"当然是不需要任何解释的了。只不过原来的意思是与它的下半句"话不投机半句多"形成强烈反差,甚至下半句才是着重点。如今"酒逢知己千杯少"越来越少是非好恶了,更多的是用在酒桌上,是对一个"知己"的验证,不愿喝、不能喝千杯的算不了知己。所有的劝酒令,再花天酒地,都可以在"酒逢知己千杯少"中找到源头。谁要是在酒桌上接一句"话不投机……"那才是煞风景,半句也多,恐怕以后不会有人请他喝酒了。

觥筹交错之时,有人说:如今饮酒,与其说酒逢知己千杯少，不如说酒逢千杯知己少。说话者，著名篆刻家、书法家陆康。就这么一个词语对换，绝了。看似文字游戏，却是人与人的关系。千杯不少，知己不多。三杯两盏、乃至千杯万盏，遍布大小酒店，饭店生意越来越好，红酒白酒黄酒洋酒的饮用量年年攀升，但是知己并没有正比例上升，更像是在反比例下降。酒桌上一桌桌朋友、兄弟、哥们，胜似知己，拍胸脯，搂细腰；也就是酒桌上，也没谁会当真较真。

这倒不全是说，人与人之间的关系变得越来越隔膜，变得越来越口不由衷，虽然隔膜和口不由衷确实是一个严重的问题。当每一个人的个性越来越需要保护越来越需要张扬的时候，个性与个性之间就是距离，距离就是冲突，冲突就是不知己。一个有个性的人，最好的知己，是他自己。知音少，弦断有谁听？容易唱一首《读你》，却不容易说一句《读你》。李白名句"举杯邀明月，对影成三人"，可以解读为孤独，也可以解读为最知己的欣赏，叫做孤芳自赏。

问题在于，孤芳自赏是否会被别人接受，是否愿意接受别人的欣赏？最绝对的孤芳自赏是自闭症，有人说，自闭症是活在自己世界里的人，并不准确，自闭症是找不到世界也找不到自我。许多天才是自闭症，像凡·高，但是更多的自闭症不是天才，他们几乎像外星人一样与正常人没有思维和语言的沟通，他们的"达·芬奇密码"一直没有被破解，甚至他们的父母亲都无法了解他们的内心，以至于自闭症的孩子只能归入弱智的行列。事实上他们不是弱智，弱智者与弱智者之间有共同的欢乐，自闭症与任何人都没有共同的喜怒哀乐。或许他们的内心世界也在寻找知己，但是他们的生活密码隐藏在连他们自己都找不到的地方。

勉励者

有一位父亲——确切地说是一位做了外公的男人，要去学车了。知天命的男人，豪言壮语大不如青春勃发的岁月，甚至胆怯于自己渐渐的心思木讷和手脚笨拙，怀疑自己是否可以按时从驾校毕业。女儿倒是深知父亲的隐忧。十几年前父亲还在教女儿骑自行车，一路跟在女儿车后小跑，既是教练角色的保护，也是父亲角色的勉励，"看前面，不要慌，很好，没问题……"这样勉励的时候，父亲气都不怎么喘。十几年后，女儿早已经自行车换代为汽车，角色互换，轮到女儿勉励父亲了。正是父亲节的时候，女儿在给父亲的贺卡中写道：爸爸，你行的，你要相信自己，一定会很成功的……在此之前，做父亲的每年都会收到来自女儿的父亲节礼物，这一年没有礼物，就是一封信。父亲感动了。

做父亲的人也需要儿女勉励，做长辈的人也需要后生勉励——前所未有的生活方式改变了几千年一贯的论资排辈秩序。在网络时代之前，年龄等于经验，经验等于资历，资历等于话语权，"姜还是老的辣"、"老将出马一个顶俩"，不是奉承，而是生活的现实。即使是在工厂，八级技工，是所有青年工人的大佬，老师傅对小青年"狠三狠四"地传帮带再也正常不过。但是网络时代改变了一切，表面上是改变了生活方式，实际上是颠覆了生活秩序。父母亲因为自己电脑上的无知而求教于儿女，连手机功能的开发程度也仅仅相抵于儿女的十分之一百分之一；做领导的也是如此。勉励者、励志者，讲解生活哲理的人，原本是曾经沧海难为水的人，如今很多时候就是一个接受勉励的人，接受励志的人，接受生活哲理的人。

做父亲的从以前的勉励者"降格"为被勉励者，但是他并没有失落，不仅是因为他心底还相信自己，更重要的是他并没有因为失去勉励者的身份而失去被尊重的地位。随着渐渐老去，做父亲的会有越来越多的事情需要儿女勉励，只要被尊重的地位没有改变，长江前浪真是对后浪乐观其成。

我想到了男女恋爱后第一次去对方上门的礼品风俗。几十年前毛脚女婿毛脚媳妇上门的时候，对方长辈正襟危坐，当然因为是对方的父母，隐隐的也因为长辈高不可攀的经济地位，他们的工资几倍于晚辈。如今毛脚女婿毛脚媳妇上门，很有可能长辈的工资只是晚辈的几分之一，买不起房，买不起车，甚至还是下岗工人。虽然晚辈的礼品也早已经脱离程式化一统，但是谦卑、尊重，是一成不变的。

谁勉励谁并不重要。改变身份的可能是经济，保护尊重的一定是文化。

假如西西佛斯不推巨石

世界上有许多事情,在这件事情开始之前已经有了答案。有如一个学生走进考场,摊开考卷,事实上这一份考卷的答案早已经存在,甚至已经锁在了出题者的保险柜里。考生所要做的事情仅仅是符合答案,而没有可能去更改答案创建答案。常常有学生自以为自己答题是正确的,哪知道离题万里呢,至少是一个步骤错了,答案也就错了。

相信每一个考生都想预先知道答案,就像每一个人做每一件事情都想预先知道答案一样。如果去爱一个人会预先知道对方是否会被爱,如果小孩学乐器而预先知道是否会成为音乐家,如果去做股票而预先知道盈亏,更加可以包括健康、事业、财富……人们常常赞叹海明威《老人与海》中那一个老渔夫桑提亚哥的坚忍不拔:老渔夫在海上漂流了84天后钓到了一条巨大的马林鱼,这一条比他的渔船还长2英尺的鱼,拖着渔船整整两天两夜之后才被渔夫刺死,然而,渔夫又遭遇了鲨鱼,经过殊死的搏斗,回到渔港时,那一条马林鱼只剩下一副骨架。老渔夫又何尝不想知道这一个答案?幸好世界上许多事情都像是彩票一样,答案总是封存到最后的揭晓时刻,使得这一个世界充满了热情,充满了期待,充满了未知,充满了决心。正是因为不知道最后拖回渔港的只是一副马林鱼的骨架,才会诞生老渔夫的坚忍不拔。

不妨说老人对于外人是一种精神,对于他自己来说是一种乐趣,他的热情,他的期待,他的决心,因为没有答案,就会尽情地发挥;他输给了答案而没有输给热情、期待和决心。

人的一生常常是在与无数个答案抗争,并且抗争到最后总是输给答案。这更像是希腊神话中的西西弗斯,受到诸神处罚,他每天把一块大石推上山,将到山顶时,大石滚下，他又推。周而复始，从不停歇。后人将西西弗斯引申为一个悲情英雄，因为他是在做一件不可能成功的事情。换一个角度想一想，假如西西弗斯没有这么一块推不上去而必须推上去的巨石，他的生活将是多么的乏味无聊。

更多的时候，我们俗常之人所做的俗常之事，做不了的要超过做得了的，心想事不成要超过心想事成，但是每一个俗常之人都做得津津有味，且不说自己不知道这件事情的最终答案，即使朦胧地知情，也还会努力地做下去，这是生活的热情和生活的期待。

我看你时很近

"你,一会看我,一会看云。我觉得,你看我时很远,你看云时很近。"这是已故诗人顾城最经典的诗句之一。说它经典,因为它的意义从它诞生的第一天起就不仅仅是诗句,是涵盖了俗常生活所有梦想和现实的距离。每一个怀揣心愿的人、尤其是心愿遭受挫折的人,都可以在这六句诗中找到歇脚的凉亭或躲雨的屋檐。

于是自有知名和不知名的人不断续写这么一首《远和近》:我看云时很近,我要去时很远;我看你时很近,你看我时很远。这一片"云",这一个"你",可以是精神世界最有境界的理想,可以是情爱世界被追求的人,也可以是物质世界中的富贵荣华,至少是一枚钻戒、一套房子,还可以是官场世界达不到的功名利禄……是一切的难以实现——我看你时很近,你看我时很远。

"我看你时很近"是一个人的心愿,它隐喻了另一层意思:"我以为你看我时也很近",这是一个人的认识误区,最后才是一声叹息:"你看我时很远。"

有一年,NBA巨星科比到上海,是为一场商业活动而来,但是他所散发出来的是梦想即生命。在体育馆的见面会上,两千多名青年人明明知道"科比看我时很远",但是阻挡不了自己内心"我看科比时很近";每一个和科比合影的人都珍藏着那一张合影,惟有科比记不得有多少次闪光灯在闪烁。科比所有的话语和上篮动作,无一不是在诠释一个信念:今天的你就是昨天的我,在我的少年时代,我就是这样怀揣梦想。所有的明星和粉丝的关系,都是如此的远和近的关系,但是完全不妨碍明星们表现得非常非常的亲近,如果表现不出亲近,真不配做明星的。

体育最能体现梦想的价值。中国人也曾经以体育为实现梦想的光明之路,而实现梦想的场所被定义为冠

圣彼得堡亚历山大剧院叶卡捷琳娜雕像下

军摇篮。这一个摇篮就是少体校。许多世界冠军都来自于少体校,不过当下的少体校这个冠军的摇篮里,梦想很少。家长们太过理性地意识到,体育是一个最残酷的优胜劣汰的项目,一个孩子去学体育,几乎等于是一个"梦想号"气球飞上天。当梦想必须与现实和功利过招的时候,梦想必然失败;并不是因为梦想柔弱,而是梦想需要梦想的气氛。公园长凳上孤独老人尚能梦归孩提,地铁上的人哪怕呼噜声起都不是梦想,而是瞌睡。

老人的孩提梦醒,哑然失笑,这意境竟然相似于"我看你时很近,你看我时很远"。地铁上的青年人瞌睡醒,下了地铁,看到站台上那一句广告:一切皆有可能。这是广告,这是物质,但是也是精神,归根到底,这是梦想。

为活而生还是为生而活

每一个地方都有每一个地方的活法，一方水土养一方人的"一方水土"就是活法。按照这么一种活法的普遍化原则，就像是以前的地方粮票，也或者是当下的地方交通卡，有了它就可以在这一个城市畅通。很多时候看上去就是这样。有一种著名的生存哲学叫做换一种活法，留学移民也罢，进城打工也罢，感情分手也罢，为的就是换一种活法。在上海这么一座城市里，弋动着几百万非上海籍的男男女女，最本质的企图在于换一种活法，当然像许多人都感受得到的一样，上海的活法不一般，既容易，也困难。

比起任何一个地方，上海人的活法是最要紧的事情，要紧就要紧在，在上海要简单地活下去是最容易的，即使是乞丐在上海性价比也不低，但是在上海要活得好是最最难的事情。在上海，从大老板到小瘪三，这其中的社会层次到底有多少层，谁都数不清楚；上海本身的百多年变化，又是常常变得回去路也不认得，于是上海人的活法，很可能是最需要隐忍，最需要想象，最需要努力，最需要抠门，最需要艺术……所谓上海人，是经历了上海昨天活法的人，而不是乘几个小时飞机空降到上海的人——其实对于任何一个地方、哪怕就是一个贫瘠的小镇来说，都是这样。只不过，有更多的人不想在自己的故乡活下去，想要到上海这样的都市换一种活法。

换了一种活法，是将人的生命从"活着"上升到"生活"的高度，也即从为活而生到为生而活，但是生活了一段时间之后，又会对这种生活产生怀疑：生活本身又何尝不是另一个层面的活着？于是思虑着再换一种活法，甚至反省自己曾经换过的一种活法有没有价值。生命在于运动，生活在于变动。

活着是物质的，生活不仅是物质，还是精神，从这个角度说，生活比活着更不容易。有新潮的男女推出了试离婚概念。试离婚听上去是要试着离婚，看下去明白是试着是否可以不离婚，换与不换，也是活法的选择。从一种活法切换到另一种活法，需要勇敢地面对，也需要缜密地分析，还需要冷静地处置——活法的最高境界，是活得有办法。

为活而生还是为生而活，不是一个问题，不是一个选择，只是一种状态。

对对对，错错错

对就是对，错就是错；不对不错，不错不对；错不是对，对不是错。

对与错，在汉语中的基本意义是正确与不正确的是非关系。社会判断，道德判断，经验判断，感情判断，思想判断，都可以用对与错来做结论。当年陆游在沈园又见已为人夫的唐婉，题下了不朽之作《钗头凤》："红酥手，黄縢酒，满城春色宫墙柳。东风恶，欢情薄，一杯愁绪，几年离索。错！错！错……"这三个"错"，道尽了陆游对社会、对世俗、对生活的是非感叹。

俗常人生的观点、品性、学业、职场、情爱、家庭……也可以在对与错中找到标签。每个人一生都犯了无数次的错误，有些错误影响一时，有些错误伤毁一生，有些错误却是造就了最后的成功，就像有些正确导致了最后的错误。每个人都不想犯错误，但是错误是人生概率的一部分，只在乎概率的大小和后果的轻重，像是风雨之于天空，像是疾病之于生命。

总有一头小羚羊犯了一个错误，成为了猎豹的午餐，当然那是致命的错误；也总有一只猎豹犯了一个错误，让一顿美味溜走。其实，猎豹像人一样，常常是空手而归。即便是两个武林高手过招，最终决定成败的，往往是一个最细微的错误，最细微的错误决定了谁是羚羊谁是猎豹，决定了强弱的归属，当然强者也会因为另一个细小的错误瞬间葬送优势。

猎豹和羚羊、高手和高手，既是各自、也是互相演绎了对与错的活报剧。人与人之间的社会关系，差不多也就是羚羊和猎豹，只不过时而是猎豹，时而是羚羊，角色在不断地转换。所有的成功与失败，既是受制于外在的对方，也是来自于自我的内力。

错误不可避免。一个人假如一生无错，将会是如何?没错过等于没对过,也等于没活过。

通常情况下,每个人都在做自己以为是对的事情,学习、生活、工作、爱情、家庭和社会,未必可以把件件事情做对,却可以说态度是对的,方向是对的,欠缺的或许只是能力。

因为方向是对的,所以就要坚持,还要不懈地坚持。于是就有童言无忌:为什么对的事情都像苦行僧天天节律,错的事情却似花和尚随心所欲?为什么对的事情不可以像欢乐谷一样充满了游戏的情调?比如简朴之于奢靡,比如努力之于懈怠,比如专一之于花心,比如踏实之于浮夸……暂且不说涉及大是大非的对与错,就说说你和我的俗常生活。简朴的生活毫无疑问是一种美德,但是简朴很艰难。穷人的简朴,往往是因为没有钱而简朴,需要勇气需要淡定。住得比人家差的房子,穿得比别人差的衣服,过得比别人差的日子,这一种内心的定力,不是每一个人都具备的。即使在道德范畴之外,即使无关虚荣无关公众视线,对的事情依旧需要力量,甚至越是浅显的道理越是难持之以恒。身体需要锻炼,许多人因为明白这个道理而去锻炼,最终却还是半途而废,半途而废不是因为怀疑这个道理，而是被别的事情所取代，取而代之的事情，往往就是错的事情，比如因为应酬忙不过来了，喝酒代替了锻炼，美食代替了锻炼……

对与错的区别在于，对是节制，错是放纵，节制需要修炼，放纵只需无度。于是，对待一些事情，俗常之人心里明白是错的，却还是在做，小则抽烟喝酒，大则情感出轨，其实都是明白道理的人在做回避道理的事情。

对与错之间，不仅仅在对与错的本身，还在于一个人的心灵修炼。

木马的心和情

在许多电影电视剧中,都会有木马的旋转,它总是契合了某一些涌动的感情。比如是一男一女爱情的初次表白,也比如是一个病重的孩子孱弱地依偎在马背上,他的身后是父亲或者母亲(往往还是单亲家庭)强颜的欢笑和无言的啜泣……木马是没有生命的,却特别适合传递心情的此起彼伏。可以印证的是王菲一唱三叹的《旋木》——旋转的木马。

木马在传递人的心情,木马是否也象征了人的心情?当一男一女情定木马场之后,他们的情爱乃至之后的婚姻是否也应该像木马一样旋转?或许会发现,在木马唯美旋转的终点,两匹木马按照同一个圆心滑行了一圈又一圈,从来没有分离过,似乎心心相印,但是彼此间的距离从来没有改变过,从来没有靠拢过,亲密无间是谈不上的。套用多年前王朔的那一句名言:看上去很美。

心和情并排地向前走,只是没有走在一条直线上,没有走到合二为一的境界。并不是希望心和情有距离,事实上,心和情可能就是会有距离。当一个人心寄对方时,他是一个有心人,对方的身体,对方的困难,对方的琐碎生活,一切都放在自己的心里。当一个人情牵对方时,他是一个有情人,对方的一颦一笑,一个暗示,都会收到情投意合的回应。心是可以寄的,情却必须牵的。或许一个人是心情并举,另一个人是心相印,情相错,或许两个人都只是有心人,那么他们可能真像木马一样,他们走得很近,甚至唯美,却永远不会走进。即便如此,也并不一定妨碍心挂在对方身上,情蓄势而不发。

更多男女的婚姻生活,几乎就是木马滑行。日复一日年复一年,如同木马的一圈又一圈,日子在重复,关爱不减,情爱不加,渐渐地没有了新奇,也淡忘了唯美,可能有一天发现身边的那一匹木马永远的若即若离。为什么就是这一匹木马陪着我?

如今老年人离婚率陡然上升,几十年的老夫老妻,几十年相濡以沫,几十年不吵不闹,几十年不离不弃,怎么到了晚年,也会因为彼此的性格不合而分离?两匹木马平行地转了一生,平行不下去了。因为他们不是木马。

这一代老年人当年结婚时,取舍标准只存在对方人好与不好,确实是忽略性格差别的,性格的差别一直横亘婚姻之中。当我们将离婚理解为婚姻失败的时候,我们应该承认失败是一种痛苦,尤其是对于中国的老年人来说,怎一个"离"字了得!我们仍旧将木马作为一个比喻,两匹木马确实有距离,但是毕竟围绕着同一个圆心,也是最默契的一个人,直至终点铃声响起,是一个可以一直陪着你的人。在离开木马式的婚姻时,或许离开了木马场,或许只剩下自己这一匹孤零零的木马。

摩天轮是风也是俗

据说城市中的恋爱男女几乎都去坐过游乐场的摩天轮,还有许多男女就是在摩天轮上完成了从相识到热恋的更替。摩天轮平和而周转,景在眼底人在空中,视野开阔空间私密,心有所动身有相依。摩天轮简直是为恋爱男女度身定制的浪漫器皿。当然也偶有恐高症者不敢睁眼,也有幼童承受不起飘飘欲仙而哭吵。摩天轮一个周转是 10 分钟左右,绝无半途而废可能。如果稍稍有力学的常识,就会发现,摩天轮不管是否有人乘坐,它一直都在匀速转动,像一个惯性的物体,周而复始,日夜兼程,所有的男女,仅仅是这一个惯性物体上的过客。

做一个很浅显的比喻,我们每一个人都生活在惯性之中。有许多事情,都是处于惯性状态,我们不知道它从什么时候产生了巨大的惯性,也不知道巨大的惯性终结在何时;惯性可以很温柔,可以很趣味,却也是无法摆脱它,只有服从。以至于在惯性面前,冷静理智都显得柔弱。

有社会学家,也有知名人士,冷静地劝解白领不要买房,应该租房。他们的立意是对的,经济账算得也正确,但是他们对背景的理解是错的。他们考虑到的是纯粹的经济问题,没有考虑到的是社会的惯性问题。或许我们很难考证源于何时结婚必须买房,很难考证结婚主要由男方买房,但是结婚要有自己的房子,确切地说,已经成为社会的风俗。风俗不是是非,而是潜移默化的惯性力量,除了个别的案例,谁都只能服从风俗。在大城市,结婚要有房和结婚要有床几乎同样重要。风吹到哪里,脚走到哪里;俗行到哪里,人跟到哪里。五十多年前,我们的社会掀起移风易俗的运动,要破四旧立四新(都已经想不起来四旧何谓),一时间旧风俗几乎绝迹,但是八十年代人文归来,所有风俗的传承一点都没缺少，甚至还更加浓重，移风易俗不是那么容易的。当年所有的庙宇寺院教堂都被社会屏蔽了，老百姓也就过着没有宗教自由的生活，但是改革开放之后，信仰自由有了保障，如今的庙宇寺院教堂更加多了。这就是风俗。要改变结婚需有房的风俗，就像要从摩天轮上跳下来一样，且不说无法跳下来，而且也不愿意跳下来，因为这一种惯性、这一种风俗，无奈中有温馨，温馨中有坚持。

即使人与人的关系，很多时候也浸润在风俗的惯性之中。一个学心理学的专家，面对瘫倒在床的妻子，十年坚守，是感人至深的家庭故事，也是中国人的风俗、中国人的文化。这样的坚守是艰难的，这样的坚守是欲罢不能的，但是谁又能说其中没有温馨？它也像摩天轮一样，让我们抬起头来看着它。

生存基本要素

钱、性和权力,向来被视为好莱坞的三大基本要素,事实上人世间的许多爱恨情仇,是非纷扰,也就是被这三个基本点所缠绕。对于市井百姓来说,权力高高在上的,此生沾不大到。性则是在法律道德心理保护和制约下的一种个人生活常态,只要努力了,可以做到安然无事。惟有钱,最缺少不了,却又常常缺少,钱才是一个人终其一生的基本点。

钱是物质的价值衡器,似乎是丈量不了精神的,钱买不到友情,买不到精神生活,但是对友情,乃至对精神生活的忠诚和付出,往往是用钱来体现。大到国与国之间的灾难援助，小到人与人之间的慷慨解囊，钱能够证明一个国家的友好态度和一个人的感情境界。四十多年前曾经流传过一个援助故事，罗马尼亚水灾，中国国务院已经拟定援助100万美元，报告送到毛办，毛泽东提笔在100万之后加了一个零，1000万美元的红包到底是丰厚的。那时候捐款只是国家大事，与个人无关，如今捐款，世界大同，名流带头。当公众人物参与慈善的时候，确定某一个人口碑的只有钱。世界上的各类慈善组织，早就为所有明星公众人物设置了慈善的必修课，这门必修课，就是钱。即使是市井百姓的血缘相传、人情往来和红白喜事，一个红包出手，足以表示心意的是钱多钱少。那一些含辛茹苦无私帮助足以感动中国的故事，细细想来，几乎都是把自己的钱花在别人身上的故事。越微乎其微的钱，越来之不易的钱，越鼎力相助，越令人感动。这个时候，钱就是境界和人品的证书。

钱是俗常的生活的，似乎它体现不出品位，比如居家装饰和个人穿戴，一个有钱而没有品位的人，总是免不了奢华和香艳齐头并进，但是真正的品位，都是要花钱的，哪怕是在街角露天坐下来品味一下品位，也是钱在打理品位，是钱在衬托品位。这个时候，钱就是品位的阳台。

钱可以用来过日子，可以品味日子，似乎它疗救不了伤痛，比如意外事故，再多的钱也无法弥补永远的悲伤，但是对永远的悲伤最高的慰藉，最终还就是钱。对于获得赔偿的一方是慰藉，对于赔偿的一方是代价，有时候也是诚心。

二十多年前，上海有两个年轻女财务分别被两个假白马王子蒙骗到了贪污的地步，一审死刑，二审死刑，直至最后关头，一个维持原判，一个活了下来。活下来的她第一次面对媒体，慨叹她与钱的往事：要是没有那些钱，生活该是多美好！

恨铁……

几乎只有这么一种恨,并不体现恨的本意,而是在于激励、鞭策,并且也只有在亲情亲密亲和的人际关系中才会发生,比如父母与孩子之间,妻子与丈夫之间,老师与学生之间。这一种恨,是恨铁不成钢的恨。它是一种希望,虽然常常接近于无望。

有一个做妻子的女人,恨自己的丈夫不思进取,怕艰苦,没有毅力,甘于现状——当然是女人所不如意的现状,唯有恨铁不成钢可以表达她对丈夫的态度。她以丈夫旧日的某个同学作为参照物,她以丈夫单位里的某个同进者作为坐标,一对照,原来不相上下,如今相差甚远。可以相信这样的女人在社会生活中很普遍，也可以相信被他们所恨的丈夫也很普遍。有一些做丈夫的男人，被妻子恨着恨着，真是由铁而成钢，更多做丈夫的男人，被妻子恨着恨着，依旧没有成钢。

这些男人的妻子恨是应该的，只是当这种恨得不到回报，铁依旧是铁的时候，或许应该这么想，这些丈夫就是铁，而不是钢，再恨他也还是铁，终生是铁，百炼未必成钢。没有地位，没有财力，没有灵气，甚至都没有花头，在任何场合，在任何阶段，他总是一个被领导者、被轻视者、被遗忘者，或许还是一个被嘲弄者，一生平常平庸，除了做一个本分的丈夫、本分的员工，再也没有大的作为、大的梦想。或许这样的男人因为很少尝试也无所谓失败，但是他们从来没有成功过。不必寄希望这样的人，某一天早晨醒来，突然成为了叱咤风云的伟人，成为了呼风唤雨的男人。能够等到的，是早晨醒来后的一个哈欠；能够等到的，是每天准点下班回家的男人；能够等到的，是上菜场下厨房做家务的男人；能够等到的，是晚上孵在沙发上看电视剧的男人。

这真不是钢,而是铁。

难道,铁错了吗?

真实生活中足以被公认为成功的男人,只是极少极少的一部分,百分之九十五以上的男人都不是钢,而在不是钢的男人中,还未必全部是铁,或许还是木头。即使木头也不是木而有错。社会不需要人人都是钢。本分做人老实工作,是正常社会的基本;平平常常碌碌无为,是正常社会的常态。可以成为钢而未成钢的铁是应该恨的,无以成钢的铁,既恨不成钢,也就不应有恨。

这不仅是做妻子的心态、做父母的心态、做教师的心态,也是社会的心态。

无意说,人人应该甘于铁的现状,只在意对自己的客观认识。有一个年轻女性,辞别金茂大厦上班的白领身份去种草莓的时候,她不是承受不起白领的压力,恰恰是为了去开辟一个草莓王国,她不仅是要成钢,还要证明自己是金子,她的格言是:是金子到哪里都放光芒。还有一对夫妻应该也是循着这句话来到上海,他们有一个美丽的梦,这一个梦快要实现的时候发生了意外——

男人生重病了。他们的感叹不再是铁,是钢,还是金子,而是健康——是否能够成为钢或者铁,也是一个人的命哪。

淮海中路上的人民照相馆,曾经赫赫有名,如今卧底在巨鹿路的一条弄堂,225弄7号,据说要动迁,人民不知何处去,弄堂到底几朝晖

人性、人文、人本

再深奥的理念,只要将它们投入到最俗常的生活体验中去,就会显示出它们生命力的光辉。

马路上的汽车要礼让行人,即使行人触犯了交通规则,驾车者也不能无视生命的尊严,这就是人本;许多城市曾经有过一些新建筑以玻璃幕墙包裹,还曾经被视作一道风景,后来渐渐地拆除,因为玻璃幕墙只考虑到视觉的光鲜,没有考虑到它对人造成的光污染,这也还是人本。公交车上要设立老弱病残孕专座,保护羸弱的生命乃至延伸到自然,不允许弱肉强食的动物行为成为人类的准则,这是人文。公共场所常常会有意想不到的事件乃至悲剧发生，总是会有人热情关爱，或者慷慨解囊或者鼎力相助，也会有人袖手旁观漠然而去，当然还会有人在光天化日之下作恶，有人在暗自行善，这就是人性的阴阳。

十多年前，有一个品牌手机的广告语不仅具有强烈的宣传效果，也很快成为了流行语，即使今天回想起来，也还是很有见地，那就是"科技以人为本"。原先人们都觉得这仅仅是这一个品牌手机对消费者的泛泛亲和，再细细想下去，倒是有了意想不到的结论，科技是有可能不以人为本的，所以才要提出以人为本。人发明了火药，火药演变为炸药，人是直接的受害者。事实上，细枝末叶的生活常常都浸润着人本意义。

人本是人与人造的关系，人本是在确立人的位置，人本需要建设。

人文是人与自然的关系，人文是张扬人的境界，人文需要关怀。

人性是人与人的关系，人性是体现人的善恶刚柔，人性需要解析。

更多时候，人本、人文、人性总是纠缠在一起，原因也简单,因为都与人有关,而且也与你我有关。

　　有一位数学女博士,读了二十年书,戴上了博士帽,理当受到大家的羡慕,况且她还是一个残疾人,出生时母亲难产导致她小脑脑瘫,手脚略有不便,幸好她的大脑极其优异,她比常人更艰辛,也比常人更优秀,理当受到社会的尊重。当她将自己的简历投送到一个个公司应聘的时候,却遭到了婉拒,婉拒的理由在于她的手脚不便,她放下博士的身段,想找一份最简单的、低薪的工作,还是遭到婉拒,因为她手脚不便,在面试官眼中,她远远比不过一个职校生来得得心应手。残联很关心她,但是残联提供的工作都是低学历,无法提供一份博士生的工作援助。至于爱情,这一位数学博士更加不抱希望,一个女博士,一个手脚不便的女博士,一个工作没有着落的女博士,她找到爱情或许比找到一份工作更难。她期待着援助,这一份援助,包含了人本,包含了人文,包含了人性。

在后悔与忏悔之间

我们常常叹息在后悔中,却很少沉浸在忏悔里。甚至在很长一段时间,有许多人,不知道"忏"的读音,于是秀才读字读半边,将忏悔读作"千悔",无意间也是透露出忏悔并不是许多人心底的思绪。

萦绕在心间的是后悔,后悔才是俗常人生的常客。比如一说到买房,一说到股票,常使英雄泪沾襟,后悔自己没有抓住历史的机遇;也有励志成才的,"少壮不努力,老大徒伤悲",堪称是一个一事无成的老大的后悔书;更会有婚姻出错的,所有的分手总是对牵手一路走来的后悔。事后诸葛亮是人生的后悔大师。无奈人生是最彻底的"落子无悔",即使弥补了曾经的过失,也已经失去了曾经的时机。

为没有将自己的生活设计、安排得尽善尽美后悔,虽然有蛮多的功利成分,基本上还是属于遗憾式的后悔。还有一种后悔,是对自己某一种错误的后悔。小时候在学校里犯了错误,要写检讨书,这是最低级别的悔过书;乃至那些过眼烟云的名流,在铁窗里悔过自新的时候,虽然带有强制性的性质,关键情结还是在于一个悔字:我错了。

还有一种后悔,也是来自于纠正自己的错误,后悔的不是自己错了,而是没有先知先觉地将自己的错误掩饰得更加天衣无缝。往往一个小诡计可以驾驭自己一生乘风破浪,但是一生往往也就翻船在阴沟里。当然后悔,只是,后悔的不是自己的小诡计,而是没有想到还会有阴沟,阴沟是专门让小诡计失手的水流。

仅仅有后悔是不够的,对生活需要的是后悔,对心灵需要的是忏悔。有部电影中有一个情节,一个死囚犯行将被绞刑,有人要他做一个伪证,他拒绝了,他说已经做过了忏悔,灵魂已经净化了,不可以再做坏事情了——忏悔是对自己人生的交代，是对自己有损于社会的错误的坦白。忏悔是一种精神，也是一种勇气。法国前总统密特朗在去世前公开了自己的私生女，德国前总理勃兰特在犹太人纪念碑前下跪，都是在做深深的忏悔。忏悔需要人文力量的驱使。

后悔与忏悔常常交织在普通人的命运中。小荧星歌手吴怡铮，很不幸是一个盲童，她的父母一定后悔过自己没有早一点发现孩子的病情，一定怨恨过医院，也许还怨恨过自己给孩子带来了终身的残疾。无法揣测他们是否去烧香拜佛，但是谁都知道他们集结了所有的生命能量，要将自己的孩子带领到一个盲童通常到不了的地方。他们成功了，但是他们不知道还能够带领自己的孩子去哪里，是像波切利那样？还是像更多的盲人一样在福利工厂工作？

难的是看到别人的底限

有一位女士恋爱之初犹疑不决是否继续双方的关系,因为她知悉了对方的若干缺点,以及与自己要求不尽符合的方方面面。倒是她的朋友对她说,你知道了他的底限远比不知道他的底限好,首先说明他没有骗你,第二也说明,底限就是底线,是已知数,虽然有点无奈,总是要比那些虚无缥缈的上限真实得多,那些华而不实的梦想、理念、奢华,到头来,只是一堆空心汤团。确实,感情生活中所有受骗源头,无一不是美丽的谎言和不切实际的空谈。

底限大约就是每一个人水落石出的那一部分。干涸的河道上，有乱石，有淤泥，有杂草，有爬虫，有垃圾；春江水暖的时候，这些不讨人喜欢的东西都被淹没掉，没有人会注意它们，甚至连自己都已经忘记了它们的存在，事实上，它们一直存在着，只是取决于河水是否存在。每个人诸多行为的缺点，心理的阴影，命运的蛰伏，很多时候都深埋在河底，在"让我们荡起双桨"的歌声之中，看到的是蓝天白云，蓝天白云是相同的，是一个人的梦想，就是一个人的上限。

看到别人的上限并不难，难的是看到别人的底限，也包括自己的底限。上限或许是激情四溅，或许是山花烂漫，却未必是现实的，未必是实现得了的，每一个人的青春励志和美好宏图很像是这一片蓝天白云。底限往往是斑驳陆离，酸楚杂陈，每一个人的失意、过错、落魄、残缺，就是这一片干涸的河道。人的一生心在向着上限飞去，脚在沿着底限走去，底限没有风光，却是更知道自己的位置。知道自己的底限，要比知道自己的上限更加踏实；知道别人的底线，要比知道别人的上限更加放心。底线是对一个人的最低容忍度，上限是对一个人未知的希望度。几乎所有的广告告知的都是产品的上限,所谓虚假广告,是对上限的拔高,仅仅凭着广告的忽悠就相信产品的人,多半要吃亏。吃亏在于被上限晃了眼。

人与人之间的关系也是如此。

谈情说爱,起初是根据生活的上限寻觅恋人,而后却是要接受对方的底限,这是从天上回归地面。当然底限也有被突破的时候。

远虑和远方

人无远虑,必有近忧。如若联想当下,如若联想自己这一二十年、甚至就是三五年的日子,恐怕很多人都在后悔,为什么我当初没有买房子?我可以一生不贪图荣华富贵,我却不能不为没有买房子而后悔。当时没有想到、或者想到而没有做到,就叫做没有远虑,于是就有了近忧。

以前没有琢磨过"远虑"之虑,在这一个意义上,就有了切身的体会:远虑之虑是机会,所谓远虑是对机会的把握,谁把握好了,谁就有了机会,普通人一生寻寻觅觅的也就是机会。所谓幸福,也就是把握机会的得意，所谓一唱三叹，也就是与机会的擦肩而过。股市大鳄指点迷津，指点的是机会的稍纵即逝。

只是机会不等同于福利，不等同于勤奋，不可能人人皆有，人人有之就不叫机会。虽然在机会面前人人平等，但是失去了机会，人与人就不再平等。一个人的成功，一个企业的成功，在很普遍的价值意义上，就是把握机会的成功。于是每一个人都在寻找机会，都在为机会而努力；众里寻他千百度，蓦然回首，那人却在灯火阑珊处。忙忙碌碌，辛辛苦苦，酒逢千杯，称兄道弟，如鱼得水……与其说是图远虑，不如说是解近忧，近忧才是更多人、更多人的难题，如果没有了近忧，也就不需要远虑；如果不需要去想健康的问题，读书的问题，职业长久的问题，房子涨价的问题……人真的就没有远虑了，人没有了远虑，也就没有了近忧，更不会因为远虑不成而焦虑。

如果没有了远虑，人是否还会有兴致去众里寻他千百度？人没有了远虑，才会有远方，人没有了近忧，才会有平和的心，才会有诗意。所谓远方，所谓诗意，是按照一个人的兴趣去生活，不需要考虑兴趣是否具有当下的经济价值,不需要考虑志向是否会有职业的未来。就像诗人海子写的那样:我要做远方的忠诚的儿子和物质的短暂情人;甚至,人们可以不热爱父母,不热爱自己,不关心哲学、算术和天文,也可以不管风向、水土和地理,但没法不让他想起远方。远方就是你一无所有的家乡。

但是俗常之人很难做到。某大学的哲学系以前是一块金光闪闪的招牌,如今它的毕业生只能去做一个中学政治老师,于是,这一个最高考分的系,都没有什么门生了。于是,如果有人这么做了,还得不到旁人的理解。有一个男孩子大学毕业,父母亲为他安排好了职场,烟草集团,这是一个令人垂涎的单位,但是这一个大学生很简单地拒绝了,理由仅仅是"我不抽烟",他宁可去汽车修理厂,从工资300元的学徒做起。还有一个女孩子,大学学的是开船,开大船,开去向南极的雪龙大船,她填写大学入学志愿是瞒着父母亲的,因为父母亲肯定不同意,女人开船是犯大忌的——女人上船船要翻哪。一男一女两个大学生的兴趣一直被社会机会价值论证着对与错。事实上他们做的事情,不在于对与错,而是在于爱与不爱。

问题是,生活中,很多时候爱与不爱要服从对与错。你我都是这样的远虑近忧。

法国国旗可以这样飘飘

道德这本经

像是一条定律,凡是需要大力学习提倡的事情,总是要付出代价,尤其是道德,高尚的道德,几乎是苦行僧,是吃苦耐劳,是不计回报的付出,是舍己为人。在祈求好人一生平安的时候,实际上心里明白,好人常常一生坎坷;甚至也只有做到这种程度,道德才有了风范。"感动中国"的所有感动,都是在为道德感动,感动中国的所有眼泪,都是洒在了含辛茹苦的丰碑上。

感动是容易的,效仿是困难的。如果人人都可以效仿,那么天底下就再也没有可歌可泣的感动了。因为人难以免俗,俗就是利。道德讲究的是义,俗围绕的是利,

"见利忘义"这一个成语明白不过地将义和利设定为天地两端,好坏两极。人性的弱点让人见到了利容易忘记义,甚至不理会义,人性的光辉又让人拥抱义而抛弃利。于是对道德高尚者的奖励不仅是精神,也附加了奖金,让道德得以伸张传承,也算是让好人有好报的一个社会主张。

有什么办法可以让道德本身包括利益,让一个奉献者从奉献中获得利益,而不是来自于社会的褒奖?让一个奉献者可以看清楚奉献的本身就包括了利益,而不是为了利益的假惺惺地奉献?如果用一种物质化的语言来说,就是如何让道德具有可操作性,操作性就是传承,美好的道德也是可以操作的。

操作的是人与人之间的关系,是这种关系体制上的完善。不完善的人际关系,既催生了崇高的道德,也滋生了败坏的道德。也许在道德层面上最完善的人与人关系,是上海开埠后绵延而起的师徒关系。

学徒要拜师傅,师傅是仅次于爷娘的亲人长辈。一个学徒在对师傅尊重的论资排辈中,体会得到的是自己卑贱的身份,遥望得到的是自己光明的未来。当一个学徒吃了三年萝卜头饭满师后，虽然师傅仍旧是师傅，仍旧逢年过节还要孝敬师傅，但是自己做生活已经单飞了，再过三五年，自己也可以收徒弟了，自己也可以像师傅一样接受论资排辈的好处。一日为师，终身为父，不仅仅是说对待师傅要终身当作父亲一样，也是说，今天你把师傅当父亲，明天你就是别人的父亲。当一种社会法则会使人既约束自己也获得利益的时候，这一个法则就成为了道德，甚至就可以倒过来演绎：当一种道德在约束自己的同时也会使自己获得利益，这一项道德就成为了法则。

有一位朋友留恋说，现在没有师傅徒弟那种温馨关系了，所以职场人际关系就赤裸裸的利益至上。

这大约就是道德和利益因果式的互动，中国人素来讲究因果相报，也许师徒关系不能永久延续，但是这么一种美好理应得到扩大和传承。2014年，上海大剧院有一场京剧名家晚会，不仅有名角儿的唱，还有京胡大师的拉。当晚最动人一幕，是京胡大师尤继舜的登台表演，他是坐着轮椅上台，和他一起登台的是他的学生陈平一。尤继舜脑梗已经多年，他痴心舞台，但是半身不遂心难遂。学生陈平一,也已经是京胡大师,他要满足老师的心愿。那一晚,尤继舜左手压弦,陈平一紧坐在尤继舜一侧右手拉弓,师徒俩完成了《山坡羊》珠联璧合的表演。如果不是充裕对师傅的尊敬,陈平一不会上台,如果不是师徒俩的心心相印,也无法完成高难度的表演。

师徒不仅是关系,不仅是道德,更加是一种文化,是一种谁传承谁就有责任、谁传承谁就会获得好处的文化。

关于这篇文章的后话:写完这篇文章后,某一位领导和我讨论文章的价值取向,他认为道德付出是不应该期待回报的,我则认为如果没有回报,道德是没有生命力的。他也没有说这篇文章不好,但是出于对领导的尊重,我当时稍稍雪藏了一下。不过我仍旧坚持我的观点:道德需要洄游。

他 们

这一个世界、这一个城市每天都在发生着许许多多喜怒哀乐的事情。有人在酒店步入婚姻殿堂,有人在医院生死别离,有人在欣喜新生命的孕育,有人看到的是生命的尽头,有人在觥筹交错,有人在借酒消愁。

我们不会因此而喜怒哀乐,并非我们冷血,只因为他们是我们不相识的人,我们和他们之间缺乏感情的传递通道。有时候偶尔得知那一个高兴的人或者失意的人,是我们的故友,我们的感情就会有所起伏。比如报纸上天天会有讣闻,我们不会有所动,因为我们不认识逝者,但是有时候不经意间,看到了一个曾经相识的人的讣闻,哪怕是一面之交，我们的心也会触动，也会惊诧地问自己，他怎么走了呢？感情的动静决定于我们和他们之间的距离。这距离，是地理的距离，也是精神的距离，人文的距离，熟悉和陌生的距离。人是感情的动物，感情是距离的奴隶。当有些人被我们称作是"他们"的时候，是因为距离的遥远，他们不是我们。同样我们的喜怒哀乐信息他们也不会接收到，我们也是他们的"他们"。我们常常说，世界真小，我们也不得不常常说，距离很远。我们，你们，他们，这三个称谓，将三种距离的感情表述得淋漓尽致。

他们意味着距离，但是他们不等于不存在，就像我们在他们面前也是陌生地存在一样，所以才会有交流、沟通、往来，以至于海内存知己，天涯若比邻，从他们过渡到你们进入到我们，往往是一层纸的距离；一回生二回熟，是酒席上的笑语，也是生活中的经验。

但是还有一种他们，比如，同性恋者，或许他们就是我们的邻居，或许他们就是我们的同事，反正他们和我们的距离很近，但是我们很少会去想到他们。只是因为比起绝大部分人来说，他们具有不相同的生活轨迹，于是就有不相同的生活方式生活命运，于是他们处在我们的边缘，处在我们的视线之外，甚至我们知道他们却无法了解他们。他们是一小部分人，但是他们同样需要理解需要关爱，归根结底，他们和我们一样是社会人。

根据我们政府的定义，同性恋者是基于他们的生理基因。我们是否想过他们面对自己的父母难以启齿自己的性取向？我们是否想过他们生活中的困难？我们是否知道有一些合法的民间组织，组织起同性恋的精神生活，在宣传科学卫生知识的同时，也为他们办了许多实事？

程度改变了态度

有一句名言"态度决定一切",应该是无可厚非的,但是很少有人追问,是什么在决定态度?

南方如今会像北方一样的下雪。当天空飘落下第一片雪花时,时尚的男女青年在期待、在行动,几乎所有的公园绿地都成为了摄影的背景。对于南方来说,雪,是一道难觅的风景。这就是南方人对雪的态度。但是当雪不再是昙花一现般的珍奇,而是每一天每一刻,就好像是2008年的那一场雪灾,有人在摔跤,有人在撞车,有人因为雪而误事,气象台将雪上升到蓝色预警时,没有人还会津津乐道雪是童话世界,可爱的雪、洁白的雪、风景的雪已经和台风没有什么两样。到了贫瘠的内地，雪竟然就是灾难的同义词。雪让南方的天变成了北方的天，但是南方的地仍旧是南方的地，南方的地承受不住北方的天。

雪不知人的态度，人却改变了对雪的态度；人对雪的态度改变，不是人要改变态度，而是雪从观赏性到妨碍性，改变了人的态度。雪的程度决定人对雪的态度。这不应该看作是人的功利。人对世界对生活的态度，常常取决于程度。几十年前，人们将不夜城视作为城市的标准，上海还拍过一部《不夜城》的故事片，但是当不夜城每夜在人们眼前炫耀的时候，人们更钟情于乡村夜间的浑朴，不夜城等同于光污染；而在遥远的边塞内地，电灯甚至还是一个梦。生活的量变导致人的态度的质变。

自从玛丽莲·梦露主演《七年之痒》以来，七年似乎就成为两性关系、婚姻关系的一道水坝，看似平静的关系到了这一关口，总是有了点波浪。这七年的年限，基本上也可以看作是一种关系的程度积累。或许不是七年，但是总会有一段让人不再惬意的时候。如果说蜜月时无间，那么之后就是克制，对对方某些习惯的承受力渐渐达到了饱和达到了极限。于是有人纠缠，有人妥协，有人退出，有人言和。很难说哪一种态度是对是错，因为每个人面对的程度不一样。婚姻专家总是以教科书的普遍理论教育劝解当事人，其实普遍的理论忽略的是程度，程度只有当事人自己明白。

程度在改变人的态度，程度也在考验人的态度，程度在催生人的态度。乃至于某一种让人钦佩的态度，也不是与生俱来，只是因为渐变的程度决定了一种态度的滋生。有一位白领丽人，完全偶然地结识了一位盲童，她真的只是怜惜这个盲孩子，这个盲孩子也只是夜里有意无意地给她拉了拉被子，她却从此割舍不了对这个孩子的感情，一直到为了助养这个盲孩子而结婚。这一个态度的形成在于她和盲孩子的感情程度从量变到了质变。这一位白领丽人，让人领略什么叫做情到深处，深处就是程度。程度是让一个人面对某种状态融入或者分离。

数一数自家老祖宗

有一位老人不久于人世,他将当年他的爷爷写给他的爸爸的书信郑重地转赠给了儿子,并且娓娓道来家书抵万金的彼时彼事。儿子当然收下了,但是神情中有一丝茫然:书信中的事情是他陌生的,书信的主人是他没有见过的,当然没有任何的社会知名度。这些家信是最普通的信件,不可能去参加苏富比的拍卖。儿子晚上和妻子玩笑着说,以后我们是不会有信要交给下一代的,因为我们都是手机短信或者电子邮件。

如果遇到相似的问题,且如何作答?向上追溯家族的前辈,能够说得出几位?他们的身世,他们的名字。不苛求知晓列祖列宗，上几代的老祖宗是你记在心里的？老爸老妈，爷爷奶奶，外公外婆，或许因为童年时代看到过的再上一辈。除非是显赫的成功人士写传记，芸芸众生的家族记忆基本到此为止。也不会有人尴尬，虽然是老祖宗的传承，毕竟连照片也从来没有见过，感情就无从寄托。如今的家族印象基本上是见到过的几代人，亲情的柔和更是集中在三代之内。

比中国人的家族观念有过之无不及的是，韩国政府的一项调查显示：仅有五分之一的韩国人把祖父母或外祖父母视为家属。最讲究人伦传承的东方文化是否有数典忘祖的趋势？

中国人以前是最讲究自己家世的，要建祠堂，要修家谱，至少也是说得上自己的一个家族的由来。甚至在"文革"中，中国人还有明确的三代观念：一个人要参军要入党，家庭出身需要三代工人贫农云云。而后"祖祖辈辈"渐渐淡出了日新月异的生活。不见得是忘本，却是几乎所有的感情都围绕在活着的人身上，饮水思源，恐怕还就挤不出时间思源。主要的感情寄托，大约是清明冬至扫墓。有一位美国人，当然他代表的是美国文化，不知道东方文化的深邃,他不理解为什么要在一个统一的时间凭吊自己的亲人,他说他更愿意在自己生活的重大时刻,去到家人乃至家族的墓地,向已故的长辈和亲人轻声地诉说自己的事情。如果说有什么区别的话,中国人的感情在活着的时候,远比西方人浓烈,简直是浓油赤酱;但是在阴阳两隔之后,仪式虽在,西方人的情感追溯更加源远流长。曾经有篇文章记载了一个老外家里床架的由来,床架背后刻了每一个前辈使用者的名字,实际上就是一张普通的床架,主人说,看到它就感觉到了自己家族的传承。

当然不是所有。在上海有一位孙先生,十几年前,母亲去世之前嘱咐他一件事情,要将上千万的遗产开办一个福利院。而母亲的这一份心愿,又是来自与宋庆龄交往中的耳濡目染。为了实现母亲的这一份遗愿,孙先生辞去了公务员,妻子中断了珠宝生意。福利院终于开办后,孙先生将母亲的照片挂在福利院,他是想让母亲亲历她自己的心愿变成了现实。

亲疏之间

朋友还是老的好,而且越老越好。老同学聚会,老知青聚会大凡三十年以上的朋友关系基本上都像是三十年以上的茅台,值得珍藏、值得炫耀、值得分享。珍藏、炫耀和分享有相似的模式,老朋友关系纯粹,所以友谊长存。历史老人真是有足够的包容,使得两个当年打过架的愤青今日一醉方休,把当年为了一个女孩子争风吃醋而互殴当作了美谈;也使得当年两个互相抬杠的小干部今日互相抬轿,惺惺相惜。酒过三巡,有人忍不住将当年老同学的纯粹与自己单位里的是是非非相比,得出的结论是如今人际关系的复杂和功利。这个结论还真不约而同,为这个结论,老朋友们又干了一杯。

席中有人感慨:要是我们这些人几十年来一直在一起做同学做同事甚至做亲家多好;有人《红楼梦》一般地叹惋:天下没有不散的宴席;却又有人煞风景地问:要是我们这些人一直做同学做同事还会是朋友吗?会不会也是像在自己单位里一样,搞是搞得来!

如果人与人的意识之间可以蒙太奇,很有可能在差不多同一时刻的不同地方,被称作"搞是搞得来"的那些人,也在和老同学老知青聚会,也是在感叹老朋友的纯粹与如今人际关系的深不可测。两个分别在感叹当年各自老同学纯粹的人,却无法与如今的对方纯粹相处。而且,几十年后的历史老人绝对不会像现在这般包容几十年前的纠纷,几十年后,如今已经结下梁子的两个人或许会记不住矛盾,却不会成为老朋友,也不再会把今日的矛盾转化为纯粹。

各自的紧密关系就是各自的纠结,各自的利害关系就是各自的矛盾。如果再推演到婆媳关系,一老一少两个女人都是和善的女人,但是一旦成为了婆媳关系,甚至还住在一起,没有矛盾才是怪呢。十九世纪英国首相本杰明有过这么一句名言：没有永恒的朋友，只有永恒的利益。在俗常人际关系中，永恒的朋友是没有利益关系的，更确切地说，是没有利害关系的。无缘无故才有爱，有缘有故常有恨。

紧密无间是很多人向往的，事实上有间常常在紧密之中。人与人之间的关系疏朗一点，亲密会淡一点，但是矛盾也会少一点。如今邻里关系普遍地疏远了，却也普遍地和睦了，和睦的本质在于互相之间没有利害关系，用这一句名言形容特别准确：君子之交淡如水。虽然是有点淡。

善举的意思是……

钻牛角尖一般地问一下,"善举"为什么要叫"善举"?很多人明白善,很多人也善,却是很少人说得清楚,善为什么要举。有人含糊地回答是善良的举动,错了,善举的举,是举重的举,善举是要将善举起来,并且一直举着,一直不放下。善举是对善的最高评价,也是对善的最高要求。

如果明白举重有多难,就会明白善举有多难。举重是要把超过自己体重几倍的杠铃片举起来,是要把常人举不起来的重量举起来,是要忍受着腰椎间盘的伤痛、扎一根护腰带后把杠铃片举起来,每一次举重是每一次咬牙。真正称得上善举的行为，就是如此。一个富人拿出百万千万救济穷人，一个正常生活水平的人捐一点点钱，当然是好事，这叫做善事，善事需要善心，但是基本不需要咬牙，更不需要伤及腰椎间盘。善举拿出来的钱可能远远少于富人，善举也可能拿不出钱只是出力，只是一直做着很吃亏的事情。《渴望》中刘慧芳作为一个符号式的形象留存下来，她的符号意义恰是"善举"，任劳任怨，默默牺牲，只有付出，得到的仅仅是羡慕式的掌声，乃至因为有喝彩就要坚持将善一直举着举着，再累再苦也要举着举着。

善举不是轻而易举的事情。"莫以善小而不为，莫以恶小而为之"这句训诫，其实包含了另一层意思：人是很容易不为小善而为小恶的，所谓恶，不见得是恶毒，倒是惯常的好逸恶劳，恶不需要举，只需要行；善要吃力地举上头顶，恶只需轻妙曼舞。

举重还有一个细节，很多人不知道，当一个人奋力举起时，还要等待三盏灯同时亮起，才可以放下，才会获得掌声，否则就是失败。在世俗社会中，善举也常常如此。不知道这样的比喻是否准确，社会对善举的肯定和表彰，有点类似举重比赛的三盏白灯，掌声那就是来自最普通的人了。善举永远值得社会的敬重，永远值得旁人的赞叹，但是让善举的人保持着善心却轻轻放下举得很苦很累的重担，是社会的理想，并且也是社会的责任，让善举的人腰椎间盘不再突出、不再举起超出自己承受能力的重量，让一个任劳任怨的人不再积劳积怨、身心俱疲，也是所有旁观者赞叹着的必备的善心。

当然这或许是很遥远的将来。在当下，善心、善事、善举都依旧是社会的甘霖。有善举的人，我们以为她很苦很累，她自己却是看到了比她更苦更累的人，并且看到了自己善举的价值，她并不是等着三盏灯亮起，并不是等着一片掌声。她可以不期待掌声，但是我们必须为她喝彩。

像角马过河一样

　　看过动物纪录片的人，一定看到过非洲角马，看到过非洲角马的人，一定看到过非洲角马每年一次的壮举，那就是在大迁徙途中角马渡过马拉马拉河，当然还有格鲁麦提河与其他河流，但是数马拉马拉河的角马过河最为壮观，也最为悲壮。我们对角马的认识大概就仅此而已，不过已经足够了。每年约一百五十万头角马渡河，以千军万马来形容显得"鞋码"太小太小。是蔚为壮观，不过更加是悲壮惨烈。因为每一次渡河，河中一定有大量鳄鱼守候会餐角马；还有些老弱的角马在湍急的河流中撞死在礁石上；更加有一次悲剧，约一万头角马被突如其来的洪水淹没。但是角马必须全部冲向对岸,并且年年如此。冲过去的都是幸运者,却不知来年是否依旧有幸。

有人说这是角马的英勇和坚强。这是一种赞美和联想,实际上是错解了角马。角马渡河是角马的生存需要,是它的本能。被鳄鱼吃掉的和被礁石撞死被洪水溺毙的角马,固然可怜,却也是自然概率——任何生命物种都摆脱不了自然概率,生与死的概率,成与败的概率。任何生命物种也都是在自然概率中渡过自己的"马拉马拉河"。

婚姻的成败和角马渡河似乎有点相像。离婚率越来越高了,性格不合也罢,背叛感情也罢,还有虽然维系着躯壳却已经感情死亡的婚姻,目睹那么多的婚姻被鳄鱼吞噬被礁石撞死,目睹还有鳄鱼集聚过来,让还没有渡河的人心生恐惧。没有生已经知道了死,没有合已经想到了离。有关房产证上要不要加上女方名字的角力背后,恰是对潜在婚变的担心。如果是一马平川,不需要渡河,不需要从鳄鱼嘴边跨步,如果结了婚会像以前一样相安无事,白头到老,那么房产证上是否有名字就没有了意义。偏偏婚姻的马拉马拉河里鳄鱼越来越多,恐婚、即使结了婚也心存隐忧,已经是几乎所有热恋中的冷课题。谁都不希望自己是婚姻的失败者,但是婚姻失败谁都很难说不可能。就像角马拼命渡河却也难免在拼命中丢了性命。当我们将角马出于本能渡河错解为是英勇和坚强时,婚姻也需要勇气和坚强,因为婚姻也有婚姻的自然概率,只不过如今的婚姻失败的概率在提高。

角马有本能却没有思想,所有的角马都会渡过河去,哪怕死在河中。人不仅有本能,更加有思想。有人因为各种原因止步在此岸没有渡河,当然不会遭受婚姻的曲折迷离乃至婚姻的失败,却也无缘婚姻,剩在了此岸,所谓剩女剩男。

婚姻之外的世界万象均是如此,却并非全是暗淡的失败。有一个上海小姑娘,如果将她比作角马的话,无疑,她应该是最羸弱的小角马,是最容易被鳄鱼吞噬的,是最容易被礁石撞死的,她是一个小脑瘫痪的肢体残疾人,手脚不灵便可想而知。当很多学生在高考的马拉马拉河中被淹没时,她却是很真实地考上了大学。这一匹小角马厉害啊。

如果亲情是一棵树

如果将亲情比喻为一棵树，不大会有人质疑。很有可能许多人的亲情就是一棵树，很多人对亲情的最高愿望也恰如一棵树。

树有根，有生命，有拓展；树梢上最小的一片叶子也和根须相连，比血浓于水更加符合亲情的要义。因为树体现的是密不可分的整体，体现的是整体中的因果关系，根就是因，根就是倾情奉献，根就是自我埋没。那一首《绿叶对根的情意》，并不是为亲情而作，但是它和亲情，尤其是和中国式的亲情，是多么的相似。枝繁叶茂也罢，百折不挠也罢，风和日丽也罢，电闪雷鸣也罢，一个家庭的盛衰悲欢总是以亲情为轴心，而亲情的核心价值，在于牵一发动全身，在于一人有事全家出动，尤其在于长辈对小辈人力财力精神生活的全方位资助。父母可以省吃俭用给孩子创造学习的条件，可以将积攒了大半辈子的积蓄为孩子操办婚事，继而可以为孩子带领孩子的孩子……当然孩子是需要感恩的是需要孝顺的，那就是孩子对"好大一棵树"的赞美。

大多数的时候，中国式亲情就是这样周而复始，一代一代传承，但是也有时候并不是这样，甚至很多时候并不事随人愿。

如果亲情是一棵树，那么父母对孩子就会有无穷的付出，当付出成为一种义务成为一种责任以后，也必然会对孩子有要求，可能是学习成绩的要求，可能是恋爱对象的要求……付出得越多，话语权也就越强。曾经有人问，为什么孩子读书，家长要做主？为什么孩子恋爱，家长要干涉？为什么孩子离婚，家长也要参与？从大道理上可以将父母亲批驳得体无完肤，但是在世俗生活中，家长有理由这么做，因为他为孩子付出的是本不该由他付出的，所以就拥有了本不该由他们拥有的话语权。如果一个孩子成年之后就脱离了父母的关照，甚至离开了这一棵大树，家长固然失落，却也是因为没有额外的付出所以没有额外的话语权。所谓责权利的相辅相成，不仅仅是社会职场的游戏规则，也是父母亲与孩子无言的默契。过分紧密的亲情，过分互相融入交错的亲情，过分额外付出的亲情，过分将两代人捆绑在一起的亲情，可能是可歌可泣，可能是无奈，可能也就暗伏了危机。

如果亲情是一棵树，那么父母亲在对孩子无穷的付出后，孩子也就需要对父母有顺从性的感恩，一旦孩子的发展并不如父母之意，那么感恩本身变成了一种生活负担。

或许，最好的亲情不是一棵树，不是一个密不可分的整体。亲情传承更好的方式，应该是这棵树上掉下来的一颗果实、一颗种子、一颗小树苗。它传承，但是它不隶属，它发扬，但是它没有负担。有各自精神空间的亲情，有各自经济独立的亲情，有各自生活享受的亲情，才是长久的亲情，才是理想的亲情。

如果生活就是我要飞

大凡第一次坐飞机，总是期待起飞，目光总是穿过舷窗感受和地面迅速拉开的距离；不经意的，是将飞机的双翼幻化为自己的翅膀。因为人对天空有好感，有幻想，河流是深沉的，大地是苍茫的，天空才是赤橙黄绿青蓝紫的。于是"我要飞"也就是人的一个梦想、一个行为。

很多的励志歌曲励志文章，大多是将"我要飞"当作经典长盛的题材，将展翅飞翔当作实现自己愿景之必须。甚至可以看到，几乎所有"我要飞"的个体是弱小的，翅膀是轻微的，惟其如此，更显出飞向天空的艰难和意义。"我是一只小小鸟",要"飞得更高",哪怕没有翅膀也幻想自己有"一双隐形的翅膀,带我飞飞过绝望,带我飞给我希望"。可以相信很多人都是在"我要飞"的梦想中实现了梦想。这一份梦想,可能是考上了大学,可能是脱离了贫困,可能就是成为了一个成功者。

励志是必要的,只是我们或许很少去想,"我要飞"应该飞多高,应该飞多久,什么时候是收敛翅膀的时候。我们已经习惯了勇往直前,永无止境,勇攀高峰,这是人类进步的历史,而非每一个个人的路程,至少不是每一个普通人的路程。"我要飞"让一个人有抱负,"飞得更高"让人兴奋,让人亢奋,以至于在旁人一片赞美声中以为自己的生活就是飞,却忘记了飞的目的,更加忘记了飞是会有止尽的,是会有飞不动的时候的。很多各路名流,原先可能就是一只小小鸟,一旦飞上天,受到一片喝彩,真以为自己是鲲鹏展翅;一开始是为了自己的抱负而飞,后来渐渐地是为了自己的成功叠加而飞,再后来是为了别人的掌声叠加而飞。

一只小鸟可以飞多高,我不知道,小鸟不知道,只有天空知道;一个默默无闻的少年是不是可以飞到成功的天空，一个成功者是否可以飞到一览众山小的境界，依然我不知道，他不知道，只有天空知道。其实我和他都知道，只是不愿意承认自己。我们飞啊飞，飞啊飞，似乎缺少了收敛，缺少了降落的准备。我们习惯以为地上有压力，其实天空压力更大。那些氦气球总是在天空中受压而破碎。许多名流受不了"过气"之遇，只得继续奋飞换取掌声，但是终有一天，飞不动了，那一个高度不是他能够达到的境界，又没有着陆的准备，这一种失重的滋味只有他自己品尝。所以有个成语叫做"适可而止"。

并不是所有的着陆都是终结，天空可以翱翔，地上可以生活。

所谓及时行乐

时间没有对和错,只有恰当和不恰当。"好雨知时节,当春乃发生",是在写春雨,又何尝不是在写雨和春天的恰当,只有到了春天,才会有几番春雨、几缕思绪,才会"随风潜入夜,润物细无声"。如果这一场春雨提早了个把月,还是寒冬料峭之际,那只是冬雨,断没有春雨的感性,更不会有杜甫的千古佳句。

"当春乃发生"——到了春天才发生,也可以这般认为:春天的故事应该发生在春天,甚至必须发生在春天。是恰当的时间与恰当的事情。春天是绽放的季节,如果绽放推迟到了夏天,那是错时;甚至再也没有了花开花落的机会，那是失落。虽然反季的蔬果可以四季花开，但是这是人为，必有其违背天意的隐忧。春天的动物频频发情，更加是"当春乃发生"的必然。

在恰当的时候做恰当的事情，是正确的，也是快乐的。让人想到了"及时行乐"。

从知道有"及时行乐"这一个成语开始，就知道它是贬义的，是不思进取甚至是糜烂的生活态度。只是如果从相反的角度去分析：及时行乐，也是当春乃发生的通俗释义。一个人在孩提阶段的乐是玩，他的及时行乐是最大限度地保持童趣；一个人在青春岁月的乐是踌躇满志，他的及时行乐是极尽所能地率性自由，包括谈情说爱，青春期的荷尔蒙爱情冲动与更年期爱情活动，一定不是同日而语；哪个少年不钟情，哪个少女不怀春，这是及时行乐的歌德版。包括考大学，那一种关乎一生的心理纠结，只有在十七八岁的时候才显得珍贵可爱。一个人在中年阶段的乐应该是尘埃落定，不再有好高骛远的想入非非，不再需要莽撞的东奔西突，而是像农民等待一生的收割，一个人在老年阶段的乐，似乎应该是一个闲适观赏者……

人的一生还可以细分到更小的时段，或许是十年八年，或许只是十天半月。每一段都有每一段的乐趣，每一段乐趣也只有在这一段才发生，当春乃发生，所以需要及时行乐，及时把握到这一阶段的乐趣。时间稍纵即逝，一旦失去了这一阶段的乐趣，即便是怀旧也少了乐趣。

只是很多的时候很多的人，如果是一场雨，却没有下落在春天，如果是春天，却没有遭逢一场雨。很多人在很多时候，是带着过去时的心态做着将来的事情，或者是带着将来时的欲望做着过去时的旧事。于是孩子失去了童真，少年却已经油滑，中年还在迷茫，老年还顾不了观赏。感情来时没有好好把握，感情去时还在苦苦勉强。及时行乐并不容易。

乐是广义的，只有广义的乐，才是人生的一部分。

虽然过去很唏嘘

　　一对夫妇将孩子培养到大学毕业,孩子有了一个很好的职业。正当夫妇俩开始等待享受孩子长大成人的愉悦,开始憧憬自己的将老未老的生活时,孩子突患重病;夫妇俩痛苦之余,鼓励孩子与疾病拼搏,心里却是在无奈地安慰自己,我们再也不要孩子的锦绣前程,再也不要孩子的婚庆嫁娶,只要孩子活着,哪怕就是这样病着永远不会康复,我们也愿意。天底下的父母,对孩子的希望到了这般痛苦绝望的地步,一定他们心里明白却总有那一点点的侥幸,期待着奇迹的发生。一年之后,夫妇俩这么一种最痛苦的期待,也被老天爷夺去。

人的期待从贪心到可怜,常常只是在一夜之间。

虽然我已经能够坦然地面对我的过去,但是过去正在消失——这是舒浩仑电影《黑白照片》的一句旁白。电影中"我"的过去,在外人看来也许从来没有真正美好过,但是它是我的过去。我痛苦的不是过去不美好,而是即使是这样的过去,也还是一直在被割裂,一直在被吞噬,一直在被撕扯。有过懵懂之爱的隔壁小姑娘去了夜总会上班;爷爷也离开人世……几年后,当我从美国回来时,那一个在夜总会上班的小姑娘不知去向,从小一直住着的石库门还有弄堂,已经拆去大半。走在废墟间,我只剩下自言自语:虽然我已经能够坦然地面对我的过去,但是过去正在消失。

很多时候,俗常人生的过去,不仅达不到尽善尽美,恰恰是在唏嘘中延伸。学业不如意,职业不如意,家庭不如意,精神、经济、地位、尊严……朝向那一个你不希望去的方向滑行,你已经觉得滑行到了让你唏嘘的地步,但是你还是无奈地接受现状,只是希望不要继续滑行。犹如面对感情的背叛,受害一方常常会苦求背叛方,只要你回心转意,我都能接受。作为旁观者,可以很理智地说这是忍气吞声,但是作为亲历者,他们会有他们的过去,那过去,就是他们生活的点点滴滴,他们需要将过去和未来对接。失去了过去,也就失去了未来。所以很多对生活唏嘘的人,都会像舒浩仑一样的慨叹:虽然我已经能够坦然地面对我的过去,但是过去正在消失。

一个人,一个生活环境,一座城市,都有自己的过去。也许我抱怨过我的过去,也许有一天我会以我的方式向自己的过去告别,但是这是我的过去,我的唏嘘,我的感情,对过去的尊重,是对人文的尊重,对他人过去的尊重,与其说是面向他人的尊严,不如说也是面向自己人格的考验。

回来啦

"回来啦",这是一句再寻常不过的家庭用语,或者还要加一个"我","我回来啦"。因为寻常,所以在寻常时候,不会觉得有什么特殊的含义。

在自己的家里住久了,新鲜感早已经消逝,但是对家里一切的熟知度越来越深。即便是在夜里,手伸出去便知道开关在哪里,"低碳"的男女,不用开灯就去了洗手间。如果是一个下厨房的主妇,更是默契了油盐酱醋的位置,不用死记硬背,也不用辨认,想要拿什么就是什么;或许不见得是高级的,却是得心应手的;或许有时候还嗔怪厨房间味道,但是如若出门十数日,归来最亲切的恰恰是这一些俗常的生活印记。在厨房间里摆弄的时候,倏忽间就想到了王菲的歌:又见炊烟升起……那是在吟唱田间夕阳的诗情画意,又何尝不可引申为自己家里俗常生活的暖色调?

出门十数日,是出游,出门几年,是游历,出门十数年乃至数十年,便是游子了。1987年,费翔的《故乡的云》开始风靡,风靡的原因不在于游子的沧桑,更多的还是旋律和费翔本人的演唱。其实《故乡的云》是很沧桑的:当身边的微风轻轻吹起,有个声音在对我呼唤,归来吧归来哟,浪迹天涯的游子,归来吧归来哟,别再四处漂泊……我已是满怀疲惫,眼里是酸楚的泪……我曾经豪情万丈,归来却空空的行囊……那故乡的风和故乡的云。为我抚平创伤。只是,在1987年的中国社会还没有进入到离家高潮,很少人体会到费翔的酸楚。倒是那一些"文革"时期备受迫害的干部和知识分子也包括一些知识青年,听来才有回家的感觉,因为他们经历了人格的颠沛或者肉体的流离,才有对故乡的云的眷顾。

全社会的"回家"意识始于肯尼·G的萨克斯《回家》,而真正让全社会感同身受的是顺子的《回家》。虽然是一首情歌，但是顺子"回家"这两个字已经包含了所有情感的回归与缺失，可以是爱情，可以是亲情，也可以是莫可名状之情。有一位出租车司机，大年三十载了一位客人，车上的收音机开着，电台DJ播了《回家》，还煽情了几句，一下子，司机泪腺失控了，再一看坐在副驾驶位置上的客人，竟然任由泪水潸然而下。客人问：你怎么哭了，司机说，因为家里等着我，我却没有办法回去；司机也反问，你又为什么流眼泪？客人说，我是要回去，但是家里没有等我的人。

同样是"回家"的主题，费翔的《故乡的云》是在向故乡倾诉离愁别绪；肯尼·G的《回家》，是手持回家车票的欣然，这也就是为什么车站机场乃至公交车的终点站甚至商厦打烊前，常有萨克斯的"回家"作为背景；顺子的《回家》则是想回家回不了家的惆怅，或者是身体，或者是感情，或者是心灵，每个人的心里都会有回不去的家，仿佛是在被追问："君问归期未有期"……

自闭症的孩子，在他们的心灵深处，是否也像找不到感觉？他们不知道家为何物，不知道父母是什么概念。对于他们的父母来说，最最亟待的，正是自己的孩子心灵的回家:"回家,回家,马上来我的身边。"他们期待有一天,他们的儿子回家时候,打开门说一句:我回来啦……

　　写这一篇文章的前一两天,我走在马路上,突然脑子里冒出来《故乡的云》,并且还止不住地一遍一遍低声哼唱,更加止不住的是,哼唱到"归来吧归来哟,浪迹天涯的游子"时,竟然要用纸巾拭眼睛。这其中有一个特殊的时间背景。六年前我供职的单位,与一个当年的网络大鳄公司合作,折腾就此开始,六年之后,终于像白毛女一样走出了山洞,有那么一种"太阳出来了"的感觉。

　　这种情绪,也埋伏在了前一篇文章中——虽然过去很唏嘘。

不是电影电视剧中的旧上海，是在当下，陕西南路靠近淮海中路的公交车站，七十年代的店招牌，应是"向阳车行"，露出了旧底，我还能想起这家店，小时候很喜欢看人家修自行车的

亲情这一桌团圆饭

最圆满的亲情，大约应该是一个大家庭几代人的团圆饭，老老小小，每一个成员都发自肺腑地参加，十几个人，乃至二三十个人，用济济一堂来形容一点不为过。可以是在高级的酒店里，更多的还是在某个成员的家里，或许是寻常的节庆，或许是某一个成员特别的纪念——吃，才是中国人聚拢亲情最好的方式。纵情恣意，时而有泪光闪烁，时而玩笑开到天边。如若是在家里，常常是众人在酒桌碰杯，一定还有人在厨房掌勺，还有人充当大厨的下手。这一桌饭，没有三四个小时，是吃不下来的。于是，年年有今日，岁岁有今朝，便是这一次团圆饭的结束语,像是春晚的"难忘今宵"一样。

只是,很多人家的团圆饭,渐渐地没有了年年岁岁。并不是因为家庭某个成员的离开,而是亲情随着年年岁岁的流离而疏离。亲情之间,有些话不再讲出来,有些事却做了出来。谁都觉得自己无辜,觉得自己委屈,觉得自己不计回报却得不到好报。甚至,最美好的亲情,胜于饭桌,也毁于饭桌,毁于有成员对这个饭桌的敷衍、偷懒、诋毁、贪欲……于是,为什么总是我买单?为什么总是我在厨房忙碌?从团圆饭及至亲情所有的投入和回报、劳碌和享受,不再是像琴键一样错落有致,而是像瀑布一样落差分明。

当亲情之间反复琢磨"怎么办"的时候,是亲情在勉励,要尽一切之所能,为家庭另一个成员去赢得健康、尊严、体面、身份……当亲情每天追问"为什么"的时候,是亲情在暗战,是对家庭另一个成员的冷淡、质疑、蔑视、拒绝……发展到更加极端的,便是恶语相加,怒目相视,大打出手,老死不相往来。想过没有,一个人最大的仇人是谁?很有可能,是这个人的亲人。真可怜那些曾经年年有今日岁岁有今朝的约定,像是经受不住高空压力的节日气球，成了碎片还不知道飘零到了哪里。

亲情最骄傲的是不计较，有钱出钱有力出力，同舟共济，事实上，亲情最沮丧的恰恰是计较，即使你不计较，别人也会计较，计较基本上就是不计较的必然。这个世界上确实会有高风亮节的人，由这些人荟萃的亲情，当然是亲情的美谈，也是值得普通人去效仿，但是绝大多数的普通人风没有那般高，节没有那般亮，平素靠着计算过日子，他们并不贪图额外的份，但是他们期待亲情也是公平的往来，可以有无私的奉献，却不应有单边的私欲。

普通人的亲情若要天长地久，需要的或许正是计较，不是计较于斤斤，而是确立权责于每人——亲情是最可以依赖的，但是亲情也是需要维护的，维护是每一个人的责任，确立亲情中的责任，是确保亲情长久的最有效的机制。在担当上海东方都市广播的"和谐一家门"节目嘉宾时，编导请我说一句对亲情的展望，作为节目宣传语天天播出。我说，亲情是规则和依赖的并存。亲情这一桌团圆饭，每一个人都有权享用，但是每一个人必须有则出力，不计较用力持平，而规定用心一致。这一桌饭，才吃得长久。与其无规则的好却好不下去，不如先立一个规矩，可以是有言在先的明规则，也可以是心照不宣的潜规则，有他律，也有自律。有人说，计较过的亲情不纯粹，我说不计较的亲情不长久。

即使是毫不计较的亲情，也是有意境的计较，只是计较的态度有异。

台北的一所中学，在校门外摆放了花环，表彰成绩斐然的学生，车经过时，先是吓了我一跳

那些发过的誓言

一生终老没有大作为的人很多,一生从小没有发过誓的人很少。

小孩子在会打会闹的时候已经学会了发誓:"我要打死你",虽然充满了童稚,却也是誓言的发端。到了青春期,血管里流淌的几乎只是誓言,理想、叛逆、励志、友谊、爱情,缺少了誓言,就没有了青春期。假如青春期又恰逢一个荒唐的年代,誓言便会更加亢奋。"在农村扎根一辈子",当年的热血青年曾经以血书来证明自己誓言的神圣和坚决;还有更多相似的誓言,让那一个时代的知识青年热血沸腾过。如果有人怀疑这样的誓言,那么誓言者会以"向毛主席保证"给自己的誓言加一道保险。当然,那些发过誓的青年,后来重新回到了城市,回到了父母的身边。那些誓言落在了风里……

没有想要嘲笑当年知青丢弃自己誓言的意思,誓言常常是会被自己淡忘的。发誓是真的,淡忘是真的,丢弃也是真的。且不说荒唐年代的誓言本身带有荒唐的痕迹,本身就应该丢弃,即便是在平和年代,每个人回想一下自己的十年、二十年,乃至一生,其实都会有过自己的誓言,而且还很多很多。所有的爱情歌曲,几乎都是爱情的誓言,深情对唱"我要爱你爱到天长地久"的爱人,等不到天长地久,"你掌心的痣,我总记得在哪里"的人,却不明了那人在哪里。铭心刻骨的相爱不容置疑,愿意为一个人去做一切,甚至以自杀为自己的誓言加分,后来还是忘记了。青春期的所思所想,不知不觉地转弯、折返……最后落到了一个未曾想到的地方,虽是有点无奈,倒也是心平气和。偶尔翻出当年的老照片,那时、那景、那人,勾起了淡然的沧桑,随即是莞尔一笑,算是对自己誓言的一个总结。

因为对不起誓言的只是誓言者本人,而不是别人。

我发誓要成为一个科学家，后来只是一个蓝领工人，那一段誓言自己再也不敢提起；我要为一个人献出一切，后来也只是那个人拒收我的一切，那一切还留在自己的心里；我一辈子也不会理睬那一个人，多年之后才发现彼此间的战争只是为了课桌上的三八线；我恨我的父母恨这个家庭，要和家庭决裂，后来才知道自己的无知。

青春年少的誓言虽然常常偏激，常常好高骛远，却是青春的产物。过了青春期，热血少了，荷尔蒙少了，亢奋少了，要么实现了誓言，要么放弃了誓言，再信誓旦旦地做人，反而奇怪。经常听闻一些家庭矛盾中的发誓，还是对天发誓，还是毒誓呢：我要是说过做过，出门就被车撞死，就被雷劈死……其实被车撞死被雷劈死与好人坏人一点关系都没有。所以凡是发毒誓的人，就没有把毒誓当回事过，只是把毒誓当作一块护身符。

誓言总是在每个人身上流失，但是不能没有誓言，即使在发誓的时候，旁人不仅不相信，还好心劝解多多脚踏实地，但是誓言还就是一生中的不可或缺。

天怎么长,地怎么久

每一个新年旧年交替之际,很多寻常人家总会在有象征意义的几个日子来一次全家族的聚会。中国人的家族聚会,很少派对之类,崇尚的是围在一起,团聚团聚是要团在一起的,老老小小几代人,二三十个人,饭店里吃一顿饭,说几句吉祥的话语,而后便是无轨电车,天南地北。并且年复一年,寻常之至。也有一些老同学老朋友间的聚会,是同样的色彩。

有人突然间冒出一个问题:每一个大家族的聚会,10年间原班人马都在吗?都是这样坚持着的吗?当然,这有何难!年轻人答话。再想一想吧?如果说有变化,那就是阵容扩大了,多了小外甥,多了某某的女朋友……你怎么会如此问?提问者说,他的母亲去世了,所以他们家的聚会再不会有原班人马了,也再也不会有原先的欢愉。经提问者这么一说,气氛凝重起来。周遭的人竟然都想到了自己家庭诸多沧桑,或者是直系的祖辈,或者旁系的叔伯,甚至是手足的同胞,竟然已经从大聚会中永久地离席。10年只是一个约数,或许可以上浮或者下降,但是那一句"年年有今日,岁岁有今朝"的吉语,总有戛然而止的时候。苏东坡之所以会写下"但愿人长久,千里共婵娟"的名句,多少也是对"人有悲欢离合,月有阴晴圆缺"的无奈。

这还只是关于生命团聚的分合,树高了要分枝,人久了会离散。事实上,10年的团聚饭,10年的好友会,吃着吃着,或许还是原班人马,味道却已经变了很多,还是会拍照,还是一张张笑脸,各自心里早已经不似10年之前。言语之间不再是暖胃的绍兴酒,而是酸溜溜的镇江醋;不再是亲密无间的手足情,而是自鸣得意的精算师。家族尚在,气氛全无,团聚饭像一部无聊的电视连续剧。曾经看到过从饭店里吃了年夜饭出来,两兄弟说着说着就打了起来，骂娘的脏话也一起跟进；也曾经看到过几个兄弟般的朋友居然拍案而起拂袖而去。10年前的相濡以沫、坚如磐石是真的，10年后的冷眼相对、分道扬镳也是真的。如果10年前就预知10年后，那么就好不起来，如果10年后缅怀10年前，那就坏不下去。天长地久，人情很难长久。

看一下自己和周遭的关系，与哪些人、哪些事，10年以来没有改变过感情？没有改变过彼此的亲疏冷暖？其实很多关系都改变了，越是有双边利益、双边感情的关系，改变的可能性越大，不容易改变的是老同学关系，只是老同学彼此都会渐渐老去。"能牵手的时候请别只是肩并肩，能拥抱的时候请别只是牵手，能在一起的时候请别轻易离开。"这本是世界朋友日无名网友创作的ppt，但是在传播过程中，初衷就变得功利："发给你最好的9个朋友，你会幸福的……"朋友只是筹码。

即便是亲情，彼此间关系改变是自然的，只是尽可能少一点不自然的改变。于是，但愿人长久，不仅仅是一种心愿，也是一种心力，需要像合力修筑防洪墙一样地合力修筑亲情的围栏。

感情和经验的交叉点

谁都承认,现在的世界不一样了,人的理念也不一样了,但是如果对比一下几百年前后人对感情、对经验、对世俗的态度,很多方面并没有什么很大的变化,甚至就没有变化。比如一个白领与一个来自农村的女子恋爱了,比如一个小姑娘找了一个经济条件极其一般的男孩子……一个是门当户对的问题,一个是嫁得好不好的问题。由于中国人的婚姻大多是要由父母经济资助,出钱享有话语权也是自然,父母当然不会看好这样的婚姻,要吃苦头呀。如今的父母算是开明,比较少武断的反对,却想找到有什么温柔的招数,制止孩子的冲动。

大道理是最容易说的,但是大道理是没有说服力的,轮到谁的身上,都是差不多的纠结。年轻人主张的是感情,父母亲根据的是经验。几百年来一脉相承。感情和经验都是不可或缺,但是感情和经验,当两者是来自于两个人的体验的时候,就会是一对矛盾。经验往往大跌眼镜,经验验得出来的是世俗的标准,是门当户对,是常规,而不是黑马。确实有蛮多女人到了中年,有了自己的婚姻发言权,炫耀自己当年的眼光,因为她和她的先生认识时,她的先生,没有地位,没有背景,看不出有什么发展空间,10年过去,先生已经是地位显著,备受羡慕;这就是感情冲破了经验。至于感情,常常一时冲动,浪漫在残酷的现实面前没有了一点浪花,"女怕嫁错郎",那是对小女人感情冲动的训诫,因为冲动而成就婚姻的人,大部分也是在冲动中延续生活,在冲动中每况愈下。

　　不管感情是顺应了经验还是反叛了经验,终有一天感情也变成了经验,又成为开导自己孩子的经验。当年感情顺应了经验的人,会有自己的成功之道或者失败的教训,当年感情反叛了经验的人,也会有成功的经验或者失败的教训。只是可惜，有感情的人没经验，有经验的人没感情。有感情的人后来婚姻成功，凭的不是经验，有感情的人后来婚姻不惨淡，缺少的恰是经验。

经验代表了世俗，感情当然不代表世俗；经验的终点仍旧是世俗，感情的终点是什么？没想到吧？也是世俗。经验和感情像迷宫里的两个孩子，走了半天却是走到了同一个出口。当年顶住了经验、或者没被什么人看好而一心骑上了黑马的那个小姑娘，当然如今已经是备受羡慕，被羡慕的正是她的先生世俗意义上的成功，有文化、有声望、有经济，至于人品好，已经是她当年的选定，不属于当下被羡慕的选项。可以这么想，假如这一位女人的先生多年以后，地位声望收入，一点也没有像黑马一样地黑出来，然后成为白马，那么这个女人也没有什么可以对自己坚守感情的炫耀，旁人更不会夸赞她当年的眼光。因为她嫁错了郎。衡量一份感情到头来是否有价值，还是世俗说了算，即使在那时候当事人不愿意承认世俗价值，但是世俗的力量，如果你做不到超凡脱俗，那就抵抗不了。

所谓"世界上没有无缘无故的爱"，包括感情，也包括世俗，尤其包括世俗氛围的影响。当一个人要坚守自己与世俗相悖的感情时，绝不是说不应该坚守，而是要想好，有没有足够强大的力量与世俗抗衡。世界上最伟大的爱情都是与世俗抗衡出来的，但是也需要最强大的力量。你有吗？

新娘候场，史上最长久的等待

挑战自我之后

"挑战自我"是广为称颂的励志格言,印象中是已故围棋名家陈祖德提出来的。陈祖德在风华正茂的年纪罹患胃癌,一时间天昏地暗;在人生所有希望几乎被灭绝的绝望之余,他想到了要顽强地树立起生活的勇气,与其以求生的愿望去拒死,不如以不怕死的精神去求生,那就是挑战自我。

这么一种对生命的挑战,后来不仅迅速成为青年人的生活励志格言,也成为了寻常人生的生活态度,哪怕是到了电视斗秀竞技的舞台,也充满了挑战自我的豪言壮语。挑战的是他们努力而可为的事情,挑战的也是努力而不可为的事情；挑战的是必须努力才可为的事情，挑战的也是不必努力也不必可为的事情。挑战常常怀着必胜的豪情而去，挑战也常常带着无奈的沮丧而归。

于是挑战自我常常从可歌一走调，变为了可疑、可笑或者可泣。一个肯定考不上大学的人再三再四地参加高考，所有的动力源自他的挑战自我。因为是挑战自我，所以旁人便不能质疑他的行为，还要为他的励志鼓掌。也常常看到中老年人的锻炼，在由衷钦佩他的精神之余，似乎也会怀疑这种挑战自我的必要性。以前有长者一年四季洗冷水澡的，还鼓励小青年效仿，在小青年的畏寒抖索中，长者便有了挑战自我的快意。如今洗冷水澡被否定了，但是中老年人的锻炼的运动量往往令后生敬畏，旁人都休想劝说；其实他本人心里也明白有点力不从心，但是挑战自我的信念让他执着，执着到有一天终于迈不出矫健的步伐。

在生活的如意与不如意之间，处处有人在不服输，处处有人在挑战自我，却也是处处有人越不服输越挑战自我，越挑战自我越不如意。

是在挑战，还是在挑战自我？挑战与挑战自我会有

到了虎跳峡，就会知道，人想要漂流过去，和大跃进思维同样可悲

区别?

　　挑战的核心是必胜和不怕输的信念,挑战自我的境界是,我赢不了就不再争胜哪怕就服输。到了一定的生活状态,只有服输才能不输。当年不是一场病患,陈祖德就无法到达挑战自我的境界。其实在重病来临之时,也恰是聂卫平刮起了聂旋风,陈祖德的挑战自我,何尝不是面对自己"过气"的释然?挑战是把"非我"挑落马下,挑战自我是把"自我"当做挑战的对象,一个我战胜了另一个我,一个我输给了另一个我。挑战自我,既包含了说服自己一定要努力争取什么,比如喜欢了一个女孩子要有勇气去表白,也包括了说服自己一定要努力放弃什么,比如那一个女孩子明确不爱的态度那就要有勇气放弃追求。所谓自我定位,往往是挑战自我的智慧。生活中愁眉不展的人是处处挑战而时时失败的人,当然不能因此得出相反的结论,神情淡然的人自有挑战自我的人,也有从不挑战的人。

　　写这一篇文章的时候,我又去翻了陈祖德的书,一看才知道错了,当年陈祖德要做的事情,不是挑战自我,而是"超越自我",那是更高的境界了。

如意在哪里

有一位女性,已届中年,在朋友中有很好的口碑,大家知道她生活得蛮滋润,也知道她谦和不张扬。在一次朋友的聚会中,有朋友突然就对她冒出这么一句评价:你生活得很如意。这位女性两手频摇,连连说没有没有。在场其他朋友倒是有所触动:真是很如意啊。虽然也不可能没有不开心的事情,但是有不错的丈夫,有不错的孩子,有不错的经济收入,有不错的职业,有不错的性格,有不错的品位,有不错的亲人朋友,诸事顺畅,不已经是如意?

在汉语的祝词中,"如意"两字或许是使用得频次最高范围最广的，不分节假不分场合不分对象，说出去总是贴切温暖，不仅如意，还万事如意。想一下，什么事情的发生和结束都完全符合自己的心意，还不是一件两件事情，还不是一天两天的事情，什么事情什么时候都处在心里怎么想、事情就怎么来的醉意中，实在是不敢奢望，更多地是保留在对别人的祝福和对自己的祈祷中。

如果说梦想成真已经是一生之幸，那么如意才是生活的最高境界。

如意肯定不生于贫穷，但是如意也未必是富裕的衍生，富裕的人或许健康不如意。如意肯定不生于卑微，但是如意也未必是高贵的衍生，高贵的人或许人际关系不如意。如意肯定不生于窘迫，但是如意也未必是风光的衍生，风光的人或许感情不如意。如意肯定不生于病患，但是如意也未必是长寿的衍生，长寿者或许儿孙读书婚姻孝顺不如意……

如意也不是得意，得意只是一个人一时间的张扬，一得意便容易洋洋，遭别人烦。如意也不是快意，快意只是一瞬间的感受，既谓之快，也很容易去。如意也不是惬意，惬意只是在自己的心里，无关社会，甚至无关家人。如意更不是随意，随意很多只是无奈无助的托辞。如意是一个人心愿的全部，是一个家庭心愿的全部，这全部的心愿，是看得到的世俗的体面，是看不到的精神的尊贵，是看得到的物理的人与人，是看不到的生理的兴与衰。

万事如意实在已经是天意，而不是努力勤奋就可为的事情。谁都做不到万事如意的，所以才会有那么多人要佩戴一个玉如意，也才会在过年时做一个讨口彩的蔬菜，炒黄豆芽，叫做如意菜，因为黄豆芽恰是如意的形状——盼着自己如意。也没有谁奢望万事如意，只要在几个自己最在乎的节点上心想事成，那就是如意的生活了。如意的标准若隐若现，似有似无。看一个人生活是否如意，或许可以看他或者她的眉宇之间，生活如意的人，一定是不经意间眉心疏朗的人，如果常常皱眉头，甚至还紧锁眉头，总是有些许不顺心的事情，愁眉不展呢，那肯定不是如意的生活。

如意是境界，不事事如意是常态。境界不可求，常态需面对,那才是生活态度。如意是一生的事情,很难,但是也间接地提醒,不如意是一时的事情,并且很多时候,如意不如意,既是世俗涌动,也是内心的衡定。有许多事情或许是不必才下眉头又上心头的。

要过年了,也不知道现在还有多少人家会要这种白铁皮家什,老人带了保温杯,是准备做半天的

人生的有常和无常

生老病死，大喜大悲，如果以看透的角度来说，就是在人生的有常和无常之间角色转换。有常大多是好事，是可以期待可以努力的事情，无常基本上不是好事情，因为是无常，所以也就是在预见和努力之外。

每个人几乎一直在经历角色转换。大部分的角色转换是有常生活的转换。一个人来到世界，从胎儿到婴儿，经历了第一次角色转换。这一个角色转换是有常的人生，婴儿的父母努力而为，便有了自己的孩子。之后孩子开始了漫漫一生的有常生活，什么时候牙牙学语，什么时候长出第一颗牙齿，都是在有常期待中小小惊喜；虽然会因为孩子发烧打针而纠结焦虑，但是这也是有常生活的小小无常。上幼儿园、小学、中学、大学、求职、恋爱、结婚……所有的角色转换都是有常的。如果说和潮汐日月的有常有什么区别，潮汐日月该来总会来，不请自来，人生的有常包含了天时地利人和种种的缘由和努力。

为有常付出的努力，突然间会被无常严重破坏。无常总是突然袭来，没有预兆却残酷无情。从有常的生活到无常的灾难，是把当事者从一个角色逼向另一个不愿意接受的角色，而且根本不在意当事者能否承受，只在意当事者如何承受，因为灾难永远是以极其霸道的方式入侵的。一张化验单、一张病理报告，足以决定和改变一个人甚至一家人的生活状态、情绪和未来。昨天还在欢歌笑语，今天却已经一脸愁容，似乎只有"人生无常"才得以解释。

人生无常的最无常，是一个人生命的渐行渐远。一个人一生的角色面临最后一次被转换，由生而死。如果"生"是一个角色，"死"也是一个角色。每一个俗常的人都贪生怕死，这一个"贪"是热爱是珍惜是奢望。凡生者都无法准确体察"蜡炬成灰泪始干"角色的惧怕、绝望直至木然,但是生者,如果还是那一个生命渐行渐远的人的亲人,目睹着亲人由生而死,是痛苦,何尝不也是一种角色的被强行转换?有一位做女儿的女人,在某年春节年初一,突然茫茫然不知何往。当父亲离开时,她是为失去父亲而哭,当母亲也相继离开悲伤之余,她突然心里空落落,因为她没有父母双亲了,没有娘家了。那一个父亲母亲的家,因为没有了父母亲,一下子没有了意义。她的"女儿"身份,只是对着父母亲的遗像还存在,只是在墓碑上的立碑人还存在。这位女士还会经过父母亲生前居住的房子,甚至还去了里面,还会回忆起许多生活细节,但是,那已经是以前的那一个女儿角色了。

既然谓之无常,那就是不可测也不可阻挡,不如依旧有常地生活。事实也正是这样。每一种被强行转换的角色,开始的时候,根本无法接受,时间长了,感情渐趋平静,原先那一个无常,倒也成了有常。

在这篇文章发表的两个月后,突然听闻九二高龄的朱曾汶先生去世。这一位1940年代华纳兄弟公司上海宣传经理，一生译著颇丰，爱咖啡，爱生活；直至病重期间，被医生强行戒咖啡；也是在病重期间，有朋友向他介绍了一首歌《醒来》，他非常喜欢，据说直至听到生命的终息，并且在告别仪式上还作为追思歌曲。闻者皆怆然。

我在网上找到了这首歌的唱词，恰是在2015年元旦听闻上海外滩的踩踏事故——2015年就是这样无常的醒来：从生到死有多远，呼吸之间；从迷到悟有多远，一念之间；从爱到恨有多远，无常之间；从古到今有多远，谈笑之间；从你到我有多远，善解之间；从心到心有多远，天地之间。当欢畅变为荒台，当新欢笑着旧爱，当记忆飘落尘埃，当一切是不可得的空白，人生是多么无常的醒来，人生是无常的醒来

怎么修怎么养

常常见到"修身养性"这四个字。可能是在办公室里,也可能是在客厅里,挂在墙上的,不经意地显示了主人既有文化也有精神追求,时时都在励志。

"励志"不是一个陌生的词,似乎很多人都在写文章作报告,微博微信里面更有很多励志的言论,非常阳光和坚强,连些许六根清净的法师也哲学家一般以禅的方式传播励志,并且拥有万千的粉丝。"励志"也不是一件陌生的事,只不过以前没有这般的时尚称谓,以前叫做争气、争光。人穷志不穷,为父母争气,为国争光,是最经典的励志。其实励志是有史以来就有的事情。稍稍翻阅一下古人的言论,便会发现,如今所有的励志语言,只不过是对古人言论的加工翻新。古代自然科学固然很落后,哲学思想却是光芒万丈。几乎所有励志的道理,几千年前古人都已经说过了,比如"修身养性",已经是有两千多年前孔子的格言了,"修身养性齐家治国平天下",至今还是许多人的人生座右铭。

要把"修身养性齐家治国平天下"五项事情做全做好,要求太高、难度也太高,即使将"治国"理解为部门或单位,将"天下"理解为同行或同业,恐怕还是很少有人敢拍胸脯的。曾经有人笑言,既然做不完整,不妨做减法,如果一定要减去一项……立即有人应答,"平天下";再减去一项,"治国";再减去一项,减不下去了。几乎所有人做出同样的选择。"修身养性齐家"是每一个人的必选项目,也是每个人的生活底线,比起"治国平天下",修身养性具有更崇高的、不容删伐的地位。这也符合孔孟之道:"自天子以至于庶人,壹是皆以修身为本。"

不过就是有人喜欢钻牛角尖:既然把修身养性看得这么重要,且告诉我,你平时是如何修身养性的?面壁,静思,忏悔,慎独,默念,诵读……有多少时间去具体地修身养性,有多少形式去具体地修身养性?没有什么人小觑修身养性,但是也没有很多人真的把修身养性当作一件事情来做的。在欲望膨胀和争斗比翼的生活环境里,"齐家"才是众生励志的动力,"治国平天下"才是很多人励志的本质,"成功者"才是市井风俗的楷模,最容易被被遗弃的恰恰是修身养性。像电视台的"甲方乙方"节目,有些当事人若是不忘修身养性,何来不认亲爹娘、互殴亲兄弟?在平日里,他们也推崇修身养性,若是有微信微博,他们也一直饶有兴趣在转发此类励志的格言。

修身养性肯定不是泛泛而谈,不是下午茶一般的惬意,它需要毅力和坚强。毅力和坚强来自一个人的定力。什么是修身养性的定力?老祖宗早已经设计了一个综合工程:富贵不能淫,贫贱不能移,威武不能屈,这是修身养性最基本的要义。很多人以为"淫"是淫乱,要规避还容易,这是错解。"淫"是过分的意思,有钱了却不能过分,往往要比贫贱者有钱还难。为什么"土豪"会成为中国的一个流行词汇?那是很多原本没有钱的人富贵了，然后淫了，土豪了。

　　定力来自哪里？定力来自修身养性。这似乎是像骑木马一样地兜圈子。对了，修身养性就是这样，看上去一圈又一圈的，重复而枯燥，修养是清苦的。

日本女人穿和服，是生活不是表演

你将到哪里去

1980年代末,我去采访作家徐兴业,当时他的长篇小说《金瓯缺》获得了国内最高奖项茅盾奖。徐兴业说到了一个足以中断他创作的生活细节。在小说写了一小半的时候,他患了癌症,唯恐自己生命的长度还比不了自己小说的长度。于是徐先生开始与生命赛跑,厚厚4册80万字的长篇小说终于将在自己生命的预知中完成。也就在还剩下十几页几万字、估计一两个星期即将大功告成的时候,徐先生突然写不下去,另一种恐惧袭上心来:写完了小说我还可以做什么?原来为了《金瓯缺》而坚持着的精神支撑将不再。老先生家住上海宝庆路3

号,好几百平方米的花园别墅,徐先生每天清晨在花园里一圈一圈地跑,他自嘲说这么跑就像《红岩》里的华子良。几年后徐先生去世。

需要补叙一笔的是,徐兴业先生居住的宝庆路3号,正是后来一度时尚界风风火火的地方。被媒体尊奉为老克拉的徐元章先生,是徐兴业先生的儿子。当年徐兴业先生身上倒是了无时尚的做派。若干年前,我去宝庆路3号,与徐元章先生说起,我曾经有幸在此采访过他的父亲,当年是他一个人独处。徐元章先生惊讶,其他朋友几乎无人知道徐兴业先生。几年之后,徐元章先生因宝庆路3号归属之争被请出,再而后几年,徐先生亦离世。

二十多年后,有一个与徐先生毫不相干的人也有相似的恐惧。她只是美国电影《追杀本·拉登》中的玛雅,一个虚构的美国女人。她第一个发现了本·拉登隐秘的居所,所有的身心耗尽在192天的全天候监视后,本·拉登被杀。玛雅以一个女英雄的骄傲凯旋,登上专机,机长很礼貌地问了句:Where are you going?(你将到哪里去?)玛雅神情木然,两行眼泪潸然而下。

如果说,徐兴业先生的恐惧还比较能够接受,那么玛雅的木然神情，多多少少有那么一点意外。似乎她与徐先生的感触也很难并轨。事实上真实的徐兴业和虚构的玛雅心有灵犀一点通：到达了目标，却失去了方向。这一个目标，曾经为此怦然心动，曾经为此担忧过于伟大而实现不了，还曾经为此煎熬一般地坚持，但是目标的实现带来一个必将的后缀：失去方向，不知心向何处。

或许许多人不至于有徐兴业和玛雅一样命运的大开大合，但是在俗常生活的几乎每一天中，"你将到哪里去"始终是一个挥之不去的命题，只不过有些人心灵在触动，有些人浑然不觉。许多时候，生活处于惯性状态，我们习惯了惯性中生存。或许是像高考生一样的坚持，或许是像赡养老人一样的艰难，或许是像职场薪资荣辱一样的烦闷，或许是像感情向背一样的揪心。在惯性生活中，即使有毅力有憧憬，也会抱怨，但是一旦惯性不再，人离开了惯性，心还在惯性中潜行。其实，又何止是离开惯性后的不习惯？还是在对曾经惯性中的生活有那么一点牵记，甚至还有不愿忘却的记忆。

不要以为这是悲凉的情绪。当一个人在思考将到哪里去的时候，虽然失落茫然没有了方向，至少还有思考的余地,只怕余地都没有。有一位原本生活安康受人羡慕的女士,中年得了绝症,并且在生理痛苦中残喘度日。某一夜,她用水果刀割腕,自杀未遂,筋腱却是断了。医生给她绑上了石膏,并说要三个月才能愈合。可怜的女人,生命都很难逾越漫长的90天。她割腕,不在于不明白将到哪里去,而是什么地方都不想去了,也都去不了了。

谁都知道自己的昨天在哪里,却是谁也都不知道自己的明天在哪里。惟其如此,惯性一般的生命反倒是有了不可知,有了悬念,有了梦想和追求。

印象分

有一位著名作家到了非洲草原,看到了非洲鬣狗企图围猎一匹小角马,无奈小角马紧随母亲,拼命挣脱了围剿,鬣狗因此垂头丧气。这位作家说,他见到过一幅鬣狗满嘴糊满猎物鲜血的照片,肮脏卑微,形象与名声均不佳。

有不少人为作家点赞,鄙视非洲鬣狗,但是也有懂动物学的人反驳说,非洲鬣狗的团队力量很强大,足以从狮子嘴里抢下猎物;非洲鬣狗是会猎食食草类动物,但是食草类动物所食之草,也是生命;动物彼此之间,只不过是动物生物链中的终端连接;无所谓肮脏与崇高。

其实反驳者自己也不喜欢非洲鬣狗，更多的喜欢当然是狮虎豹的伟岸。非洲鬣狗是有点贼相，吠声类于奸臣……它们并不似蝗虫老鼠蚊子，对人类生活构成了麻烦，非洲鬣狗和城市生活中的人没有任何影响。人为什么会产生如此的鄙视甚至偏颇？大约都是缘于印象分，人总是以人的审美价值观在评判动物。所谓形象和名声都是人为的标准。

印象分又岂止是人对动物？更多的印象分是人对人的印象，是人对人的决定。"第一印象"往往决定了彼此之间关系的走向。尤其是两性关系，不管是什么缘故的相识，第一印象好了，两个人就走得近了，第一印象不好，两个人也就生分。第一印象的形成可能是十来分钟，也可能是在三言两语之间，一两个眼神的来回。也就是这么短暂的时间里，第一印象已经最大限度地集结起了一个人审美观、价值观、修养观、人文观……不见得需要全面的理论，但是一定会有这一个人的核心观念。对一个人的全方位考察，最直接的体现，往往不是书面报告的结论，而是言语相视之间，一个气场对另一个气场的接受或者排斥，第一印象的被接受和被排斥。

第一印象的形成是如此短促而坚决，它有道理的，也是没道理的，似乎是理智的，实则是感性的。犹如在所有的秀场比赛中，实力固然重要，但是在评委席、裁判席的第一个亮相，也就是所谓的印象分，才是软实力真分数。印象分的意思是，我会给你一个加分或者减分的理由，什么理由？不需要理由，仅仅是印象的好坏深浅。我也常做评委，也常难免以印象分取舍。当第一印象形成后，人的理智渐渐淡化，印象放大了感情，感情限制了理智。因为第一印象好，也就放任了他的不好，因为第一印象不好，也就苛求了他的好。当下有诸多娱乐界的明星，各自拥有万千拥趸，据说拥趸之间还互相抵触其他的明星。明星都是娱乐界生产出来的"人格化商品"，为什么会有人喜欢这一个明星，会有人喜欢那一个明星？也就是从第一印象的印象分开始。

很多时候，印象分是对的，也还有很多时候，印象分是错的。比如不屑非洲鬣狗的著名作家。人把狗看错了，不要紧，狗还是狗；人把人看错了，那就要紧，人虽然还是人，却已经不是被接受的人，不是有好感的人。当然也会反向的错看，过了很多年之后，长吁一声，我看错人了。

"女怕嫁错郎，男怕入错行"，女人错嫁，恰是当年印象分太好；男人错入，却是看不到这个行当日后的变迁。

红场普京

舍得谁占先？

经历过贫苦年代生活的人，才知道什么叫做舍不得，才知道舍不得三个字是贫苦年代的核心价值。也可以叫做不舍得的，和舍不得是同一个意思。

有个当年的小朋友，曾经为一根掉落在阴沟的油条惆怅过。去买油条，他用筷子戳在油条中间，半道上油条突然豁开掉了下去，若是掉在地上他一定会捡起来，偏偏是掉在阴沟里，这一种惆怅就是舍不得。这仅仅是最微小的舍不得。一件衣服，新三年旧三年缝缝补补再三年，一切旧物必有修旧利废的必然。这种烙印式的生活，让人离开了生活而留下了烙印。当下很多老年人，家中会收纳各种旧物,甚至是一次性的打包盒、马甲袋,也自有储藏之地。"舍不得"在他们心里的烙印将伴随此生。

贫苦的生活过去,"舍不得"淡出了人们的言语和思维,取而代之的是"舍得"。有酒、有茶楼,还有更多的文章,以舍得为名,也以舍得为谈资。比起"舍不得",少了一个"不"字,"舍得"并不是气派大了,不留恋旧物亲情了,倒是被转移到了生活态度和处世哲学,"有舍才有得",成为了"舍得"当下最流行的解释。有人引经据典,悟到了禅意,若是遇到了感情的恩怨或财物的争夺,以"有舍才有得"来劝慰他人,勉励自己。

在一片"有舍才有得"的人生境界里,并没有看到有谁愿意舍弃自己的心疼和珍爱。有好多家庭为了争夺几十个平方米的房产,兄弟姐妹一夜成仇。也有人以"舍得"劝解,但是根本不会有人接受。什么"有舍才有得"?我这一舍,什么也没有了,能得到什么?俗常的思维又回到了"舍不得"的贫苦年代,因为舍而不得,就不舍。

当然舍得之事舍得之人毕竟有了,还不少。所有的慈善都是舍得，所有的公益也是舍得。有时候公益是花时间、出力气，有时候公益需要花钱，有时候公益既要时间力气又要钱。通常，花时间花力气花钱且完全不为自己，是会受到大众点赞的，这样的人也真不少，虽然是公众人物，也就此秀了一把，毕竟是做好人好事。问题来了。有些人是在做好事，你却没觉得他好。大把大把的钱丢出来做公益是真的，讨人大把大把地骂也是真的。后来有人说，好人和做好事的人未必是同一个人，好人未必做得了好事，做好事的人也未必是好人，至少是不让大众喜好、待见的人。慈善公益是好事，但是也真有人一边慈善一边伪善，一边公益一边作弊，慈善和公益，分明是他个人拿钱做了一次高消费的娱乐而已。他也是做了一件有舍才有得的事情。

"有舍才有得"，看上去很禅意，实际上是功利。舍弃是为了得到，舍弃只是为了得到做出的铺垫和安排的战术。"舍得"的禅意到哪里去了？不是舍得没禅意，是人们以世俗的功利曲解了禅意。"舍得"最早出自中国明朝袁了凡所作的《了凡四训》，"实无所舍，亦无所得"，应该理解为阴阳平衡，天地合一，舍得相辅相成。这一个世界，每天都有人出生、每天都有人死亡，这就是舍得。不是条件关系，不是因果关系，是舍与得的关系。

当"舍得"被拆解为"有舍才有得"的时候，既粉饰了功利心，也无济于事。在世俗生活中，与其高谈"有舍才有得"，不如做做"有得就有舍"。只有有所得，才会有所舍。舍是一种能力，是一种责任，是一种境界，但是都是在有所得的前提下做出的舍。虽然不很崇高，却也是有不错。所以，即便是不让我们喜好的人（也就是不好的人）做了好事，也理应对他的好事点赞，同时对他这个人不理不睬。

一个乐于帮助别人的人，一个敢于放弃自己利益的人，一个善于宽容别人的人，只有有了自己的底气，"舍"才不会是一时的感情冲动。只怕是得而不舍。有一个成语最恰如其分地形容了此类人：贪得无厌。喜欢收纳旧物的老人，对旧物几乎也是到了贪的地步，但是他们永远只是"舍不得"。

人我之间的战与和

有一句话没什么人会忘记:人不犯我,我不犯人,人若犯我,我必犯人。

不会忘记的原因是,这十六个字像血液一样流经几代人的生命里,像你我这样的很多很多人,都曾经把这句话当做自己待人处事的重要准则,或许如今还是如此。

小学生时代的同学嬉闹,尤其是同桌之间,常常是一肘过来,回一肘过去,念念有词的便是"人不犯我,我不犯人",最终以在课桌中间划了一条粉笔"三八线"作为短暂的停战。在厨卫公用时代,"人不犯我,我不犯人"的精髓,淋漓尽致体现在邻里之间,"三八线"果然有，是由房管部门用尺量出来的；即便如此，战争还是频频发生，每一方在捍卫自己利益的时候，都忘不了狠狠地教训对方：人若犯我，我必犯人。再延伸到精神化的人际关系，不管是往昔还是当下，家庭、职场、社会，与谁相好，与谁龃龉，与谁死党，与谁交恶，多以此十六字作为基本攻略。

或许这也算得上是文化的传承。"人不犯我，我不犯人"的经典，最早出自于曹操，是他羽毛未丰时候的军事策略；几千年后的中国的外交策略也大致如此。当年陈毅在中外记者招待会上以四川口音说出这十六个字，实在是说到了每一个老百姓的心里，以至于在之后的几十年中，在许多争吵场合甚至大的场合，都会有人振振有词，人不犯我，我不犯人……

那当然是错解了外交策略。国与国的关系当然不能引入人与人的关系。

只是，"人不犯我，我不犯人，人若犯我，我必犯人"依然在你我身边甚至就是在你我身上发生。潜意识中，人与人之间多的是敌意，多的是不信任。在与人交往中，总是假设人是要犯我的，所以我要时刻做好应对犯我的准备,那就是我必犯人。这才是斗争哲学的核心意识。当我假设人都是要犯我的时候,事实上,我也被他人假设为必有犯人之心。于是人人戒备,人人犯人。在每一张严肃的面孔中,既安装了防御的雷达,也暗藏了进攻的导弹。"三八线"为什么会成为生活中的常用语,因为总有一条敌我状态的界线横亘在人我之间。

如果去一些堆满笑脸的国家,会有这么一种发现,他们习惯于在把一个人确认为坏人之前,把那个人当做好人,我们则是在把一个人确认为好人之前,先想象成坏人。天网恢恢疏而不漏,实际上还是漏了,漏掉的是人与人之间应该有的友善、诚意,至少是微笑。

任何地方都会有人在侵犯别人。被人无意踩了一脚,被人有心"戳"了轮胎,依旧此起彼伏。在一个文明并且智慧的生活环境里,"人若犯我"的最好对策,肯定不是以血还血以牙还牙,理应有宽容别人进犯的雅量,理应有体谅别人软肋的胸怀,理应有玉树临风的境界。文明和智慧实在不是一件容易的事。于是敢为文明先,敢为智慧前,才是智者。人我之间,是战争还是和平,取决于人我之间,当然是这一个生活环境的人我之间,恶劣的生活环境一定导致人我之间的战争,但是人我之间的和平一定是人我之间共同争取而来。

几乎所有的习惯性行为举止,再细小,都会有潜意识的作用。即使是穿衣的好恶,即使是走路姿势的挺胸或者低眉,似乎是一个人的性格品位所致,但是在性格和品格的背后,潜伏着某一种自己都难以觉察到的意识,那就是潜意识。如果从个人的习惯性行为举止延伸到社会群体的习惯性举止,潜意识依旧存在,并且更加难以抗拒,最终成为一代人乃至几代人的"习惯成自然"。

先想到了什么

有一些很细小、甚至上不了台面的生活行为的改变，往往包含了文明的递进，知识的普及，科学技术的升级，也包含了生活理念的改变。比如在稍欠文明的时代，手帕都不是每一个人的必备，常常是由袖笼一抹了事，后来手帕终于普及了，这是讲卫生文明的结果；再后来纸巾代替了手帕，这是讲科学技术的结果；如今又有人返璞归真，重新重用手帕，这是讲环保理念的结果。

还有更多更基本的生活细节，对象没有改变，但是理念改变了，方法也随之改变。加上如今各种媒体的宣传，许多日常行为都在悄悄地改变。举一个使用率极高的生活用具例子，抽水马桶。有许多人在抽水时会将马桶盖盖上，这大概也算得上是科学生活，道理很简单，不让不洁的气体释放出来。可以相信这一个答案是有说服力的，也许会有人不屑如此的考究，但是没什么人会去怀疑。

终于有人在不经意间表明了完全不同的看法。某一位长期旅居海外的朋友，在闲谈盖上马桶盖的生活细节时，他说这是不让好的空气被抽水马桶抽进去。面对同样一个行为，居然会有完全不同的解释——"不让坏的气体释放出来"和"不让好的空气抽进去"。我们经常在说生活理念的异同，那常常是说彼此之间的行为方式不一样，你这么做，我不那么做；你前卫，我滞后；你爱好群游，我喜欢独思……但是同一个生活行为，也可以是诉求不同，这才是真正的生活理念不同。

这其中涉及了什么生活理念？涉及了看待好与坏的态度。在认定坏的空气会释放出来时，一个人的潜意识里同样认定，已经有坏的气体在环境中弥散，所以最重要的事情是将坏的东西排斥。在认定好的空气会被抽进去时，一个人的潜意识里是将环境视作为上佳的，值得珍惜的，于是最重要的事情是保护已有的成果。

这还不是两种理念的核心差异。在认定坏空气会释放出来时，是敏于坏东西的存在，是对坏东西的严防死守；在认定好空气会被抽进去时，是乐于好的普遍存在。

也许这仅仅是一个无关任何理念的说法，也许坏的气体没有释放出来，好的空气也没有被抽进去，都是没有真正科学依据的揣测。认定坏的气体会释放出来时，一个人是生活在警惕心理之中，自然会为自己的警惕而窃喜，但是警惕总不是轻松的心情。当认定好空气会被抽进去时，一个人是处于保护者的心理之中，自然会因为自己的保护行为而多思多想，但是保护者的心理是轻松愉悦的。

就好像如果在马路上遇到一个陌生人的问路甚至求援，我们先是会怀疑这一个人是不是坏人，多半我们是把这一个人当做不好的人。事过之后，我们会欣喜自己的淡然，但是怀疑这一个行为本身，是不愉悦的。即使是对待周遭的环境和周遭的人，恐怕更多时候，也是把对方当作了坏的气体；互为因果，我们也是常常被周遭的环境和周遭的人当作了坏的气体。于是原本并不坏的气体——犹如我们自己——都在被相互间的排斥中越来越疏远。

当然,当下的生活环境里,怀疑恰恰是必须的,是公共舆论提倡的。存在决定意识,存在也决定了盖上抽水马桶盖时的理念,是摒弃了坏空气,还是留住了好空气。

野百合不稀罕春天

常常,某一种说法会像常识一样,固化了人们的思维,以至于谁都不再去怀疑它的真实性。比如罗大佑的那一句著名的唱词:"野百合也有春天",很励志很深情,感觉上"山谷里寂寞的角落里"的野百合的春天既是不容易被发现的,也是不容易遇上春天的,很有可能它经不起风霜耐不住严寒,于是见不到春天。直至一个非常偶然的机会,友人送我甘肃的百合,说这是六年百合,我不知其详,友人说,就是生长了六年的野百合,是百合的精品。正是在那一时间,我突然想到了"野百合也有春天"——当我们还在对百合怜香惜玉之时,野百合过了一个春天,又过了一个春天,是我们误解了野百合。野百合没觉得寂寞,没觉得身处山谷角落,是我们耐不住寂寞,是我们沉溺于热闹喧嚣。如果野百合离开了"山谷里寂寞的角落",虽然会当作鲜花被观赏,但是不会再有六年生的百合,更不会生逢六个春天。

有一次,我看到一个朋友在微信上写了一句共勉的话:"心静不下来是很可怕的。"我评论说:"心要静下来是很不容易的,常常,心欲静而人不止,于是常常徘徊于很不容易的心静和很可怕的心不静之间。"恐怕当下许多人,包括你我这样不愿意俗却难以免俗的人,也是心欲静而人不止。谁都知道应该静下心来生活,但是车水马龙的生活状态令人不得心静,一次又一次的怦然心动和心跳,恰是生活的常态。可能会觉得这是充实,但是这充实是否和匆忙有点像?可能会觉得这是快节奏,但是这快节奏和潦草是否也难分彼此?可能会觉得这是勤勉,但是这勤勉和功利是否具有同一个公约数?

野百合倒是静若止水的,虽然在"山谷里寂寞的角落里",未必与止水相逢。从可食用的角度,几个月的百合就可以出售了,三年百合已经有模有样,但是真正的百合精品,那就是要历经六个春夏秋冬。着急不了,或许三年的百合可以冒充六年百合,黄酒三年陈还冒充八年陈呢,但是那不会是精品。当下成功者不少,大多是以财富作为衡器,并且以一夜致富作为传奇,说是说别忘了"山谷里寂寞的角落里,野百合也有春天",但是有多少人像野百合一样,甘愿隐身在"山谷里寂寞的角落里",成就那"六年百合"?

人也真是蛮自我,习惯将世界万物拟人化。自己耐不住寂寞,就去找野百合当作可怜之物。殊不知,野百合就喜欢享受六个春天的春风春雨,匆匆一春,它还是春眠不觉晓。如果野百合有灵,它都是不屑与人奢谈谁有春天谁没有春天的,除非谁就去"山谷里寂寞的角落里",陪着野百合过六个春秋。

当然,我依旧非常喜欢《野百合也有春天》这首歌,喜欢全盛时期的罗大佑。那个时候的罗大佑,是沐浴了六度春风春雨春情的野百合。

格局算什么

时常听闻有人被人家背后议论,这个人格局不大。被说成格局不大的人,倒还是有点身份的,倒也还是有点钱的。议论的时候,大家会心一笑,并且还附和被议论者格局不大的种种行为。这么议论的时候,大家都知道什么是格局。终于有一天,有人问,格局是什么?有人说,格局么,有什么不好懂?就是……就是格局呀。

倒是也不能怪讲不清楚,因为"格局"的标准解释是"结构的格式",不是用来解释人的行为,只是如今被引入到对人的评价上,结构的格式,完全也可以是某一个人的生活状况、生活氛围、生活态度、生活境界所形成的生活表现。

小时候，刚刚知道古装戏的行当时，老生和小生、老旦和花旦，还有花脸，还有丑，都容易理解，只是同为年轻女子，为什么有了花旦还有青衣？当然那是童年视角。后来知道了这是身份，青衣是小姐，花旦是丫鬟；青衣端庄，水袖翩翩，丫鬟俏丽，短打活泼。在戏中，即使丫鬟是主角，像红娘，依旧是花旦的命。青衣和花旦的区别是格局的区别，不同的生活层次会形成不同的生活格局。

大概这就是大家闺秀和小家碧玉的格局之别了，如果再引入到当下的生活，见过世面的和没怎么见过世面的，有人文历练的和没怎么读过书的，有生活气质的和没怎么生活要求的，有修身养性的和没怎么身心约束的，在结识见面的很短时间内，各自的格局就显现无遗。甚至有时候一个人在一只陌生的大沙发上坐下去，她的坐姿，她的身位，都可以看得出她内心是否驾驭得了这一只沙发。曾经有过一部苏联电影，说的是一个铁匠暴发户混入了上流社会，鸡尾酒会上，他向贵妇人献殷勤，不料横插进来一个蔑视者：看你的指甲沟，就知道你是一个亚美尼亚铁匠。指甲沟都可以看出一个人"结构的格式"。

并不是有身份、有钱、甚至有知识（学历）的人一定格局大，如果没有良好的从小而大的家庭教育格局、生活氛围格局、人文教育格局，那么一切长大之后才得到的身份、钱财和学历，都很难改变自己小时候已经形成的小格局。有一位有点钱的女人去境外旅游，在当地的免税店，她买包买化妆品买手表，真像是眼睛也不眨，还说回去之后一开心就送人。且不说这一个女人土豪式的显摆，真正让人觉得她格局太小是在宾馆早上自助餐上，她居然会带了两罐酸奶出门，大巴开了一会儿，她还得意地向旁人展示自己的战利品。这个女人一定不是要省下几欧元，是什么驱动力去这么做的？是她从小而来的格局。后来有人说这个女人以前是里弄生产组的，当年被戏称为"里弄模子"，也就是婆婆妈妈贪小便宜的格局使然，钱再多，贪小这一个"结构的格式"永远相随，不贪小都会难受的。

有一句沪语"小嘎扒气"，类似于普通话的"小家子气"，但是"小家扒气"更加贴近于格局小的人。他们可

我在弄堂里等待童年的伙伴

能很善于打点自己生活，在友情亲情爱情交情上，总是有一笔明细账，格局小得可怜，自己往往还很得意。凡小市民必小格局。

格局是一个人的气，一个人的底，一个人的型，一个人的派，一个人的品。心细而豁达。

心细的人看得到，为人处世想得周到；但是心细的人常常不豁达，因为心细也就算清楚了利弊，因为看清楚了利弊而趋利。豁达的人遇得到，很少计较长短，但是豁达的人往往心粗，因为心粗而忽视了是非，因为想得少而无为。有大格局的人一定是既心细如发，又豁达为怀的人，辨利弊而不计，知高低而不傲，处荣辱而不惊，识真伪而不变……这已经是一个人的人文品格了。

我愿意为你，你是谁？

"感恩"这一个词在很多场合都用得上，尤其是在婚礼上，"感恩"也一定是一个重要话题。很多新人在说到感恩的时候，是把感恩当作了对父母的感谢，并没有深入地去想一想，感谢是因为父母帮助了你，感恩则是父母需要你帮助。当感恩被视同于感谢的时候，感恩的起始点非常轻盈，但是到了终点处，往往已经心力俱疲，甚至还有怨言。

曾经有人为一对新人证婚时说到了感恩：对父母感恩，要感恩的是养育了你们的父母，要感恩的是给予了你们从精神到物质无以数计关怀的父母，还要感恩的是终将有一天，能力渐渐下降、身体渐渐衰弱的父母，他们需要你们帮助，他们需要你们陪伴，他们需要你们搀扶……他们对你们的需要，远远超出你们的想象。在那么遥远的一天，如果还像在今天的婚礼上一样在践行着对父母的感恩。那才是感恩的全部。

于是，感恩像一座山了，是像山一样的伟大？准确地说，是像山一样的难以逾越，甚至让人心生畏惧。这是一种蛮矛盾的现象。有时候打开微信，关于感恩的言语简直在泛滥，很平凡的草根都写下或者抄录很不平凡的感恩语录，一条接着一条，谁都懂感恩，好像谁都在期待着感恩时刻的到来。只是在生活里，尤其是在对待赢弱的父母时，感恩的有，不感恩的有，忘恩的有，大逆不道的也有。即便是大逆不道的人，可能也会在微信里很热衷转来转去感恩的文字。

因为感恩常常被美化为花拳绣腿，实际上很可能是劳心劳力的事情。谁愿意劳心劳力呢？所以仅仅是怀揣感恩，到头来却是尽可能回避、尽可能敷衍，还会计较得失。彼时的感恩对象，实在是累赘。

当然有人做得很好，而且动机很单纯，却并非是出于感恩。有一位女士的老父亲病倒了。有朋友知道，比起家人，女士已经非常操心操劳，甚至还知道，从市井民俗的角度讲，在家里，她并不是一个获益者，完全不必冲锋陷阵的。旁人夸赞她有责任，懂感恩。女士笑答，不是责任，也不是感恩。有人以为她是自谦，她却是说，如果仅仅是责任和感恩，虽然也还是会去陪夜照顾，但是都是必须做的事情，是被迫的，甚至是无奈的，如果不去做，就会被指责。

不是责任不是感恩，是什么呢？女士说，是心愿，我舍不得父亲。心愿是一件你想做的事情，是主动的，远远高于被动的责任和感恩。女士是要用自己的心去感动老父亲的病，用自己的情去拉住老父亲的命。这是不是有点像王菲《我愿意》中唱的那样——"愿意为你，我愿意为你；我愿意为你，忘记我姓名，就算多一秒，停留在你怀里，失去世界也不可惜。我愿意为你，我愿意为你；我愿意为你，被放逐天际，只要你真心，拿爱与我回应，什么都愿意，什么都愿意，为你。"王菲唱的是男女之爱，如果将男女之爱延伸到父女之爱，而且也不至于"失去世界"，那么，"我愿意"就不是感恩可以比拟的了。

我愿意为你。当那位女士说她舍不得父亲离去时，当然是为了父亲，同时又何尝不是为了自己？因为舍不得，舍不得父亲离去，就像舍不得自己失去。"愿意"是自私的，也惟其自私，才能够无私。

那么"愿意"中有感恩吗？当然有。可以说，愿意的核心是感恩，也可以说感恩的核心是愿意，只有胶着了感恩，才会我愿意，只有愿意，感恩才会有落脚点。有落脚点的感恩才是有境界的感恩。

精神财富你有么

一旦说到父亲母亲的财富，会想物质，当然也会想到精神，并且一定会有人侃侃而谈精神财富对于自己的重要性。物质财富是有轻重的，从多少亿到几千几万，落差实在太大。那么精神财富呢？既然也算是财富，是否也就有轻重，也有落差？

很多人不同意将精神财富类比于物质财富。很多人说，父母的精神财富是无价的，是没有轻重的。很多人举例说到父爱母爱，无私而没有高低没有贵贱，完全不受物质贫富的制约。似乎很有说服力，但是一推敲质疑就开始了：父爱母爱是精神财富吗？不是，父爱母爱是为父为母的必要条件，是本能。不管是来自寒门还是大户，所有的父爱母爱，出手有大小，心思无不同。就此而论，父爱母爱不算是精神财富。即便是善良真诚，固然是做人的道理，是美德，但是和精神财富有区别的。

还有什么是精神财富？

许多人在赞美自己父母亲留下了宝贵的精神财富时，往往，这一份精神财富是泛泛而谈的，是空的，是虚的，而不是确确实实的。假如父亲母亲真留下什么精神财富，那么，父亲或者母亲是以何种精神财富影响了你？改变了你？最终又是何种精神财富带领你到达你想去的地方？就像物质财富也会让人享受到诸多人生的快乐。精神财富应该是有鲜明个性的，是很具象的，是有确切的境界的，虽然抓不到，但是能够强烈感受到、体验到；并且，这一种精神财富，只有其子女得以继承。虽然不需要遗嘱继承，却是旁人抢不去，是子女甫到人世就受到的精神浸润。

有位先生某一天突然意识到了精神财富的分量，是在他母亲抱恙在床、思语皆废的时候。他想到了母亲一生给予他最大的影响，他想到了两个字：争气。"文革"

时代,这位先生正值少年,父亲受迫害,屡被抄家,没有经济来源,没有尊严,没有出头之日。父亲被责罚扫弄堂,母亲主动代父亲受过,每天持一柄扫帚去弄堂,不流泪,不皱眉,不迎合,自己干干净净,也把弄堂扫得干干净净。她对子女的要求就是"争气",什么都可以抢掉,做人的道理抢不掉,做人的本事抢不掉。当年受屈辱的少年,记住了母亲"争气"的叮嘱,也记住了母亲"争气"的表率,有了几十年后的争气。

有人说这就是励志。这位先生说,争气和励志不一样。当下的励志,往往甘于屈辱但求曲线发迹,不择手段图谋有朝一日。争气争的是生活,争的也是气节,既是在无望之时始终矢志不渝,也是在贫穷时仍旧自然流露着高贵的气质,是在备受凌辱时仍旧保持清高的为人之道。韩信胯下之辱是决计不会效仿的。不给人看不起,不小看自己,不低三下四,要靠自己,留得青山在,不怕没柴烧,唯"争气"可以涵盖一切的志向和行为。

精神财富应该是一种有气质有个性的生活态度,足以一生受用。当年的少年以为,"争气"是他享用的精神财富,来自母亲。

精神财富一定会显现出某一个家庭的品质和个性，显现出某一个家庭的态度和能量。只是，精神财富不仅有轻重，甚至还分有无。并非所有的父母都会留下物质财富，同理，并非所有的父母都会留下精神财富。于是得以享受到父母亲的精神财富，是一生之幸。没有物质财富，尚可白手起家，没有精神财富，那就是没有根的浮萍。

大气之气

朋友之间,要不了几个来回的聚会闲聊,互相间心里便会有大致的品位判断。这不需要刻意为之地揣摩,每个人在谈笑间都暴露了自己,所以这种品位判断,很容易获得其他人的会心一笑。背地里不悦的言语会有,私底下钦佩的赞叹也会有。

常常会听到的是说某某人人好,便有人附和并且还举例佐证。比如说这个人有些地位,有本事,肯帮忙……而后,以"大气"作为对这一个人的终结评语。

"大气"似乎很直截了当,却又是意会容易言传难。

大气一定是和小气完全相反。其实在和小气的来往之中，大气是吃亏的，因为大气和小气的区别在于是否计较，小气者常常心中窃喜自己如意算盘的——实现。

大气也不是简单的大方，有如朋友间的帮忙，或者是助一臂之力，或者滴水之恩，或者顺水人情。这是大方。大气者一定大方，大方者未必有大气的境界。有时候一个乐于助人的人，往往也喜好显摆自己的重要性，甚至就此确立彼此之间关系的从属，大方者不仅可以是一个求精神回报的小气者，也可以是欲占据话语权的霸气者。

大气者肯定不是喜好斗气的，也应该是不大应答各种冷言冷语的，不大会和人家为一句话争一个高低的，至于编派离间之类的事情更加不会。这似乎和一个傻气的老实人差不多。马善被人骑，人善被人欺，世俗生活中，把大气的人当作老实人欺负也不少。

不过大气的人终究不会忍气吞声，终究不会唯唯诺诺，否则也不会被认为是大气。大气的人一定是因为有底气才大气，没有底气就没有大气。没有底气就怕人家不知道自己的重要，没有底气就怕人家不知道自己的厉害，没有底气就怕人家不知道自己的聪明，没有底气更怕自己在各种人际关系的江湖中沉没。所以大凡格局小、气量小、能量小的人，成不了大气，当然更成不了大气候。

那么底气是什么？底气是境界。那么境界是什么？境界是"会当凌绝顶，一览众山小"。都已经有幸登上了绝顶，足以傲视群山，还有什么必要去和山下的一草一木去计较？或者说已经到达了让自己足以欣喜的高度，还有什么必要去摆谱去洋洋得意，还有什么必要去做"小家扒气"的事情？

大气是一个漫长经历，无法搭乘索道快速登临顶峰境界。大气也是一个人的气场，气场的大小，决定了一个人大气影响力的大小。气场似乎更加玄妙，有些很有地位的人根本谈不上气场，有些一心要显示自己威武的人也没有什么气场。还有些人，谈笑风生也罢，正襟危坐也罢，为人做事也罢，总是无意间让人感受到他的气场强大。这样的人，一定是一个大气的人。所谓桃李不言下自成蹊，过往的解释比较偏重于桃李的高尚，却很少想及，桃李不言，是因为桃李有足够的大气和足够的气场。桃李不言，但是谁敢无视或者小觑桃李的存在呢？

我的站台

从火车有了空调,尤其是动车高铁成为了火车主流之后,火车站台就没有了什么特别的意味,与飞机轮船的送行也不再有很大的区别。

一定要返回到绿皮火车时代。火车的车窗是可以打开的,向上提,车上的人便可以伸出手来,与送行者话别,那才是完美的送行。火车车轮即将滚动,远行的人在车上,送行的人在站台,在火车车窗内外依依惜别。这么一种送别的意境,是飞机和轮船不曾有过的。飞机的送行再不舍,到了安检口也分手了,现代化的轮船也差不多。唯有火车,发车铃响,手还牵着,火车慢慢启动,送行的人还可以跟随着小跑十来步,扬手挥别,直至火车消失在视线里。人性的美好和柔软,在这十来步的小跑扬手中,弥散到了整个站台。可能是浪漫,可能是壮行,也可能是诀别,送行总是一种意境,这意境是凄美。

也许别人也是如此的小跑扬手送别,但是没有一个人的心境与他人是完全吻合。待到火车远去,站台送行人稀疏,仿佛这一个站台就属于这几个稀疏的人影,甚至只属于我一个人。和我有同样心境的人已经随着火车远去,于是,我的心境唯有站台在默默记下。如果鼻腔内还有一声轻轻的抽动,几百米长的站台都能听到。这是我的站台。

有这么一种意境的时候,火车站台还不叫站台,叫做月台。当然这是中国化的称谓。月台原指露天平台,在古代,是人们赏月的主要场所。将站台称作月台,是将送行和被送行的人美化为欣赏与被欣赏的人,其实,火车上的远行者和月台上的送行者,何尝又不是互为欣赏者呢?

人的一生也会经历过无数次的送行与被送行。可能

如今的站台再也找不到这种感觉了,也不可能有这样的场景了。我在网上找到了这张照片,在此鸣谢尚不知其名的摄影者

是在月台上，更多是在一生的变化中。如果一个人的出生是火车到达第一个月台，那么终有一天，这一个人也将随着生命的火车远去。其中所经历过的风景，喜怒哀乐，抑扬顿挫，或是在车上，或是在月台上。会有掠过小站站台的得意，会有无望下一班火车的沮丧，会有火车上孤行的寂寥，会有月台上离散的失落，会有送行那一刻的"执手相看泪眼，竟无语咽凝噎"。

最壮观也是最凄美的送行大约是"文革"时期上山下乡的站台送行了。上海有110万知青去了农村，揪住的几乎是一个城市所有人家的心。十六七岁的孩子就这么出远门了，却不知道回家在何时；上了火车的孩子还沉浸在虚幻的梦想中，立在站台上的父母却对孩子的前途茫然而啜泣。火车两分钟警铃拉响，站台一片哭声，像是要淹没警铃……好在将近十年之后，父母又去了站台，是迎接孩子回家。

有一种送别是再也没有迎回的机会。有一位先生静坐在病榻一侧，握着老母亲的手，感受着母亲孱弱的心跳，同时也想着将自己的生命能量传递给母亲，甚至让自己的眼前浮现出过往的情景，天真地试着是否可以通过母子相贴的掌心,传输到母亲遥远的记忆里。忽而,他觉得这一张病床,像是火车一般。很久很久以前,母亲带领他踏上了生命的旅途,是从产院病床上开始的,而后,领略过一站又是一站的沿途风雨……此时,母亲在火车上,自己在站台上。拉着母亲的手,因为火车发车的时间一分一秒地在逼近。母亲的这一班列车,就要开了。站台留不住母亲,只留下自己。

虽然凄还是美,因为是有送行的远行,而不是孤寂地离开。每一个人终将有如此的远行,却不是每个人都会享受到送行。并且,在生活中,我们时常交替扮演着远行者和送行者的角色,我们不断地在告别,我们也不断地被送别。

右手

辑封绘画：王达麟

别把人不当动物

上下电梯,很容易与人同乘,也很容易和人在一起的狗同乘。在电梯里,可以警觉地与一个衣帽不整的人保持最大化的距离,却不可以怒目铮铮地拒绝一只小狗骚扰式的亲近;可以把人不当作人,却不可以把狗仅仅是当作狗。某位生性不喜动物的男人,在电梯里遭遇邻居宠物狗的亲近,男人向后退,并示意邻居把狗牵住;邻居一笑说,没关系的;男人说,它没有关系我有关系啊;邻居仍旧一笑,笑得有点冷,动物是人的朋友,你不要怕;男人也不开心了,回敬一句,即使是人,也未必是朋友啊。

是否养宠物,再也不是一个是非。还需要升华的是,"宠物"这个称谓都已经被看作是对宠物的不尊重,依旧是人老大的人狗关系、人猫关系。真正将宠物看作和人有着同样品质的人,已经称宠物叫做"动物伴侣",而"伴侣"在拉丁语里的原意,是"和你一起吃面包的人",也就是在餐桌旁一起用餐的家庭成员。天还是天,狗还是狗,但是狗决计不再是动物,更不是畜生。假如有人被狗吓了一跳,便对着狗发脾气,并且恶狠狠地骂一声"你这个畜生",那么遭到白眼的一定是人而不是狗,哪怕那条狗还对着人吠了一阵。

以往骂狗须看主人,狗的地位还只是奴仆,如今狗有了人的地位,所以骂狗就是骂人,骂人也就等于是在骂自己,骂自己不是人。不是人又该是什么呢?事实证明,沦落到不是人的时候,还不可以不是人。且说有两人看到报纸上一条道德沦丧的新闻,其中一人义愤填膺咬牙切齿:这种人连狗都不如!原本这也是几百年来不骂不足以平胸闷的经典解恨,但是另一位脸色忽的不悦,你不可以骂狗的,狗是决不做道德沦丧的事情的。义愤者幡然醒悟,对方家里养了一条狗,偏偏对方还是一个要宠物不要孩子的,所以对狗的不恭敬,就是对他孩子的不恭敬,怪不得。骂狗就是骂人,骂人不可以骂狗;不能把狗不当人,却还不能把人当作狗——当然这样的人肯定是人类的渣滓,简称人渣。

大约,人没有自己的孩子,就难体验血缘的不可抗拒;人不养宠物,也难想象人的感情怎么会从动物身上噗噗地涌出来,简直是二泉映月般的清纯。有一条叫做花花的狗,屡遭磨难后被好心人收留,本想它可以安度晚年了,不料又缠上了多种老年性疾病,肾功能衰竭、糖尿病、白内障。由于当今的医学只停留在给人做白内障手术的水平,于是来日无多的花花,不得不接受失明的现实,收留花花者噙泪告白:要让花花死在自己的怀里。

把动物看作是人,却也带出一个始料未及的难题:凡是和人有交情的动物,凡是得到人类关怀帮助的动物,很容易染上人的病,而且还是疑难杂症:花花得了白内障,有一只熊猫得了癌症,有一种东北虎心血管有恙。所以啊,别把人不当动物,说不定人就是在动物的退化中,身体反而强壮起来。

三文鱼哈哈镜

　　爱吃三文鱼，却不知道三文鱼的长相，这一定不是个别人的知识浅薄。明明知道，作为鱼，三文鱼是一条一条的，但是在思维的影像中，却是一片一片的，而且是那么静谧地卧在餐桌的冰船上。一来缘于三文鱼最经典而通用的吃法，二来也或许是三文鱼仅此一种为人所用的功能，鱼头鱼皮鱼骨不能入药、不能制衣，于是三文鱼的长相变成了不重要的话题。直至到了温哥华，去参观三文鱼的洄游前，同道能够想及的，便是当天晚上应该能够品尝从海里直达餐桌的最新鲜的三文鱼。

　　三文鱼果然貌不出众，原本赚不了多少回头率，但是因为它洄游的悲壮而成为一个闻名世界的旅游景点。三文鱼洄游是从生命走向死亡，依旧锲而不舍，在高高的台阶前接二连三逆水纵身跳跃，当三文鱼进入孵化场时全身已经红透，而此前它身体还是青黑色的。这是因为跳跃时用力过猛，有的鱼血管都迸裂了；有的鱼遍体鳞伤，头破血流。洄游的终结是产卵，然后死去，当然在被人宰杀后是最上乘的三文鱼。目睹三文鱼的壮怀激烈，到此一游者要想不感叹、不感动都难：悲壮，无私，顽强，忠诚，伟大，奋不顾身，前仆后继，还夹杂了浓烈的怜惜，为什么要让三文鱼如此壮烈地捐躯？

倏忽间，眼前黑不溜秋的三文鱼似乎渐渐泛白，像是春蚕在蛹动一般。不经意的，李商隐的"蚕茧颂"便像三文鱼洄游一样顽强地涌上心头：春蚕到死丝方尽，蜡炬成灰泪始干。三文鱼和春蚕应该算是是惺惺相惜；倘若比作三国时代曹操与刘备煮酒论英雄的话，天下英雄唯有曹刘？哪儿能呢？三国必然群英会，动物一定侠客游。雄螳螂在新婚之夜英勇献身，成为母螳螂的怀孕保健品，更是令人扼腕长叹，还有蜜蜂无私采蜜，牛吃进去是草，挤出来是奶……

终于有悲天悯动物的人儿为不幸的动物重新设计生命蓝图，给洄游的三文鱼一池涟漪，杨柳岸，晓风残月，给新婚的螳螂新娘足够的孕妈咪营养品，给春蚕造一个关爱的暖巢，三文鱼螳螂和蚕，真是可以安度幸福的晚年了。可惜只要它们是三文鱼是螳螂是蚕，就不会有这一份福气，所以它们决不会领这一份人情。三文鱼的洄游是三文鱼游向生命终点，它没那么聪明，以为是在演绎悲壮；不让三文鱼死去，真比让它死去还难受，还不近人情。螳螂和蚕也是如此。所谓动物的悲壮，或者无私，只不过是以人的觉悟，夸张了动物的本能而已，但是人因为动物的感动，常常会超越对自己的感动。人是将动物当作一面镜子，用动物来对照自己，可惜镜子里的动物，不免走样，大约就是一面哈哈镜了，显得特殊的可爱和生动。当然在另外一种需要的时候，动物的同一个行为，可以有截然相反的褒贬，比如李商隐的"蚕茧颂"，一不小心，就变成了"作茧自缚"，同样出名；蚕招谁惹谁了？

一同道质问：你不是鱼，你怎么知道鱼不悲壮？另一同道反质问：你不是我，你怎么知道我不知道鱼的不悲壮？

天色已黄昏，爱上一条洄游的鱼。三文鱼依旧在捐躯，游客纷纷驱车前往下一个景点，依旧慨叹三文鱼的洄游，但是话题的终结颇有点蓦然回首的幽默，有同道者突然有了重大叹惋：在世界最著名的三文鱼孵化场，竟然没有尝到最新鲜的三文鱼。遗憾哪。

多伦多民族文化村加拿大新娘

为虎惆怅

以前老虎是人类的天敌,如今人类是老虎的保姆,每一只老虎的生老病死都在人类的呵护之下。这既是人类的境界,也可以说是人类在为自己赎罪,因为致使老虎濒临灭绝的正是人类。于是,为虎惆怅,成为了人虎社会关系学的大纲。

为虎惆怅,老虎总是高兴的,人类当然也是发自内心的意愿,但是惆怅给人类带来的是更多的惆怅,而且惆怅渐渐地就变成了烦恼。东北虎人工繁殖基地刚刚竣工没几年,东北虎一旦虎踞龙盘今胜昔,便富贵思淫欲,妻妾成群,虎满为患,好像拥堵的城市交通一般。人拯救了老虎的生命，却没有想到更加艰巨的是拯救老虎的出路，因为老虎的出路不在老虎的脚下，浪漫的拯救老虎理想被找不到老虎出路的严峻现实折磨得支离破碎。

放虎归山已经成为空想。虎落平阳遭犬欺不至于，但是虎归山林被马骑倒是指不定的事情。被人当作珍贵朋友的老虎，学会了人的娇生惯养，却退化了自己称王称霸的本性，徒有虎皮一张，实际上是披着虎皮的羊，甚至可以说这样的老虎就是纸老虎。山峦起伏，不仅不是老虎作威作福的地方，而恰似被流放到西伯利亚，死路一条。狐假虎威是不可能的了，假如某一只老虎是只聪敏的乖乖虎，倒过来跟在狐狸后面虎假狐威，吃一些狐狸的残羹冷饭，诸如鸡脚爪鸭头颈之类，也算是苟且偷生了。

据说迅速将被拯救的老虎培养成为真正的老虎，也是一项任重而道远的科学实践，但是，假如有一天老虎果然雄风再起，见谁灭谁，还可能放虎归山么？放养出去的毕竟是食人大兽，而不是温良恭俭让的麋鹿。假如几十头老虎归隐山林，偏偏老虎还不甘山林的寂寞，山上的物质享受根本满足不了老虎的食欲横流，猛虎下山，倘若绅士一点，至少也是带走些许猪狗牛羊，兽性大发之时，必然闯入小桥流水人家。叶公怕龙人更怕虎，要不了多久，人又要重新颂扬打虎的武松了。

是以进亦忧退亦忧，然则何时而不惆怅耶？所谓天无绝人之路，也无绝虎之路，忽然有医学家提出高论：中药历来有虎骨酒驱风湿的特效，既然虎满为患，何不开禁虎骨酒，有计划地杀几只老虎，为人类造福，况且老虎浑身都是宝，将卖掉虎骨酒、虎皮、虎胆、虎肉的钱再去造虎园，这叫做以虎养虎，取之于虎而还之于虎。虽然有些于心不忍，但是老虎市场的前景真是一片光辉灿烂。

惆怅依然。虎骨酒的开禁果然问津者无数，但是立刻有精于虎骨酒的老克勒一脸不屑：真正的虎骨酒必须是野生老虎的虎骨，像现在人工繁殖的老虎没上过山，没吃过野味，不补的，吃了也没多少用，连那一张虎皮的斑纹，也少了光泽；就好比现在人工培养的大闸蟹、人工培养的人参，跟野生的大闸蟹和人参都不好比的，不鲜的，再稀罕再值钱的东西，一旦到了可以人工培养的地步，既是普及的开始，也是贬值的开始。要吃就要吃野生老虎的虎骨酒。别担心,哪一天家生虎骨酒开禁,野生虎骨酒肯定暗香浮动。

可怜的老虎,身价居然像大闸蟹和人参一样,还不是野生的。固然,老虎不知愁滋味,而身为老虎保姆的人类,岂是惆怅了得?

人情东西

人是越来越像人了。这意思是说,人在文明的进化中,除了爱护自己,对待动物宛如对待自己的弟弟,对待植物宛如对待自己的妹妹,一副兄长的厚道气派。要是这一对弟妹受到了欺负,遇到了危难,那么做大哥的一定是挺身而出;当然情不自禁地,也显示出了人在地球上的至尊地位。只有自己的地位至了尊,才会生出怜香惜玉的脉脉温情。假如自己尚且穷途潦倒,还会有什么心思给猫狗穿上御寒的冬衣,给花草添置如春的暖房?

于是人的美谈也就此起彼伏。一匹马掉进了深山沟壑之中，前蹄粉碎性骨折；就是为了这匹恐怕不会再有任何劳动价值的伤马，美国人出动了直升飞机和救援部队，费了很大的周折，救出了伤马。为了援救这匹伤马付出的经济代价，足以买一百匹马还不止，但是人只追求救死扶伤的精神，不计较经济得失。假如不知道援救的对象是一匹马，人们一定会以为是一个小孩，也或者是像瑞恩一样的大兵——救一匹马的重要性，到了可以和救一个小孩、救一个大兵相提并论的程度。在中国，也早就发生了毫不逊色的动人故事，一个女大学生，为了救一只受伤的丹顶鹤，自己长眠在了芦苇丛中，这就是后来被歌星朱哲琴吟唱得如泣如诉的《一个真实的故事》：还有一只丹顶鹤，轻轻地轻轻地……

　　这样的手足之情，如今差不多是人类的精神时尚。大家体验的体验，追求的追求，津津有味的感觉。当然，人类似乎忘记了另一段精神时尚，同样的崇高雅致，同样津津有味，却与这一段"手足之情"背道而驰，简直可以用同室操戈来形容。那就是斗牛场的壮怀激烈，那就是斗牛士的英气飒爽，那就是惨烈倒地时牛的无助和悲哀，那就是人对牛的必欲置之死地而后快，还有那更加著名的歌剧《卡门》和不朽的《斗牛士之歌》。在西班牙的斗牛场里，只有喝彩声声，是决计不会有人扯谈人和动物的手足之情的。可怜那些最终斗不过人的牛啊，假如它知道人的一番手足情，假如它有点中国古典文学的常识，它定然如此伤感：煮豆燃豆萁，牛在场中泣，本是同根生，相斗何太急？可怜那些最终斗不过人的牛啊，假如它知道它那奄奄一息的同类在深山沟壑之中被人解救，自己却在众目睽睽之下被人置于死地，不待斗死已经气死，正所谓手足情长，蛮牛气短。

当然牛不会这么想，就像人也不会这么想一样。人在斗牛的时候，想到的不是什么手足之情，更不是庖丁解牛之类，而是人征服自然的力量，古典美、原始美、雄性美、力量美，对人的所有赞叹，都可以在斗牛场上美言几句。人征服自然的力量，不是也很崇高很时尚吗？人总是聪明的，总是有那些让人一唱三叹的理由。养鸟有养鸟的情致，放飞有放飞的情操。一条小河的两岸，一边在垂钓，一边在放生，垂钓者钓上来的是休闲，放生者放下去的是生命，即使被放生下去的鱼游到了对岸被垂钓者钓了上来，休闲不改，生命依旧：东边垂钓西放生,道是有情却无情。

　　这样的人情悖论还在发扬光大着,甚至光大到了做医学试验的小白鼠身上。为了表彰千千万万的小白鼠为人类的健康而做出无私的、前赴后继的牺牲,某医学实验基地,竖起"丰碑"一座,并且还刻写碑文:白鼠在此,人人喊爱……情很深,却有点矫,更有点滥。假如做实验的小白鼠必须"缅怀"的话,那么,所有的鱼塘、猪圈、养鸡场都应该为家禽树碑立传了,尤其是渗透在全世界每个角落的肯德基,更应该改名"鸡念馆";只是,那个时候,还会觉得鸡是香的吗?

狗若有情狗亦老

人若有情人亦老,假若狗亦有情呢?不是假若,狗向来是以动情著称。狗动的是谁的情?当然是人的情,所以狗若有情狗亦老。

一条日渐老去的狗,不幸得了早老性老年痴呆症,更不幸的是因此而离家失踪;主人在悲伤和自责之余,贴出了寻狗启事,并许诺给予重要线索发现者多少万元的奖励。这奖励当然算是不低的,沿着报纸中缝的广告去看,大凡是寻找一个失踪的老年痴呆症老人,就没怎么见过开出如此高的奖励。不必对这样的寻狗启事皱眉头,其实也不必将寻狗和寻人相提并论。首先说明狗的主人是有情的，并不因为狗患了重症就将它遗弃，遗弃一条狗和遗弃一个老人，从"狗是人类最好的朋友"的角度来看，没有本质的区别。既然主人有情，既然主人有重赏的能力，为爱犬做一点努力，即使苍白无助，至少也得到了精神上的安慰。

当然所谓人狗关系中的狗，是人的宠物，只有取得了宠物地位的狗，哪怕就是从街上捡来而受宠爱的狗，才可以有和人同吃同住同散步的资格。想及还有狗被做成火锅涮的就明白，狗，做了宠物，是多么的重要，多么的幸福。当然，这是人眼中的狗幸福，或许狗也这么想？

狗在宠物化中取得了人的地位，于是在同样是宠物化了的狗与狗之间的关系，变成了事实上的人与人之间的关系。它们也懂得爱憎分明，它们也懂得高雅低俗，它们也懂得人情世故，甚至还懂得了哈根达斯和莎拉布莱曼，更甚至还陪着主人追剧，一集又一集，一季又一季。当两条宠物狗在小区里嬉戏时，为什么不可以说是两个人在闲庭信步？至少也是两个小孩的玩闹？

乍一看，这是对狗的尊重，但是，爱犬者并不同意这样的理念。他们更喜欢说，狗没有变化，它们一直是崇高的；不是狗取得了人的地位，是人放下了人的架子。这一点也不错，人在经历了很长一段自以为最聪明最崇高的历史之后，幡然醒悟，人其实是充当着动物世界中的霸王，如今到了回复到和其他动物平起平坐的时代了。假如人像狗一样的真实纯朴，世界就会可爱得多。甚至还有人假想，将狗和人的位置对换，让人从动物的角度做一个换位思考，当然狗也可以从人的角度做一个换位享受。这等于是提倡，人与人的关系应该是像狗与狗之间的关系一样。假若真是这样，那么人是否也应该像狗一样以当宠物为自豪？而狗一旦担任了人的角色，是否也会沾染人的毛病？说不定还不如人呢！

当然这只是假想，非但人不愿意真的换位去做狗，即使狗，也未必见得就想换位享受人的荣华富贵。人的活法和狗的活法实在是无法混淆的。

蛋白质公马

没有刻意的安排，马某在马年到来之际骑了一次马。当然还是上一个马年之时。

不像草原上牧民，把骑马当作骑自行车或者开汽车一样普普通通，城市的人不常见马，更不必说骑马了，所以偶尔骑一次马，不是将马当作交通工具，是看作一次休闲。比起觥筹交错、歌舞升平的日子，骑马显然多出了田野之风，多出了朴素，多出了人与动物的交流——尽管所谓骑马，无非是在城市边缘地带的一个马场里遛一两个小时罢了。

人对马的印象一直美好之至，这种印象既来自神话小说电影电视，更是来自多少年来马的自我表现。虽然人将动物称之为朋友，但是论亲近远疏，列朋友排行榜，马一定名列前茅。马不像狮虎熊豹威风八面，人不得不畏而远之；马不像熊猫举世珍惜，人几乎是将它当作老祖宗一样地供奉着；马不像狗那样与人平起平坐，居家远游都在一起，并且和被宠坏了的独生子女一样娇贵得过了头；马不像羊那样温顺却悲伤，人养着它就是为了杀它，剥它的皮，吃它的肉；马不像观赏鱼，养一缸鱼就像老板泡小蜜一样，丢不尽的钱，图的是一个眼福。虽然说得太过绝对，但是马真是综合了许多动物的优点，又很自律地克服了许多动物的缺点，就像如今常常挂在人们嘴上的新好男人的形象，既会赚钱，又阳刚，还恋家，更懂得情调艺术生活，绅士风度，少年情趣，应有尽有。马甚至就像王文华笔下的"蛋白质女孩"，通身上下，你能看到的，你能感到的，你能揣摩到的，除了优点，还是优点。

想及马的那么多好处，又想及自己姓的便是马，马某在马背上窃窃地飘然，当然不必担心那匹马是不是会使性子，它听话着呢。马某翻身下马，轻轻拍拍马儿的脸颊，那马儿温柔而默默地站在身边，算是一个感谢一个领情了。马某牵着马儿去马厩，却看见另有一匹马儿浑身湿透，像河马刚从河里浮出来一般，还呼哧呼哧地喘着粗气。一问，才知道是被一个专业骑手挥鞭策马个把时辰，那马儿也累了。

马某不禁怜悯起来。

大家都口口声声地说动物是人的朋友，马儿又是朋友中的朋友，这就是最好的朋友应该得到的款待？鞭子抽在马身上，马刺蹬在马肚上，马的皮再厚，也是因为觉着疼痛才飞奔起来。棍棒底下出孝子，鞭子底下出骏马。原来伯乐就是一个高举着鞭子的骑士。归根结蒂，人总是最善于以人为本，人总是功利之心。凡是被人称作朋友的动物，要么稀罕，要么威猛，要么赏心悦目，要么浑身是宝，要么能助人一臂一腿之力；而且能够与人亲密接触的动物，都是被人驯服了的，它们听话，它们忠诚，它们聪敏却埋头苦干，它们劳动却不计名利报酬，它们既有崇高的道德，又有人所不能及的力量和肢体——几乎就是动物界的"蛋白质公马"，这就是人赐予动物界的朋友准则。

撇开米奇这个小家伙，人是不会将老鼠当作朋友的，因为老鼠不听话，不忠诚，还处处与人过不去……尽管老鼠怎么说也总是动物，而且和人距离最近的动物恰恰就是老鼠，长相扰，永相居。当然当然，人对不同的动物感情也不同，对马这个堪称伟大的朋友，人世间留下了数不清的赞美诗和诉不尽的感谢辞，但是人世间就不会有一个人愿意去当牛作马，这其中就包括姓马的马某。

也就是这一阵子的眩晕，马某已经意识到自己是在杞人忧马，其实马儿自己并没有觉得当马有什么不好。马儿命中注定就是跑，就像乔丹命中注定是打篮球一样。

离开马厩时，忽的那马儿，那朋友，叉开了两条后退，放肆地方便起来，简直是寒冬自来水管爆裂的视觉形象，也不想着人朋马友的就在周围。马某和同行者在惊奇中捂住了鼻子，因为朋友的那个味道、那个不文明之举的味道，实在不敢恭维。而那马儿，仍然熟视无睹着，那一身马汗，渐渐地自己收了，也不需要谁呵护着给它拭去额头的汗珠。

鸡鸣寺的钟声

知道斗鸡么?是东方人特别喜欢的游戏,当然,那鸡属于"职业斗鸡",一副凶相,奉行你死我活的斗争哲学。西方人喜欢的斗牛,是人和牛斗,东方人喜欢的斗鸡,是人看着鸡和鸡斗。因陋就简,也用不着足球场一样的场地,十几个人,坐山观虎斗不易,围圈观鸡斗不难。那两只鸡,是放大了的蟋蟀,便于围观。于是鸡就有主人,还有拥趸,观者更可以押下今天谁会赢的赌注。在泰国,斗鸡是一个庞大的产业,泰国政府立图将泰式传统斗鸡申报为"世界文化遗产"。

可以申遗,说明斗鸡和斗牛在文化上的相通。南方的一些旅游景点多有斗鸡表演，只要有一个人肯花二三十元钱，旁人都可以看白戏。鸡的主人从单个鸡笼内拎出两只斗鸡来，投进圈内，两只鸡便不宣而战。刚战了十几个来回，主人便将鸡收回笼内，主人说一直斗下去要斗死的，你要是再花钱，这两只鸡也不能斗了，他会再拎另外的斗鸡来斗。看斗鸡通常就看到这个不够瘾的份上。根据英国科学家的研究发现，目睹他人痛苦而幸灾乐祸是人的本性之一。在这一方面男人表现得比女人更加赤裸裸，所以也想得明白，花钱看斗鸡的肯定是男人，最上瘾的是看得两只鸡两败俱伤，而两只鸡恰恰都是公鸡，就算是男人看男人斗殴也不为过。因为真把鸡放大到人，马路上斗殴的是男人，轧闹猛的还是男人，偶有女人在打闹，围者还是男人，还有更损的幸灾乐祸：这女人一点也不像女人。当然有一点也说对了，女人的打闹，是头发的扯来扯去，对骂的嗓门倒是比男人还大。

好斗的人被称为"好斗的公鸡"，实际上几十年前有一种儿童游戏便叫做斗鸡。游戏的小孩个个都是小公鸡，可以是两个孩子的单挑，也可以是七八个孩子的群斗，手勾住提起来的脚踝,膝盖就是鸡头,单脚战斗。现在回想起来,当年没有摔成骨折真是幸运。鸡的好斗,在被比作人的尚武时,竟然那么贴切和亲近。另一种和鸡息息相关的游戏踢毽子,却很绵软地成为琼瑶式怀旧的经典。常常有孩子们踢毽子闹新春的场景,既显示温情脉脉,也暗示一场灾难突然降临。毽子上根根羽毛,必定是公鸡屁股上的毛,最好是从活公鸡上拔下来;有时候倒也是从公鸡屁股上偷偷拔下几片羽毛,没有遭遇激烈的反抗,只是羽毛似乎短了点,光泽也暗了点,大人说,那只鸡是阉过的,不会啼,味道极其鲜嫩。又想到"职业斗鸡"时,便猜想斗鸡的肉应该是味同嚼蜡了。

从什么时候开始?常常有了禽流感,每一次禽流感,都是扑杀了那么千千万万只鸡,也是鸡大有野火烧不尽春风吹又生的生命力。其实鸡原来和人很亲近,有童话故事,有国画,有闻名的鸡店。"屋北鹿独宿,溪西鸡齐啼",算得上是绝对,算得上是绕口令,也算得上是农家的诗情画意,小屋北墙的鹿孤零零,小溪西边的鸡齐齐鸣。这样的小溪,或许应该在以鸡鸣寺而闻名的鸡笼山,更有潺潺流水,柳暗花明。某年禽流感暴发,鸡丧失了其千百年来在文学艺术上的美学地位,恰似那部著名的《禽流感》FLASH中伤感的母鸡所唱:我不想说我很清洁,我不想说我很安全,可是我不能拒绝人类的误解……以至于去鸡鸣寺撞钟都会有点尴尬。

他们没有选择

一直以来,他算不上是一个对动物有非常好感的人,甚至就是一个对动物没有好感的人,别人舍不得将宠物叫宠物,他的眼里,宠物就是某一种动物。尤其是宠物被不适当地夸张成比人还可爱比人还重要的时候,他更愿意反其道而行之,做一个冷血的人。

所以,当英国伦敦海德公园竖起一座动物雕塑纪念碑的时候,冷血的人是不太会对热血的动物以为然的。他只是凑热闹般地看看耗资100万英镑的纪念碑想要祭奠的是哪几条宠物狗,也许宠物狗的主人正是身价万千的贵族,也许100万英镑是贵族们奢华生活中随意抛洒下来的一颗子儿。果然英国女王伊丽莎白二世的女儿安妮公主是揭幕的嘉宾，但是她并不是为了对宠物的祭奠而来。那一天到场的，还有身佩军功章的二战老兵和社会名流，还有一头背驮柴火的骡子和一条军犬——它们俩是那些在战争中奉献了生命的成千上万只"功勋动物战士"的代表。青铜雕塑是两头背驮战备物资的骡子、一匹战马和一条军犬，纪念碑的碑文则是如此铭刻——"谨献给那些在战争中与英军和盟军士兵并肩作战以及死去的所有动物。他们没有选择。"纪念碑纪念的动物，除了骡子、马、狗，还有猴子、大象、海豚、鸽子，甚至还有英军战士在第一次世界大战中用来照亮地图的萤火虫。

惯于冷血的人获得了另一种失望，因为他没有看到臆想中的宠物祭奠，而是动物烈士的纪念。臆想中的宠物祭奠、宠物至尊，平日里，就时不时地闪现在他的视线里。比如哺乳的母亲不忍心看着小狗失去母乳，顺便当起了义务的狗奶娘，比如威逼人向狗下跪，比如要造一个尽显狗主人奢华气派的狗坟。在这样的视线里，骡子这个傻乎乎的东西肯定是没有入列的理由的。与其做

只有解放全人类,才能最终解放自己;只有赦免全人类,才能最终赦免
自己;只有彻底放过全人类,才能最终放过自己
　　——羊年春节前夕看上海南北高架堵车

骡子，还不如做实验室里的白鼠——是啊，白鼠，倒也是为有牺牲多壮志，真是死得其所，死得超值。好几年前，本地也竖立起了一块丰碑，碑主白鼠是也，树碑者是祭奠为了人类健康而做出默默无闻生命奉献的白鼠，这块纪念碑曾经热闹一时，与伦敦的动物纪念碑也可以算是心有灵犀，但是一点无法相通。虽然同为纪念动物，怎么看怎么想，这两块纪念碑却是风马牛不相及：为了纪念二战的胜利，竖立一块动物纪念碑，是人和动物的共同崇高；为了表现莫须有的境界，竖立一块白鼠纪念碑，是人和白鼠的一起作秀——是人拉着白鼠作秀，因为白鼠没想过要竖一块自己被做实验的纪念碑的。

在两块纪念碑的缝隙里，他仿佛看到动物活转过来。白鼠们纷纷跳槽，想换一种死法，成为真正的烈士，而那些被称作烈士的动物，却我自岿然不动——因为它们既不是享受奢华的主儿，更不是善于作秀的角儿——它们死，恰如碑文中所铭刻：与英军和盟军士兵并肩作战，他们没有选择。

歌女之歌

在全世界最耳熟能详的歌当中,《饮酒歌》一定是名列前茅的,尽管它不是流行歌曲,是美声的歌剧咏叹调,越是喜庆越是热闹的时候,就越是有《饮酒歌》的余音绕梁,怎么唱都觉得它经典和优美。

猛然间却有无知者问,《饮酒歌》是谁唱的歌?有老师浅笑答曰,薇奥莱塔和阿尔弗雷多的对唱,薇奥莱塔在小仲马小说《茶花女》中的名字叫玛格丽特·戈蒂埃。无知者又问,玛格丽特·戈蒂埃是谁?就是茶花女。是卖茶花的吗?老师有刹那哑炮,"她是高级妓女,她曾经做过一些翩翩少年的情妇,有几乎三年的时间,她就只跟一个俄国公爵一起过的,这位老公爵是个百万富翁"——小仲马如此写道。茶花女是妓女?那么《饮酒歌》就是三陪女唱的陪酒歌?无知者终于很无谓地将问题问到了底。老师则更加渊博地想起《茶花女》1853年在威尼斯首演时的意大利剧名是《拉特拉维拉塔》,意思是"走上邪路的女人",这个典故就不必对着无知者谈琴了,否则无知者会越发的无知无畏。老师甚至怀疑,无知者会不会就此义愤填膺地呼吁停唱《饮酒歌》,因为它是三陪女原唱的歌,喜洋洋中顿时冒出了一缕邪气,像看着一个三陪女摇身一变成了著名歌唱家。

老师暗下决心,要为《饮酒歌》寻找一条理由。于是老师再去学习《茶花女》,在考证玛格丽特身世时惊奇地发现,几乎所有艺术作品中的妓女都是好女人,中国的《杜十娘》也是。美丽、纯洁、忠贞、刚毅,她们必然是一段不朽情爱的缔造者,这中间当然包括茶花女玛格丽特·戈蒂埃小姐。莫非这就是理由?有一点,但是肯定不是全部,毕竟是三陪女的歌啊。老师又听了多遍《饮酒歌》,耳朵里尽是《饮酒歌》的五线谱蝌蚪,实在没有听出淫荡之声。老师于是断定,是不是三陪女原唱的歌一点也不重要。古可以为今用，洋可以为中用，邪则可以为正用，有神可以为无神，像"洗礼"就是个宗教行为，无神论却用来"革命洗礼"；佛教上的涅槃，假如让凤凰去涅槃，就成了不得了的境界，谁都不会觉得有什么不妥。

就在这个时候，老师看到了一档电视节目，一幅画面是军民团结抗洪救灾，一段歌曲是《真的好想你》——情歌一首，很软绵绵，颇有几分邓丽君的味道，这就算是情为义用吧；直至欢乐时刻，当然要唱《饮酒歌》啊。

蒙娜丽莎的乐趣

有个法国教师花了 25 年工夫的考证，终于甩出惊世的研究结果：蒙娜丽莎当年是一名丝绸商的妻子，同时也是五个孩子的母亲……虽然没有人会将此当作学问，但是谁都会津津乐道；这并不是世界上第一个有关蒙娜丽莎的研究结果，以前也有人说蒙娜丽莎是达·芬奇情妇的，是妓女或者是同性恋的；当然也肯定不会是最后一个研究结果。说不定还会有人考证说，蒙娜丽莎有一段著名的一夜情，不会是和贝多芬吧？

再没有艺术修养的人都一定知道蒙娜丽莎这个女人，不就是法国卢浮宫里的那个永恒的微笑？这个答案的准确度，与那些研究了蒙娜丽莎一辈子的专家权威毫无二致；当然某个操着外地口音的大女孩也会说，前边的街头画廊里也挂了一幅……其实与蒙娜丽莎难分高下的画远不止于蒙娜丽莎，但是"任凭弱水三千，我只取一瓢饮"，说不定贾宝玉也是如此这般。这微笑啊，原本是蒙娜丽莎在对人微笑，到后来渐渐就变成为游人在对蒙娜丽莎微笑；这微笑啊，到后来又变成为一种乐趣，蒙娜丽莎要是真有其人，她真要乐了，每年就会有那么多的人来琢磨她的笑脸。这印证了臧克家的一句名诗：有些人死了，却还活着。而乐趣，何止于蒙娜丽莎，人对她的乐趣，远远超过她对人的乐趣。这最大的乐趣，就在于研究她的生与死爱与恨。

蒙娜丽莎的身世似乎很重要，那么多的人都在喋喋不休，其实即使有一天她的身世水落石出，微笑依旧是微笑，不会变成苦笑、冷笑，哪怕她死于非命。但是这一切、这明明每个人都明了的这一切，丝毫减退不了考证蒙娜丽莎的乐趣。

世界上永远都会有几个使劲猜而猜不透的谜，就像是外星人在地球上留下的几个符号。玛丽莲·梦露算一个，虽然假如她活着都已经是年届九旬的老妪，但是对她的性感和浪漫，全世界的兴趣一如她刚刚去世的时候。梦露的传记已经出版了一百多种，没有谁说厌烦的。戴安娜当然也要算一个，隧道中的生死时速，除了死是明白的，其他，全世界都是糊涂的；于是每个和已故王妃有过交往、哪怕是她的一个大厨，都可以写一本书，披露王妃点点滴滴。还有猫王艾尔维斯·普莱斯列，他果然在42岁那年死了么？明明知道他真的死了，但是依然有人亲眼看到猫王在哪里哪里，就像有人看见张国荣在哪里哪里逛街一样。

世界是需要几个人像符号一样地活着，而后像符号一样地死去。所谓符号，是全世界都有兴趣的对象。这些人可能是有谜需要后人猜的，也有可能是后人设置的谜给自己猜的。像猜一猜蒙娜丽莎的身世，谁都有乐趣，乐就乐在，谁都不知道也无法知道谜底在哪里，因为原来就没有谜底。

戴安娜的结婚蛋糕

假如这就是一块普通的蛋糕,哪怕它是出自某个蛋糕大师之手,不必说它已经是相隔了漫漫几十年,不必说它已经是残羹剩饭的一角,即使是三两天之前的出品,都已经情不自禁地担心会不会变质。凭什么还可以保存几十年之久,凭什么还可以卖出 234 英镑的高价?什么都不凭,就凭着它是戴安娜和查尔斯结婚蛋糕中的一块,就凭着它属于戴安娜生活乃至生命的一部分。

这一块蛋糕尽管因为保存在酒精里没有质变,当然酒精蛋糕肯定不会像酒心巧克力那样的可口,但是这一切都无关紧要,紧要的是,几十年前,邻近这一块蛋糕的蛋糕,或许接触了戴安娜的红唇,或许接触了查尔斯手指上淡淡的雪茄烟草味道,或许接触了伊丽莎白女王的帝王气息,这才使得它衍生出了蛋糕之外的意义。假如这一小块蛋糕没有任何的挂牵,仅仅是某一个人的特殊爱好常年保存,那么一定会被旁人怀疑是精神病的发作。其实蛋糕还是那么一块蛋糕,假如以后有人考证确认这一块戴安娜结婚蛋糕是赝品,那么它的价值就回到了零。

一个物件的价值,不仅取决于物件本身,还取决于这个物件从属于谁。"不以物喜,不以己悲",那已经是古人的心胸了,如今需要的是"物以人喜,物以己悲"。从南非带回来一枚钻戒,就是一枚钻戒的价钱,假如它曾经佩戴在戴安娜的纤纤玉指上,当然,那也不会摆在南非旅游店铺里。

无论怎么说,戴安娜是一个经久不息的符号,让人觉得了别一样的永垂不朽。或许,假如我们是查尔斯,我们都会像查尔斯一样无法和戴安娜长相守,但是我们不是查尔斯,我们不会在意戴安娜所有的婚外隐情,所以会爱屋及乌般地接受与戴安娜有关的一切,哪怕就是一小块浸泡在酒精里的蛋糕。

每一个人都代表了一个时代,只不过有些人代表的时代是世人所热衷的,有些人代表的时代是领域所关注的,有些人代表的时代是家族所爱戴的,有些人代表的时代是自己所欣赏的。正所谓各得其所。一个作家,假如是鲁迅,过了一百年,仍旧是鲁迅,仍旧被人诵读;假如是风流作家,过了十年,仍旧是他,仍旧被人依稀想起他的风流倜傥;假如是一个写专栏的伙计,别人知道他,是因为他努力着,待专栏一停,几乎谁都很快地记不起他来,就像这篇文章的作者。一个时代的到来和一个时代的离去,常常像是天上的云彩,说来就来说去就去,留下的只有天空和太阳、月亮、星星。从天空中坠落一块小小的陨石,小得就像一颗沙粒,那是什么?那是戴安娜的结婚蛋糕。

花布裹身

有关男人和女人,二十世纪有两项最了不起的发明创造:拳击和选美。假如说拳击是将野蛮合法化,那么选美,是将美色时尚化。这两项创造发明分别为男人和女人提供了发家致富机会,像泰森这样整天找人打架的穷孩子,没有拳击就只配蹲监狱,而所有的名模,若不是有T桥,太高挑的身材连嫁人都不易。当年诺贝尔先生因为没有先知先觉,所以在设立各项奖金时,竟然就遗漏了要增设这两个奖项。尤其是像选美和变相选美,让女人有了梦幻,让男人有了愉悦。可以相信,关心年度世界小姐的人,绝不会比关心奥斯卡的人少。

就像世界上最文明的人会去看拳击一样，世界上最目不斜视女人的男人，也会坐到选美观众席，至少是端坐在电视机前对着美女的三围出神甚至发呆，而且不需要任何解释的理由。撇开心灵美，撇开高雅的气质，美女是形体和服饰的混合物。在很长一段时间里，有一句话叫做女人的时髦是由妓女引领的，意思是最前卫的服饰，最妖艳的身材，最先领教和展示的是妓女，至少也是不正派的女人；不信可以去看看好莱坞几十年前的经典电影，最好看的女人往往是妓女，以前国产片中最好看的女人也是女特务。只有当选美和之后的选秀成为一项社会化活动之后，时尚和美女找到了双向的依托，没有时尚，美女是村姑，没有美女，时尚是一块花布。当美色时尚化之后，美女是时尚的领导者，任何一个女人都会跟着时尚美女，将自己臆想成、并且打扮成时尚美女。这就是如今大街上的美女一抓一大把的道理。

上世纪初，美国的一个泳装老板突发奇想，让美女们身穿泳装在台上走走，一定会对泳装的销售大有好处，这个老板无论如何没有想到的是，选美就此开始了，而且长盛不衰。它不像"花花公子"是将美女性化，但是它也不是叱咤风云的政治舞台，它就是商品社会的一个充满着机会和娱乐的活动。当然选了美的美女成为商品也不是没有风闻。

闻名世界的巴黎歌剧院，花5欧元就可以参观，还有一杯咖啡，距离中国游客的购物天堂"老佛爷"仅仅两个街角，但是没有几个中国游客会去的

假如比尔·盖茨去了

有一个巨富是绝对不会介意福布斯将他推在风口浪尖的,除了比尔·盖茨还会是谁呢?全球首富榜上他连续坐庄十多年,全世界没有一个人能够撼动他的地位。

隔了十几年之后回想起来,全世界还在为比尔·盖茨后怕。应该是2003年3月,本地电视台突然滚动字幕播出了比尔·盖茨被刺身亡的消息,虽然马上被证明是一个恶作剧,但是它和娱乐圈的八卦新闻截然不同,娱乐圈是一块口香糖,始乱终弃是它的必然命运。比尔·盖茨的生命已经无法以任何的玩笑来对待,因为比尔·盖茨已经属于是地球的一部分,犹如密西西比河、喜马拉雅山。

假如比尔·盖茨去了，当时他的466亿家产——不必担心它将成为遗产争夺战的导火线，比尔·盖茨早就有言，只给他的孩子们每人1000万美元。应该担心的是这一笔巨资的数额，就此将画上休止符，以他名字命名的基金已经挽救了100万人的生命，全世界有理由指望他创造出更多的财富捐出更多的钱挽救更多人的生命。至于给比尔·盖茨带来滚滚财运的微软，今天的全世界已经一天都不能缺少它的存在了，这意思不仅仅是说全世界都在享受微软的成果，也是说，微软给全世界带来了巨大的商机、巨大的就业机会。假如没有比尔·盖茨，那些像模像样的CEO只不过是一个小公务员，假如没有比尔·盖茨，那些IT行业的白领就归并到了待业青年的行列，假如没有比尔·盖茨，买电脑的要改行去烧猪脑；顺着微软细细地想下去，全世界真的不能没有比尔·盖茨。

全世界不能没有的另一个人是飞人乔丹。在乔丹在第一次退役的时候，当时的美国总统克林顿代表美国人感谢他，不是感谢他为美国人民争得了多少荣誉，而是感谢他为美国人民带来了巨大的就业机会：由于他的球艺高超，使得 NBA 票房提高，票房带动了传媒交通餐饮广告电讯，所有的生活消费几乎都可以在 NBA 中找到自己的落脚点。无意中，乔丹为美国的经济复苏、为当时克林顿的连任都助了一把力。

有人说姚明、刘翔、李娜，还有丁俊晖，也像是中国的乔丹，人们通常看到的是他们赚了多少钱，却忽略了他们也使得许多中国人有钱可赚，只不过他们使中国人有钱好赚的时光，有点短，而像他们这样会赚钱也会给中国人带来赚钱的人，有点少。

德国男人的女人

德国男人应该是当今世界上最自惭形秽的男人，因为有百分之三十六的德国女人宁可单身也不愿意和男人一起生活，而不愿意和男人一起生活的理由，说出来既是荒唐也是窝囊：不必忍受每天被强迫看电视上的体育节目了。

德国男人果真如此粗鲁、粗心，竟然对同枕共眠的女人的委屈浑然不知。当然德国女人也太把自己当作傲慢的公主，自己的男人又不是去做吃喝嫖赌的坏事情，仅仅是守在家里看足球、篮球、赛车，少搭理你几句，少亲热你几下，如何觉得就比单身还难熬呢？至少也是聊胜于无。

女人可以离开男人过日子。不仅洗衣做饭可以自己来,而且单身女人往往会得到社会的暗示:因为精华,所以单身,甚至提拔干部,当选领导人,单身女人因为单身而获得更多的选票,而单身男人却被认为是一个连家都成不了的等闲之辈。很难想象德国总统和总理会是一个单身男人。于是女人对男人的忍耐力正越来越小,哪怕是两个小时看一场德国足球队的比赛,都可以上升到"拈花惹草"的严重程度。这样的不忠男人宁缺也勿滥。

从常识的角度看,女人耗在电视上的时间,远远超过男人,那么女人看女人电视的时候,男人在做些什么事情?或者男人就陪着女人一起看,这说明对待有性别倾向的电视内容,男人的承受力比女人强;或者男人也不忍卒读女人电视的絮絮叨叨,便拂袖而去,却很少听到男人因此要和女人离婚或者坚持做一个独身主义者。假如真有这般心胸狭窄的男人,他会在全世界女人面前落下笑柄,再也抬不起男人的头颅。好在没有这样的男人,男人离不开女人,但是男人离得开女人的电视。在女人看女人电视的时候,男人有足够多的兴趣去做别的事情，男人是决计不会觉得女人看电视是对自己的不忠的。恰恰是，越是忠诚的女人越是对电视感兴趣。

这么一想，其实女人也是离不开男人的，不仅离不开，而且还时时刻刻地需要男人在身边的存在。男人看电视的时间比不上女人，那是男人在家里呆着的时间比不上女人；在看电视的时候，男人有更多去处可以代替看电视，女人几乎只有电视代替所有的去处，于是，女人当然就对男人每天看体育比赛咬牙切齿了。三十年前在美国发生的《克莱默夫妇》的故事，如今在德国，演变为"德国男人的女人"的故事，故事的开头是电视每天转播体育比赛，故事的结尾是百分之三十六的德国女人梦想单身。不知这个结尾是否圆满，是否需要更改？

浇花壶的身价

有一个世界范围的有关快乐的调查,名列快乐世界第一的是丹麦,安徒生的家乡。

快乐既是奢侈的,又是抽象的,要让它成为具体的生活内容好像不是很容易。也只有当快乐是寻常的、是具体的时候,快乐才是真正的快乐。丹麦人的快乐可以说是充满了童话色彩的,又是看得见摸得着的。它是一个高福利的国家,又是一个高税收的国家。比如,一个失业者可以拿到3000元的失业金,一个拿5000元工资的人要缴百分之五十的税,一个拿1万元工资的人要缴百分之七十的税,也就是说这三种人最低收入的不是失业者，而是月薪5000元的人，月薪1万元的人收入相当于失业者。那么是否人们就好逸恶劳、不想工作了？而且再进一步推论，丹麦就应该是一个慵懒而不发展的国家。

事实正相反，丹麦人很喜欢工作，喜欢的理由在于他们会觉得他们的工作充满了创造力和想象力，他们是为了快乐而工作。有一个数字印证了他们的说法，丹麦的人均GDP位于全球第五位，这个数字足以使丹麦人成为全世界最富足、最快乐的人。

于是就产生了一个问题，有什么工作可以是有创造力想象力的，可以是创造巨大利润的，可以是越做越喜欢的？是他们的创意产业，一个需要艺术创造力和想象力的手工艺工业。比如一把浇花的水壶，按照丹麦人的理念，花是自己的喜爱，所以浇花的水壶一定要极其精致，绝不能用一把破旧的烧水壶、甚至是可乐瓶来替代。于是有人会精心打造浇花水壶，可以成为名扬世界的创意产品，当然它的价钱也一定是昂贵的。这就是价值，就是艺术的价值和快乐的价值。这样的快乐，当然不是拿失业金的人可以获得的，缴了很多税的人，缴掉的是税，拿到的是快乐。

　　快乐已经成为一个全球化的课题。每个人都在追求快乐，但是快乐，它不是孤立的，不像是放一个鞭炮，"砰乓"两下就没有了，真正的快乐是一条生物链，所有的快乐都是互为因果互相推动，然后这一条链就一直转动，无论谁，无论处于哪一个社会层次，不需要去寻找，而是就感觉到了自己的快乐的位置。这很像是安徒生的童话，但是比安徒生童话更难，更有意思。

　　当一个人一个社会明明已经达到了相当的水平，却是普遍不快乐，或许，不是他们真的不快乐，他们一直在快乐，但是在快乐与快乐之间，是孤立的，是无法形成一条快乐之链的。

荣誉转让

十几年前的某一天,一个叫做孟席斯的业余历史学家,将哥伦布发现新大陆的荣誉,转让给了中国人郑和。他称郑和当年下西洋,便已经浪迹天涯漫游世界,甚至还到过南非的好望角,比哥伦布早了72年,比麦哲伦早了整整一个世纪。一段历史改写在即。本地媒体为此奔走相告,估计全世界最起劲的也就是像本地媒体了,连篇累牍的深度报道,就好像某个华裔血统的女子当上了环球小姐时,本地媒体也必定热情洋溢,因为上下五千年的华夏文明又多了一个注解,这对于连吉尼斯这样的大众式趣味游戏都必争强好胜、都必逮着不放的本地媒体来说，岂不快哉！

细听之余，才知道孟席斯是英国人，以前干过英国皇家海军潜艇指挥官，是哥伦布的同乡，说不定五百年前，他的家族还和哥伦布沾亲带故。有此重大发现的时候，孟席斯已经年逾六十，很英国的风度，绝然不似二十几岁的离经叛道和哗众取宠。一个英国人做一项考证，有理论有发现有推断有想象，不是为了别的，是为了推翻一段业已成为全世界历史教科书的历史、推翻一段英国人骄傲了几百年的历史，这是什么精神？这是国际主义精神，当然这也是不孝子孙的行为；人类的环海史提前了72年，英国的文明史删去了一个章节。而这个被删去的章节，正好粘贴在中国文明史的文件夹里。

有朋友问我，假如你是英国人，你是否赞成孟席斯的数典忘祖？我说像我这样胸怀全球的人不会在意。有朋友又问我，假如一个中国人，去做一项考证，把诸如蔡伦发明印刷术这样的历史桂冠，戴到希腊人印度人罗马人的头上，你是否会有意见，我说我是炎黄子孙，当然不会同意，而且这是有定论的史实，铁板钉钉子一般的无法改变。在我的记忆中，世界文明史和华夏文明史总是越研究越长,文明事总是越研究越多。要是研究到最后,最悠久的历史短了,最辉煌的祖辈没了,最骄傲的遗产少了,还要研究历史干什么?

但是这正是英国人孟席斯的所作所为啊。不仅他这么做了,而且英国媒体也这么做了,最先披露的媒体便是英国的《每日电讯报》,一份国宝级的历史遗产,就将这么轻飘飘地被割舍掉了。有朋友对我说,历史学家是没有感情的,背负着情感去寻找历史,寻找到的是一段充满着情感的历史,这和情史也相差不多。我想了想便问,历史不应该有情感,那么历史也就是无情史?突然间,我就觉得孟席斯送给中国人的这份里程碑似的荣誉桂冠,戴在头上也真头重脚轻。

玩具对工具的情意

我们对着高山喊,贫穷可以改变;我们对着高山喊,一切都可以改变。《黄土高坡》就这么喊着地唱了好些年,贫穷果然就改变了,一切也都果然改变了。但是当某一个新的生活细节悄然出现时,我们是否都会坦然地承认:一切都应该改变?

有一股风正吹皱伦敦的泰晤士河,是一场"性革命"之风。在伦敦,成人用品商店不再躲躲闪闪,而是堂而皇之地进入全国各地的繁忙大街。在过去,成人用品店多数是开设在肮脏的地库,光顾的都是那些猥琐下流的人。如今,在英国各地都能找到这些性商店。有调查数据显示，每两个英国成年人中就有一个拥有性玩具。一间大型的成人用品店一年的销售额超过1亿英镑。

千万不要一看"性革命"三个字就觉得是污泥浊水，就觉得是颓废的代名词；也不必觉得伦敦如何就一夜之间人心不古，江河日下。在这么一场"革命"中，有一个词语，简直像是稍纵即逝的流星雨，差一点在我们眼皮底下溜走，事实上，它不仅是一个关键词，而且还是一个革命性的词：那就是"性玩具"——我们太容易延续几十年的思维定势，将它读作是"性工具"，而且也理解为性工具，然而它偏偏是玩具。

似乎一切都没有改变，依旧是同样的性质同样的作用，甚至它的原来名称都海棠依旧。一种东西两种称谓，原来叫"性工具"，现在叫"性玩具"。"工具"的意思，像是一个扳手一把钳子，在你遇到困难的时候，用工具来完成；"玩具"的意思，当然就像是玩具，甚至像是一个电脑游戏，只要你想玩……从工具到玩具，一切都没有改变，但是一切都改变了：它不再是艰难困苦的工作，而是欢乐世界的玩具，然而欢乐就是从艰难困苦中脱胎。有首歌叫做《绿叶对根的情意》，这是毛阿敏鼎盛时期的鼎盛之作，但是眼下，这不是绿叶对根的情意，而是玩具对工具的情意，也可以说是玩具对工具的回忆，还可以说是玩具对工具的革命。

有一些事情，只有改变了它的实质，才能改变它的命运；而另外一些事情，只有改变了它的形式，才能改变它的命运。与性工具到性玩具的更替有异曲同工的是手机的命运。手机原本是通讯工具，忽然有一天，手机成了时尚的宠儿，每一个月都有手机新生代的新闻发布会和时装发布会同时在时尚地带举行，这也就是为什么手机市场会有如此盛况的原因。从工具到时尚的更替，使得时尚人士必须像更换衣服一样地更换手机，虽然被淘汰的手机一点问题都没有，就像永远不再穿的衣服并不是因为破旧而遭淘汰一样。

在我们身边，还有更多的情意，还有更多的回忆，有情意有回忆，不妨说就是有生命。

贴上派克标记

2003年，格利高里·派克去世了，这个集结了太多荣誉、太密集光辉、太无法概括风度的男人去世了。全世界之大，找不到一个幸灾乐祸的人，大家就这么自然而然地沉浸在淡淡的惆怅和浓浓的敬仰之中，沉浸在罗马假日的浪漫和老派风度的憧憬之中。他一生所拍过的电影，简直可以说是最浪漫的、最优雅的、最经典的男女关系教科书。有名女惊呼，世界上最后一个称得上绅士的男人死了。假如派克能够看到这一派怀念的景象，定当心平如镜地说：我是为了全世界影迷而活、而死的，所以，我死得其所。然后，派克先生就安详地闭上了他的那一双曾经使亿万个女人触电的眼睛。

这是在臆想派克。是将自己眼中的派克当作了派克的本身。甚至派克夫人都无法最准确地判断派克临死前心里到底在想什么，派克夫人说派克走的时候很安详，但是说不定派克极其留恋尘世而已经无法用表情、语言和肢体来表达？只是因为派克夫人的解释符合了大众的愿望，于是我们都愿意相信派克在宁静中走向天国，这是我们对这位奥斯卡影帝的最后祝愿。

派克去世了，因为派克的去世，本地憧憬派克的人有许多说不完的话，派克的电影，派克的绅士，派克的儒雅，派克的相濡以沫几十年的夫人，派克身在好莱坞、从来无绯闻的境界……实在让人觉得在确信无疑中再添几许怀念。这到底是派克本身还是我们眼中的派克？这到底是电影中的派克还是生活中的派克？我的意思是，其实我们印象中的派克，基本上都来自派克的电影，尤其是派克在电影中的形象光彩夺目，我们已经潜移默化地将电影中派克的浪漫、绅士、优雅移植到了生活中。派克长年没有绯闻，可以说是他和夫人几十年相爱如初，也可以说派克从来就不是一个浪漫的性情中人；我们普遍认为派克先生的风度堪称世界最佳,但是我们赖以证明的实例几乎都来自派克的电影,而这样一个派克,又美美地满足了时尚潮流对老派、绅士、男女关系的需要,以至于派克之死也成为了时尚界的一次不大不小的风向发布会。

当此地的男女极力以自己的心理在想象派克的时候,派克是否也会按照此地男女的憧憬确立他和他们之间的关系?基本上没有这个可能。基于派克和他夫人那么优美的夫妻关系几十年牢不可破,也可以得出结论,他从来就不会对他夫人之外的任何女人的憧憬爱慕思恋追逐会有任何的应答,尽管他的眼神永远放射着所向披靡的电光。派克甚至可以这样说:我是世界上最好的演员,我让大家始终看到的是一个一脉相承的我——格利高里·派克。

派克是伟大的,但是很有可能,派克的伟大,并不是我们轻而易举就已经说清楚的那种,比如贴着派克标记的老牌、绅士、浪漫等等。

莫斯科奥运村遥想

向导说，要入住的是1980年莫斯科奥运会的奥运村。当年运动员的住宿地，用不着改造，是现成的宾馆，就在莫斯科市中心。我喜欢住这样的地方，除非是让我在克里姆林宫和奥运村之间选择，我才会放弃奥运村；比起一般的宾馆，奥运村多了许多值得遥想的思绪。莫斯科奥运会宛若就在眼前，那是中国被恢复奥委会资格后的第一次奥运会，当时的奥委会主席是基拉宁，记忆中他是芬兰人或者瑞士人。我入住奥运村时，基拉宁勋爵已经谢世，他的继任者萨马兰奇先生已经退休，莫斯科已经经历了从苏联到俄罗斯的国家政治巨变，那一个奥运村还在。我入住在里面，显然多了一份历史的记忆。

莫斯科奥运会，所有的运动员就住在这一个奥运村的五幢大楼里。科马内奇会是住在哪一幢楼呢？人总是有好奇心的，虽然当年没有粉丝一说，但是对科马内奇的喜欢是毫无疑问的。这一个罗马尼亚女子体操天才，因为在此之前的蒙特利尔奥运会上获得了世界体操史上的第一个满分10分而享誉全世界，被罗马尼亚视作国宝；可惜在莫斯科奥运会体操比赛中，科马内奇抗议裁判不公而退出了莫斯科奥运会。

奥运村的电梯轰鸣而快速。从23楼看出去近端是马路、商店，稍远一点，也就是500公尺开外，便是一片森林，看不到头。

莫斯科奥运村是一个名副其实的奥运村，至今仍旧保留着当年奥运村最具有象征性的印记：五幢大楼连同一大片周边区域，都是被铁栅栏严严实实地围护着，铁栅栏外便是一条人工开凿的水渠，也就是护城河了。除了几个出入口处与马路的衔接，实在是与世隔绝的一个天地。在莫斯科奥运会前一届的蒙特利尔奥运会，发生了运动员被枪杀的恐怖事件，莫斯科奥运会又恰值东西

莫斯科奥运村酒店

方冷战时期,所以奥运村壁垒森严。这一个铁栅栏一拦就拦了半个多世纪,倒也有好处,外国游客住在里面很安全。

如同俄罗斯和苏联时期的其他建筑风格一般,奥运村是很有气派的,当然也可以说有点笨重,五幢火柴盒式相同外观、相同容积的大楼集结在一起,只是五幢楼的朝向不同,大约应该就是一个五环排列;五幢楼的大堂也是同样的布局,连俄罗斯女人绿肥红瘦的程度都相似;以至于有游客走进了奥运村却是找不到北,就像当年著名沪剧《星星之火》里面的一句唱词:千里迢迢到上海,幢幢房子差不多,未知珍珠住在哪一间。

在遥想的时候,免不了有一丝淡淡的惆怅。在奥运村漫步,幻想当年那些伟大运动员也曾经在这里漫步的时候,我联想起一件事情,我在莫斯科奥运会二十多年后在奥运村远眺莫斯科全城,而当年中国所有的运动员都没有入住莫斯科奥运村,因为当时苏联入侵阿富汗,中国抵制了那一届奥运会。

上帝的玫瑰

第一次看到英格里·褒曼的时候,记住了片名《爱德华大夫》,记住了女主角的相貌,偏偏说不上来英格里·褒曼这么一个名字。

应该是在40年前,"文革"还没有结束。当时最有身价的时尚活动是看内部电影。于今说起来简直是天方夜谭,电影居然还分成内部和公开的,而且《爱德华大夫》就属于只能内部参考参考而不能公映的电影,当然也由此助长了看得到内部电影的人的神气,花花小姑娘都平添几分资本。

知道英格里·褒曼已经是在她人生暮年的那个年代。

和对另外几个好莱坞女明星的感受完全不一样，假如说感受奥黛丽·赫本的东方式微笑和费雯丽的妩媚以及之后梦露的性感，是怦然心动，那么第一次看到英格里·褒曼的时候，却是心如止水。催化如此化学反应的，是英格里·褒曼那种令人遥不可及的艳丽和女王式的气度。假如用如今粉丝的尺寸来衡定，那么坐在褒曼的电影银幕下，没有一个粉丝，而只有，臣民。这就是所谓折服。

那时候好莱坞常识几乎为零，外语也极其糟糕，看了电影，说不上英格里·褒曼的名字，仅仅是听到几个电影老克勒在炫耀式唠叨；许多关于英格里·褒曼的常识课，都是从此后一点点补上去的。比如正是凭着《爱德华大夫》的造型，褒曼开创了有世纪意义的好莱坞女式短发型：两边头发的反翘略略夸张的那个发型，看电影的时候恍然发现《杜鹃山》中让人动心的柯湘发式，原来就是来自于褒曼。后来还知道有一座北非的无名小城，完全赖褒曼的电影而成为经典旅游之圣地，连片中的歌曲至今仍然脍炙人口，那就是卡萨布兰卡。那时候有诸多消息来自于《参考消息》，当年它同样属于内部报纸。

曾经怀疑自己对褒曼的感受，是否纯私人化的还是有共鸣性的；悄悄地与人交流过，竟然英雄所见略同。又后来，看到了一条消息，有一种玫瑰以英格里·褒曼命名，人称上帝的玫瑰；终于证实了褒曼的高贵气度和极其的艳丽，属于任何一个人，却不属于任何一个个人。仰望褒曼，世界大同。假如是在中国，假如也将以某一种花来命名，似乎是牡丹，因为牡丹具有国色天香，但是牡丹并不像玫瑰常见并且有特定的含义；或许也有人以另一种花命名，莲花，取意于"可远观而不可亵玩"，象征的意义有些接近，但是莲花毕竟是小家碧玉。虽然至今未曾见识过"英格里·褒曼玫瑰"，但是能够想象手持一枝"英格里·褒曼玫瑰"的派头，而且也不必担心受花者的妒忌，因为那是一枝上帝的玫瑰：是妒忌英格里·褒曼，还是嫉妒上帝的玫瑰？都不会。据说每年8月29日褒曼的诞辰日，都会有人去向褒曼墓地献上一枝"英格里·褒曼玫瑰"。

将近三十年前，超级模特成为一个崭新而时尚的行业，伊莎贝拉·罗塞利尼是第一代超级模特的天后，也是仪态大方；一看家谱：英格里·褒曼和罗伯特·罗塞利尼的女儿。在伊莎贝拉的血液里,流淌着褒曼具有世界意义的爱情故事。

谢尔盖耶夫镇三一修道院,是俄罗斯最高的修道院,堪称最重要的精神中心,这个女人有什么精神问题呢?

欢迎马可·波罗先生

恍惚间,马可·波罗来了。

马可·波罗从心底里洋溢出来的快意浮在了本来就潮红的脸上。在踏进酒店的刹那起,马可·波罗明白了中国一个成语的生动贴切:宾至如归,因为这家酒店以他的不朽名字命名——马可·波罗酒店,酒店正门的大屏幕上红光闪闪地连续翻滚着汉语、意大利语和英语:"热烈欢迎马可·波罗先生下榻马可·波罗酒店"。马可·波罗学贯中西,没听说过在中国有贝多芬酒店、毕加索酒店、托尔斯泰酒店,听翻译介绍方知道,在中国以外国人名字命名的大酒店仅此一家,而且有好几家连锁着。

马可·波罗仍旧以一个旅游者的身份东游西荡，一个拐弯，闻到了熟悉的面包味道，闻香识面包，亲切上升为了双份，原来是马可·波罗面包店。再往前走，再一个拐弯，马可·波罗扑哧一声笑了出来：竟然是马可·波罗瓷砖专卖店；想必当年罗马人洗澡有上好的瓷砖，如今西风东渐，成为了东方的风尚。马可·波罗有点点晕，他还是不明白为什么会有这么多的风马牛不相及的店，都以他的名字命名。于是他问陌生的中国路人，你知道马可·波罗吗？知道，就是瓷砖，很不错的；除了瓷砖，你还知道马可·波罗什么？面包。接连问了好几个路人。没有一个人告诉他，马可·波罗是700多年前的一个旅游者。马可·波罗多少有点不悦，甚至想到了拿起法律武器来保护自己的名字权。

沮丧之际，竟然迎面走来的一个小学生认出了他：您就是马可·波罗！一定是您。马可·波罗喜出望外，问及怎么就会认识；小学生一副得意的神情：我在地理书上看到过你的画像，我还写过一篇作文得了奖，作文的题目是《马可·波罗在中国的日子里》。马可·波罗想问小学生,他作文里的马可·波罗是否和自己相像。小学生并不理会,却是先提及了很严肃的问题:请您告诉我,您确实来到过中国,然后从中国运回意大利很多丝绸,把中国文化带回意大利……您是中国和罗马这两大文明古国的伟大使者。小学生一边说,一边拿出手机,拍照片,且录下马可·波罗的亲口证词,作为证明马可·波罗来过中国的最重要证据。

马可·波罗明白了,中国小学生的心愿,是驳斥有关他没有来过中国的论述。看着中国小学生淳朴而期待的眼神,马可·波罗也陡然有了神圣:我应该到过中国,不到中国非好汉啊,但是我地理学得不太好,所以我自己也不知道到过的地方是不是就叫做中国,应该就是中国吧。小学生仍旧不满足,为什么说是应该到过中国,您确实到过中国,否则我的作文就虚假了。马可·波罗灵机一动:你的作文没有错啊,我现在就在你的身边,你可以用你的手机照一张我们的合影证明我来过中国。小学生皱了皱眉头:我需要的是700多年前的马可·波罗在中国……

马可·波罗回到了下榻的马可·波罗酒店,居高临

佛罗伦萨圣十字广场，说好了在但丁石像前集合，去了却发现，除了但丁一个人也没有，像是都听了但丁的话，走自己的路，不管别人怎么说。后来发现，但丁只说了该怎么走，没说时间。路线决定对错，时间也决定对错的对错。

下，浮想联翩，突然间也就领悟到了些什么。在中国之所以没有贝多芬酒店、毕加索酒店、托尔斯泰酒店，因为他们没有来过中国，不需要证明他们来过中国，而马可·波罗一直被认为是来过中国的，但是有人怀疑，那么就用最寻常的面包、瓷砖、酒吧、酒店和马可·波罗的名字连接起来。想到此，马可·波罗用刚刚学到的汉语，模仿起当年滑稽大师姚幕双的一个招牌式台词：伟大，伟大。

从家到庭的延伸

有家的人和有家庭的人是两个概念,当年潘美辰的《我想有个家》之所以成名,很重要的原因是它契合了人对家的渴望和珍爱。有家庭的人首先是结了婚的人,有了自己的小家庭,是在人生旅途的网站上,换乘了另一辆车,走上了不同于"家"的旅程。"家庭"还意味着是承担了责任和契约的人,一个人被人家提醒说你是一个有家庭的,是在说你是有妻子或者有丈夫的,肯定是这一个人对自己的婚姻有所不敬,人家才要提醒。

在"家"后面加上"庭",仍旧是家,却不仅仅是家。

"家"可以在甲骨文中找到它的渊源，说明了家的重要性。家上面是"宀"，表示与室内有关，下面的"豕"，是猪。古代生产力低下，人们多在屋子里养猪，所以房子里有猪成了家的标志，当然也可以看作古代猪在一户人家中的地位，基本上等同于如今一堂红木家具。南方的一些少数民族至今保留了这么一种古老的居住方式，一楼是家畜，二楼人住，问其原因，答曰便于晚上保护看管。

"庭"的本义是厅堂，后缀于家，大约是一室一厅，还算比较简朴；后来引申为庭院和庭园，面积越来越大了，有廊房，有院落，还有花园，假山，小桥流水，甚至到了庭院深深的程度。"曲径通幽处，禅房花木深"，"小姐私订终身后花园"，若是没有庭，也就没有了依托。庭是一个可以吟诗作画的佳处，是一个谈情说爱的去处，林黛云伤感"怡红院内弄清影"，这怡红院便是宝玉的庭。

为什么要将家庭从文字上解构为家和庭？因为家和庭分属于家庭的两个时代。

对于普通家庭来说，一般都先后经历了"家"时代和"庭"时代。在居住条件极其困难、家庭成员因为上山下乡支边支内等各种原因被迫各奔东西的时代，是"家"时代。"家"时代的奋斗目标是要保家。有一句保家卫国的口号折射出家的重要。

后来一家人普遍生活在一起了，住房条件突飞猛进地改善，"庭"时代到来了。从家时代到庭时代的延伸，这两个时代是递进关系，而不是否定关系，是交叉关系而不是重合关系，是冲突关系而不是敌对关系。

当庭作为家的追求，并且也事实上成为了家的延伸之后，家和庭成为了一个人的两只脚，它们的方向是一致的，但是它们的步点是不重合的。家和庭处于悖论之中；家庭在从家到庭的延伸中，享受着多元文化，但是多元文化又冲击着家庭。

物质烦恼少了，精神问题多了；亲情少了，离婚多了；争吵少了，冷漠多了；情趣多了，交流少了；淑女多了，贤妻少了；空间大了，和睦少了……

"庭"面积越来越大，都已经超过了几室几厅，是像模像样的别墅，做一次清洁工作也难，管理也都力不能及，问题就渐渐发生。一个人的情感在庭里常常胡思乱想，不由自主，而后就对家提不起兴趣，不想回家。庭是出问题的地方,最终家却是出事情的地方。没有家不会有庭,有了家梦想有庭,有了庭却忘记回家——这是家的过错还是庭的过错?

和家的建设比起来,庭的完善难度要高得多。家的建设是一个单一的建设,家庭的建设是一个复合的建设、多元的建设;尤其是在多元的社会里,家庭的建设更加显得它的立体性和多维多元。

这个社会曾经批判过"家庭观念"很严重的人,现在想来,家庭观念真是值得张扬、值得保护。一个有完整家庭观念的人,一定是一个有道德底线的人,也是一个负责任的人。倒是没有家庭观念的人,基本上是成事不足败事有余的人。

也不必以传统的家理念,来衡量当下的家庭理念,如果那样去衡量,会陷入无限的痛苦之中,因为无法拆掉庭,回到单一的家里去,那是更加痛苦。家有符合家的道德伦理,庭有符合庭的道德伦理,家和庭的道德和伦理是一个大背景的重合,小背景的分离,也只有在重合与分离的互相你争我夺中,才会有家庭的进步。

辈分渐渐长

人很在乎自己的年纪。按照约定俗成的礼仪,探问女性年龄被视作既不礼貌又傻乎乎;男人的年龄虽然没有保密的价值,但是男人的年龄也有保值的心愿。自从豪迈地弹指一挥 30 岁,年龄的车轮滚滚向前,像是坐在过山车上一样要想刹车也刹不住。

和年龄同样不可阻挡的是辈分。和年龄比起来,人似乎并不过于恐惧辈分的变迁。大约是因为年龄年年自我淘汰一次,辈分一生一世至多也就是四五次的升格,比四年一度的奥运会还要珍贵得多,况且,每长一辈,意味着多一个辈分的尊重,遥想儿孙满堂,实在也是人生的一个境界，所以每当长了一辈的时候，当然一定也是心里点点滋润。辈分是年龄的日积月累，虽然年龄越来越像是个做错了事的孩子不好意思见人，但是辈分却始终高山仰止。

毕竟长辈是一个带"长"字的身份，众多人一辈子在社会中没做过一个带"长"字的领导，在家里却是一个名至实归的家长，家长是一家之首长，是一家之精神领袖。靠什么做家长做精神领袖？靠的是辈分。这辈分，或许是父亲母亲，或许是父亲母亲的父亲母亲，或许是父亲母亲的兄弟姐妹，或许是父亲母亲的中学同学。这世界上还有什么比当精神领袖更心情舒畅的事情？

虽然如今精神领袖的精神力量至多仅仅局限在家里，长辈也绝无高高在上的权利，但是长辈的乐趣又何止于封建家长制时代的呵斥？长辈给晚辈的每一个红包或者每一份礼物——晚辈的出生、满月、周岁、上小学、考高中、读大学、工作、结婚，直至晚辈的晚辈出生、满月……当然是长辈心意，一点都没有想要得到回报的意思，但是何尝不是长辈在向晚辈显示自己的身份，何尝不是长辈流泄一番做长辈的快感？一个红包包出去，一份尊敬敬过来；一般来说，红包的厚薄和回敬的尊敬总是呈正比例。

做长辈是一种心情，而且在心底有一种潜在的意识，是希望这样的心情永远好下去。只是这样的心情好到一定程度就是好不下去，那是晚辈渐渐长大工作甚至有了自己的孩子时候。假如这个晚辈穷得丁当响，长辈给他一个红包，心里都在替晚辈着急，给他红包的时候，免不了还要勉励他、鼓舞他。晚辈后来确实也照着长辈的话去做了，也出息得踌躇满志了。长辈当然高兴，但是长辈也失落了。晚辈请长辈吃饭，长辈像以往一样给了晚辈的孩子一个红包，而后晚辈向长辈述说自己太忙，连星期天都不休息，好在收入还可以，一两万一个月吧。长辈也明白，一两万元这个约数，实际上是等于两万，是晚辈的谦逊。长辈为晚辈高兴，心里却在想着送出去的那个红包的单薄。那个红包在以前，相当于晚辈一个月多的工资，这个晚上却严重缩水到晚辈一个月工资的十分之一甚至二十分之一。长辈工资也不算很低，长辈花了二十年的时间超越了自己的长辈，但是这样的优势，仅仅保持了几年，就被自己的晚辈"而今迈步从头越"。

长辈失落了。长辈的意义,不仅仅是精神上的长辈,更多的时候,也是物质上的长辈。如今在物质上,晚辈已经和长辈平起平坐了。长辈在自己隐隐的伤感中想及,当年自己是否也曾经使自己的长辈隐隐的伤感?当年长辈根本就没这样想过。

长辈油然想起几十年前的一段经典论断:世界是你们的,也是我们的,但是归根结底是你们的。几十年前,长辈是经典论断中的"你们",几十年后,长辈加入到了"我们"的队伍中去。

心　门

从那一天开始，这一对夫妻脸上再也没有了笑容。他们的孩子，只有两岁半的孩子，被确诊为自闭症。在此之前，这一对小夫妻还是被旁人羡慕的一对，家庭文化背景也罢，职业体面也罢，收入也罢，都很不错。对于他们来讲，有一个聪颖的孩子，这心愿也不为过，但是一切戛然而止了。

夫妻中的妻子，见到了几年未见的大学女同学。第一次见面的时候，她所有的表情都是勉强的。原本多么清秀的一个小女子啊，眼梢里尽是顺畅的笑意，早已经习惯了被羡慕的活状态，怎么就要让人可怜起来？虽然眼神依旧清澈，人依旧漂亮，但是清澈中掠过苦意，漂亮中是惆怅和无助。反差之大，让人觉得命运的捉弄。

她并没有想要倾诉，女同学也不想揭开她心中的痛，但是因为是同学，她总想对女同学说些什么，女同学也不愿意做一个漠不关心的人。两个人在小心翼翼地选择话题。

终于还是说到了孩子。

她的儿子已经两岁多时，还没有开口说话，只会发出"啊、哦、咦"之类的简单声音，也不会和别人有眼神交流，家里所有的亲人对于这个幼小的孩子来说，看不出有任何亲人的亲切。后来她从医生那里知道，自闭症患者是没有亲情意识的。做母亲的实在不愿意将儿子与疾病相联系，更没有想到这一种疾病叫做自闭症。

只是当儿子和其他同龄孩子差异越来越大时，她和丈夫带孩子去了医院。第一个医院诊断为自闭症时，她不信，又去了第二家医院、第三家医院。终于，所有的侥幸被粉碎了，孩子就是自闭症。失去了侥幸，迎来了自信，她总是觉得，只要自己尽心尽力，儿子的病一定看得好。她带着孩子遍访名医，自己又在网上寻找成功的案例,对儿子进行全天候的观察,期待着孩子会在某一个早上给她带来惊喜。随着一个又一个医生的坦诚相告,随着几个月下来孩子症状毫无起色,她的自信开始摇摆,她和丈夫间的感情也脆弱起来。说好绝不因为孩子的病而争吵,其实每一次龃龉,她和丈夫心里都明白,都是缘起孩子的病。

孩子患的是自闭症,那就是心门关闭了,所有人都走不进他的内心,包括他本人,也因为心门的密码丢失,他的灵魂在心门之外无所归属。对于孩子的父母来说,何尝不也是因此而关闭了生活的心门?看不到希望,也失去了生活的动力。

她和女同学说她的孩子,一脸愁容。她说看社会上许多爸爸妈妈都在为自己孩子订立了超常的人生目标,学外语学奥数,她苦苦一笑,她只是想让孩子过正常的生活。

她和女同学这么说,女同学知道她不是为了倾诉,是要女同学为她找找医院找找医生。她已经托了很多朋友,她不愿意放过任何一种可能,那就是要治好儿子的病。女同学也是委婉地表达自己的想法,既然那么多的医院都没有明确的疗效,那么再去找其他医院是否也可能无济于事?她毕竟知道了太多自闭症的病情,她告诉女同学,自闭症的治疗最大的困难是缺乏普遍性的治疗手段,所以她要为自己孩子找到一个特殊性治疗方案。

女同学被她的母爱打动,突然想到了一个医生朋友。远在天边近在眼前,是女同学的邻居,是治疗自闭症的专家。平时也没有想要获得自闭症的常识,都不知道她的名字。女同学带着同学上门造访邻居医生,真还是走对了路,这位医生是专家。看得出邻居医生是一位好医生,当场就约定了时间。

这已经是一年前的事情了。之后女同学和她会通通电话,问问她孩子的病情。最初变化不很大,后来她说到了一些变化,女同学心里在想,是不是因为母爱式的细心,放大了孩子莫须有的变化?终于有一天,她在电话里对女同学说,真的有变化了,她儿子会把豆豆一颗颗放到瓶子里去了!她儿子的眼睛会看着她说话了!女同学都感觉到,在电话那一头,她噙着泪花,以少有的亢奋口气这么说着,说着。

女同学仿佛看到了她的孩子的心门打开了一条很细的门缝,而她的心门也为之重启。

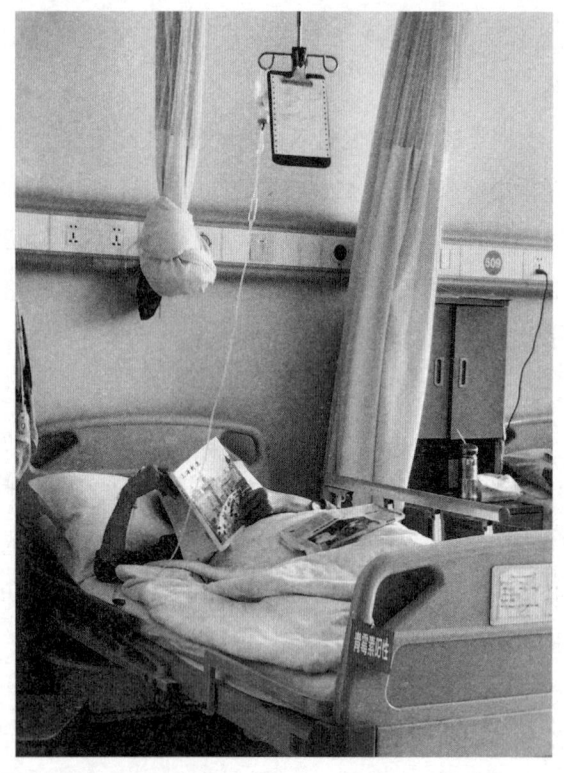

去医院,偶见病房里有位老太太,一边吊针,一边看书

活着就是意义

很难。

虽然这和张国荣完全没有关系,但是不得不承认的是,在张国荣纵身一跃来结束自己的生命之后,听到的自杀事件越来越多了,而在自杀事件中,跳楼者无独有偶地占据了相当的比重。一个一个生命悲剧,即使是来自道听途说都会觉得毛骨悚然,更何况悲剧的自编自导自演者,是我们身边的人,甚至是我们的亲人。

他不是在生活中遇到了困难,他有旁人看来一切正常的生活,他是对生活本身失去了最起码的兴趣。很不幸,你的孩子好像是一个抑郁症的患者。当一个人因为厌世决定结束自己生命的时候，决不是草率的冲动，而是倒计时的终端。假如对有自杀念头的人充满关爱坚持循循善诱，就一定能够改变他们的自杀念头，就一定能够中断他们的生命倒计时，那么世界上就没人自杀了。一个人连生命都不在乎了，还会在乎什么？但是假如对有自杀念头的人不全力阻止的话，那么自杀者一定还会快速攀升。

很难；在中国，尤难。假如是在国外，当一个人因为抑郁具有自杀倾向后，他的亲人会劝说他去看心理医生，甚至他自己都会主动地要求心理医生为他解疑释惑，因为在国外心理医生既很普及又很受尊重，最重要的是求助于心理医生不会被看作是一件见不得人的事情。在国内，至少是在目前，正恰恰相反，心理医生既很不普及水平也不很高，最重要的是求助于心理医生被看作是一件见不得人的事情，假如一个抑郁症患者被旁人知道是在接受心理医生的治疗，他会被看作是一个精神病。况且国内目前还没有相对隐蔽的医生诊所，绝大部分的心理医生都是寄居在精神病院、综合医院、或者大学的某一个系里，缺乏对患者隐私的足够保护。假如冒失地带着患者去,恐怕他会更加反感抑郁。

再何况,不想自杀的人去劝解一个想自杀的人不要自杀,那是你不具有自杀者的痛苦,你的劝解往往空洞,往往隔靴搔痒,往往无济于事。

当然因为很难,才需要以最大的努力去解决困难。我们并没有属于他的生命钥匙,因为钥匙就在他的那个翻得一团糟的生命行囊中,我们只是要帮助他找到钥匙;我们不是他的人生导师。因为他没有和我们在同一个思维平台上思考生命,我们只是要在两个平台之间的沟壑上架起桥梁,使得天堑变通途。

抑郁症是病的一种,讳疾忌医一定于事无补,但是又不能像对待普通的肉体疾病一样对待属于精神范畴的疾病。或许你应该找到一个可以成为你私人朋友的医生,让他走进你的家庭,走进你的孩子,就像是一个卧底的地下党,让他以一种潜移默化的方式向你的孩子传输健康心理的理念。这样做的最大好处在于,避免了你的孩子被当作病人的痛苦,避免了一种思维方式被强行转换成另一种思维方式的反抗,虽然他的思维方式是错的。

或许你应该给你的孩子写一封信,书面的形式更能流畅地表达你的想法，同时也避免了面对面谈话或是无从谈起或是话不投机或是剑拔弩张。你可以告诉他，抑郁这样的毛病，你在年轻时可能也曾经有过，而且很不轻，作为和你有血缘联系的他，当然就会遗传，但是既然你已经早就走出了抑郁的阴影，那么有血缘联系的他，理所当然也会摆脱抑郁。

或许你应该告诉他，当他活着找不到意义于是就不愿意活的时候，其实活着本身就是意义。这种意义确实并不能体现在生命中的分分秒秒，在无法体现生命的意义时，或者就是痛苦，但是痛苦终不能成为生命的全部。

况且活着还是一种责任，不仅是对他自己的责任，也是对父母亲的责任，他应该将活着看作是对父母亲特别意义的孝道和赡养，他应该勇敢地承担起这一分非他莫属的责任。

或许还是很难，但是决不放弃。

"第二人称"的文章，通常多用于书信体——这一篇以及之后的四篇文章，虽然没有"台头"和"落款"，确实是信。我供职的杂志有信箱栏目，为读者的来信解疑释惑。我也因此写了好几封信。

不能承受囚父之轻

相信在如今这个社会里有着和你一样痛苦的女士并不很少。一个幸福的家庭毁于一旦，你却必须在废墟上生活，在废墟上维护自己的尊严，甚至还要在废墟上维护致使这个家庭成为废墟的丈夫尊严。你作为一个贤妻良母的含辛茹苦与法律的威严相比，是多么的孱弱，尤其是丈夫在女儿心目中的形象，你一直极力维护着，既是为了丈夫，为了一份侥幸的等待，更是为了女儿幼小而纯洁的心灵不受创伤。现在必须面对的是冷酷无情的判决书，必须面对的是无法永远向女儿隐瞒的现实。丈夫破坏了自己作为一个爸爸的形象，但是必须由你将一个被破坏了的爸爸的形象向女儿展示。生活交给你一个最残酷的使命，你却没有拒绝使命的权力。

或许，你首先要确定的是这个家庭是否还会依然存在，也就是说，你会不会和丈夫离婚。看得出你不是那种贪婪的女人，你并没有怂恿丈夫去做违法的事情。假如受贿的事情不是发生在你丈夫身上，你会讨厌、鄙视这样的人。所以假如你决定和丈夫离婚也是很正常的事情。假如确认要和丈夫离婚，那么当然你可以顺理成章地将丈夫犯罪的事实告知女儿，并且今后就带着女儿生活。估计你不会和丈夫离婚，你恨的是丈夫给家庭带来的灾难，恨的是丈夫的所作所为，但是恨的并不是丈夫这个人、这个家庭中的重要一员，这就是为什么你一直向你女儿隐瞒她爸爸入狱的原因，这就是你至今难以启齿向女儿说明真相的原因。

既然你依旧等待着你的丈夫，那么你必须面对的是等待若干年的事实。古时候中国有"讳疾忌医"一说，当一个家庭突如其来遭受原本可以不发生的灾难时，何尝不像是一个人生了病必须直面生病的事实？一个人犯了罪判了刑，只要没有到十恶不赦的地步，就像是生了重病。这样的直面,不仅是你本人,而且也包括你的女儿。

你的女儿只有10岁,即使你不告诉她,她也很有可能从其他渠道知道自己父亲的事情。她的是非观念会显得非常简单,她的爱憎分明如同黑夜白昼一样不可调和,她对人性的复杂性一无所知,她只知道爸爸是爱她的,所以爸爸是好人;她只知道监狱是关坏人的,所以关在监狱里的都是坏人,想必在她更幼小的时候,你都曾经用"关进去"来吓唬过她。她不可能明白一个爱她的人为什么是坏人,为什么关在监狱里的一个人是她一直最爱的人。如今这门复杂的学科毋庸置疑地要由你向她解析。

你可以婉转地告诉她,世界上有好人和坏人,也有做好事的人和做坏事的人,做坏事的人不一定是坏人。一个人犯罪了,往往也是他某一个方面的犯罪,不是彻头彻尾的坏,在其他方面,他仍旧有可能是一个好人。比如他是一个好爸爸。及早地告诉她人性的复杂多面,也及早地用当下的价值观替代传统的价值思维,会让她现实地面对自己的父亲。当有一天,女儿在明白了真相时候,女儿会多一分成熟和坚强,而你的丈夫也会多一分自责和勇气。他会明白,几年之后,一个原本温馨的家庭,等待着他的归去。几年之后,他不再是罪犯,而应该是一个病愈出院了的人。

幸运的是,随着时代的变迁,如今已经没有谁会要求你女儿与她的爸爸划清界限了,社会环境也不会像以往那样苛求一个罪犯的家属,你的女儿也就会有足够的心理承受能力。或许她会比你想象的更加懂事聪敏,或许在你告诉她之前,她早就从你悲伤的眼神中明白了父亲的一切,那当然更应该告诉她了。

让心从悲哀中活过来

假如有人需要解释什么叫做"哀莫大于心死",那么最有发言权的便是你和你的先生,因为你的女儿竟然染上了毒瘾,而且已经将你们毕生的积蓄全部消耗在了吸毒上。

你宁愿她不是你的女儿。假如她不是你的女儿,仅仅是从电视中看到的一个吸毒女,你会很坚决地说,这种人最好的结局就是早点死,不管她是吸毒而死,还是自杀而死,还是贩毒被判死刑。死对于她自己、尤其是对于她家庭来说,是唯一的、算得上是好的结局,因为只要她活着,她永远就是行尸走肉,再也没有任何的人生价值,而她的家庭,则永远是为了行尸走肉而煎熬。"春蚕到死丝方尽,蜡炬成灰泪始干",原本是褒义的千古名句,但是转引到这个吸毒女身上,不也是有变褒为贬的含义吗?

是的,家人和社会是应该给她机会的,应该给她健康的人生价值的教育,应该将她送进戒毒所去戒毒。问题是这一切的过程都已经仁至义尽、无可挑剔,而她的毒瘾却是从变本加厉上升为厚颜无耻,可以为了吸毒而去骗钱,可以为了吸毒而将女人的性别作为毒资的抵押。你还能指望有一天旭日东升的时候,她要喝一杯牛奶,而不是吸毒?她因为吸毒而死去,固然是一件让人伤心的事情,但是假如她吸毒而活着,那是痛苦和痛苦的绵延累积,直至有一天因为痛苦而精神和肉体双重崩溃。所以这样的吸毒女,最后还有可能回报家庭的事情,或许只剩下她的死亡了。

只是她是你的女儿。因为是你的女儿,你就无法忘记女儿呱呱坠地时给你们带来的无限欢乐和憧憬。家里那一架钢琴。曾经真实地记载了她幼年时的辉煌,9岁就获得了一次大奖,钢琴恰恰就是大奖的奖品;细长的手指，连钢琴老师都赞叹前途不可估量。如今那一架钢琴早就被她变卖了，但是每一次看到墙角落一大堆卖不出去的琴谱，你竟然会像做梦一般，呆呆地好像从琴谱中听到了女儿手指下的琴声。假如她不吸毒，甚至假如她没有长大，你看着她快乐，但是你比她更快乐。

如今这一切回忆起来是倍加伤心的事情。因为你没有办法改变她吸毒的现实。你忍受着她，完全是因为血缘，而血缘是最揪人心的，中国人最快乐的事情和最痛苦的事情，归根结底总是血脉相通。只不过你轮到的是最痛苦的事情，曾经心爱的女儿，将你也将她自己一同推入痛苦的无底深渊。哀莫大于心死，但是心毕竟又死不了，于是又使哀更加的哀。

在这样的时候，假如有人轻轻松松地对你说他有解决问题的钥匙，要么是夸夸其谈，要么是根本就不理解什么叫爱之深恨之切、恨之切爱之深。你忍受着将所有家产被变卖成为毒资的痛苦，不是你对女儿放纵，而是对血缘无奈。

即使没有血缘的联络，谁都没有把握让一个人将毒戒掉，更何况面对的是自己的女儿愈演愈烈的毒瘾。

但是你必须从精神上暂时割舍自己的血缘,这也是唯一可能使得你女儿将毒戒掉的可能。戒毒往往不是一次两次就能成功,但是你千万不能因此而不再让她戒毒,恰恰相反,必须强制性地将她送进戒毒中心;纵使你的女儿屡戒屡吸,你也必须狠狠心让她屡吸屡戒,同时尽一切可能将她与毒源隔绝。

在以走婚著称的泸沽湖里,流传着一个戒毒成功的故事。也是一个女孩子染上了毒瘾,她的父母亲用尽各种方式助她戒毒,但是每一次都是以失败告终。有一天女孩子的父母看到了泸沽湖的故事,泸沽湖并不是戒毒中心,只是一个极其纯洁、没有任何吸毒可能性、交通又极其不便的地方。这么一块圣洁之地竟然无意中触发了女孩子父母为女儿戒毒的灵感和决心;从戒毒所出来后,他们直接将女儿送到了泸沽湖——后来的结果你一定明白,女儿不仅成功地戒掉了毒,而且还在泸沽湖找到了爱情。

泸沽湖并不是唯一一个戒毒的胜地,但是它提供了一种启发,提供了一个人们期待着的答案——戒毒成功不是天方夜谭,或许会有一天。

当丈夫每天默默赎罪的时候

只有真正的贤妻良母才会有如此的焦灼、如此的无奈。

你永远不会嫌弃丈夫的低微和贫瘠,也永远不会张扬丈夫的显赫和富裕,你至高无上的愿望是家庭的完整和健康。作一个比喻,你心中的家庭,是一个碗,不见得名贵,却是完好无损,手指弹上去,会当当当的响。有一天晚上,这个碗,这个你心爱的碗,掉在了地上,碎了。你完全信赖的丈夫,竟然被公安局扫黄扫了进去,出来之后收到了"双开"的处分——开除党籍开除公职。当你拒绝相信的眼神遭遇到丈夫恐惧与沮丧相间的眼神时,你的心和你珍爱的碗一起碎了,而且永远不会再有当当当的清脆之声。这是比他若有婚外情更让你不容的事情。

这仅仅只是破碎的开始。

一方面,丈夫的行为,将成为你此生的愤怒。你曾经发誓永远鄙视他;你没有选择离婚,那是因为即使离婚都无法抚平你的创伤,也因为假如这样而离婚,你无法向亲友们作出交代。另外一方面,当时间一天天推移,当你从事发时候的极度愤怒,而渐渐开始理性观察的时候,你看到了丈夫的第三种形象:事发前的敦厚老实,事发时的缺德无耻,事发后的委琐赎罪。他拿起一张晚报可以呆呆地看几个小时,他萎靡不振了。

几个月后,你仍旧恨他,但是第一次,你开始为他的健康担心。

这说明你已经从心底原谅了他,你困惑的是该不该就这样原谅他,更困惑的是如何去原谅他,以至于让你的丈夫从失去的尊严中恢复尊严,从遭受的耻辱中忘记耻辱。

这更说明你是一个不折不扣的贤妻良母。每一个人都会犯错误，性错误，恰恰是男人最容易犯的错误之一，直至性犯罪，曾经使多少成功男人一蹶不振，为短暂的错误付出一生的代价。可以想象，像你丈夫这样的男人，在社会上并不少见，否则怎么去解释社会上形形色色的色情场所和被称作"小姐"的女人？你丈夫的赎罪，说明他的道德良知并没有泯灭，这时候他最需要的，不再是社会上的功名利禄，而是妻子重新信任的目光和妻子对他尊严的重塑。当美国前总统克林顿发生了白宫性丑闻之后，克林顿向全美国人民道歉，他的妻子希拉里站在克林顿的身边告诉美国人民："我相信比尔"。可以说这是政治的需要，但是无法否认，作为妻子，希拉里面对世界说一声"相信比尔"是多么的困难。当美国NBA球星科比·布莱恩特满面泪光为自己强辩是通奸而不是强奸时，紧紧握着他的手的是他美丽的妻子，她平静地告诉记者，"我已经原谅了科比"。更早些年，好莱坞明星休·格兰特车库嫖妓案被曝光时，也是他的妻子赫莉在众目睽睽之下站在了格兰特的身边。当然还有后来，林凤娇也和丈夫成龙站在一起。这是男人最不能得到妻子宽恕的时刻，恰也是男人最需要得到妻子宽恕的时刻。

现在轮到了你。既然你已经很坚强地原谅了他,已经决心将碗的碎片重新粘合起来,那么你不妨主动地去关心他,接近他,没有你的主动关心和接近,他已经没有资格、没有胆量正视你的目光,这正说明他的愧疚,也说明他就像是碎了的碗片,只有你才有资格来粘合。也许你可以悄悄为他添一双新皮鞋,放在床边,也许你可以给他买一份保健品,放在他的茶杯旁,让他强烈地感受到你痛恨他却没有鄙视他,让他强烈地感受到生活会给予他机会,让他强烈感受到你的贤良。在很长的一段时间里,千万不要提及他一时的丑行,更不要有意无意地向他灌输正确的人生观道德观,这将会适得其反。他的错误不在于不明白那是错误,而在于他一时间无法抵御错误的引诱。当他有一天重新振作起来的时候,他将埋首于你的双膝间,泣不成声,这将是他最痛心疾首的忏悔和对你最衷心的感恩。

一个碗碎了之后再粘合,不可能再发出当当当的清脆之声,但是它仍将是一个碗,而不是碎落一地的碗片。

没有了儿子,我们的家虚脱了

你说因为孩子失踪了,失踪在丈夫手里,一年多了,再也找不到;由此你和丈夫之间关系越来越别扭了,如今甚至已经无话可说。丈夫反复的自责,让你既怨他又烦他——烦他无休止的自怨自艾。儿子下落不明,家庭形同虚设,你觉得你的家像一个高烧不退的病人,已经虚脱了。你问你和丈夫之间的关系还有没有希望?

看得出你是很珍惜你和丈夫的夫妻情意,假如不是这么一场灾难,那么你有信心和你的丈夫相伴一生;而且假如这场灾难不是儿子的失踪,而是像许多灾难家庭一样,配偶的一方生病,或者是孩子生病,或者夫妻下岗生活没有着落，你仍旧有信心做一对患难夫妻，同舟共济，倾家荡产也不怕，你坚信一定会有一片艳阳天。但是儿子失踪，已经远远超出了你对生活困难的承受，这不是你的承受力差，而是这样的灾难太残忍，以至于没有一个人承受得了。

你和丈夫之间僵硬关系需要有一把金钥匙来开启，你们的孩子就是唯一的一把金钥匙。设想一下，明天，后天，如果有你盼望着的那一天来临：你的儿子找到了，你的儿子回来了，那么，你和你丈夫之间的坚冰，完全不需要外界的努力，立刻融化了，你会狠狠地责怪丈夫为什么没有保护好儿子，你和丈夫会抱着儿子痛哭，这痛哭是因为幸福回归到了家里，而不是像现在，找不到儿子已经到了欲哭无泪的地步。

但是这一把金钥匙失踪了。你没有说出的一句话是，你内心深处很担心，儿子也许永远回不来了，他已经在一个很偏远的地方被改造成了别人的一个儿子。这种可能一天比一天大，你的希望越来越接近破灭：金钥匙是唯一的，而金钥匙永远地丢失了。你想知道，假如儿子真的永远回不来了，你和丈夫之间的坚冰是否还有可能融化？你和丈夫在失去儿子的日子里，将如何厮守？

你的内心已经到了崩溃的边缘，你的丈夫也是如此。当你们全力寻找儿子的时候，你们是完全的没有自我，但是当苦苦寻找仍旧没有找到儿子的时候，你突然发现，你们两个人的自我也一起找不到了。什么叫做悲剧？悲剧是让一个灾难牵引出另一个灾难。

既然金钥匙是唯一的，那么不妨说，你和丈夫旧日的爱情必然会受到挫伤，事实上，你和丈夫的关系已经到了一个十字路口，只不过你不愿意承认罢了。你的丈夫因为儿子是在他手里丢失的，所以他必然自责，必然因为感到"罪孽深重"而消沉，对家里的一切不会再有昔日的热情。你一心想消除丈夫的自责，但是面对缺少了儿子的家，你决计笑不出来。你们把自己的日常生活标准降低到了零以下的水平——从儿子失踪的一天起，除了日复一日的焦灼、痛苦、等待奇迹的出现，你们再也没有看过电影，再也没有买过新衣服，再也没有互相的会心一笑，包括你们再也没有做爱过，因为已经没有做爱的动力了。这一些原本都是家庭生活、夫妻生活的必要要素，当必要要素已经不存在的时候，其实你们是

在高雄的邓丽君博物馆,看到了邓小姐生前的很多包包,那年代,当是奢侈品中的奢侈品,相信每一个包里面,都藏着一段人所不知的故事

在痛苦地维护着痛苦。我有一个朋友,多年前她的孩子被人杀了,在每天以泪洗面一段日子之后,她与丈夫离婚了。她的理由是,既然上苍不允许她和丈夫有这么一个孩子,那也说明上苍不允许她和他有夫妻关系。告诉你这个真实的故事,并不是主张你和丈夫分手,而是让你对今后的生活要有足够的心理准备。破碎的生活,只有承认它的破碎,才能尽力地去弥合它,而不是不承认它的破碎。对错误不能文过饰非,对生活当然也不能粉饰。

你甚至还担心,或许有一天儿子真的回来了,当然不是在明天、后天,可能是在明年、后年,是在你们完全失望后的一天,等待不到这么一天,你和丈夫也许已经分道扬镳了,因为你们无力承担这场灾难了。这种可能性怎么不存在呢?因为生活仍将继续。不管是哪一种结局,都不能失去自我,如果说夫妻关系的维持,需要有两个人的自我以及夫妻的自我的话,那么体现自我也可以是另外一种方式。

生活仍将继续,这是最重要的。

赞和赞歌

网络上比比皆是的那一个"赞"或者等同于赞的大拇指,谁都习以为常。如果要追究一下谁是始作俑者,一定是没有办法的。只能大致推断,"赞"的发明者一定年轻,一定不是从"赞"穿越到了《赞歌》,更不可能是唱着《赞歌》长大的。

"赞"与《赞歌》会有区别么?

1960年代,胡松华唱了一首《赞歌》:从草原来到天安门广场,高举金杯把赞歌唱,感谢伟大的共产党,毛主席恩情深似海洋;英雄的祖国屹立在东方,像初升的太阳光芒万丈,各民族兄弟欢聚在一堂,庆贺我们的翻身解放……这首歌当年极为流行,至今已算得上是经典。说它是经典,应该有两层意思。半个世纪过去,还记得住胡松华当年一身蒙古袍的样子,如今的青年也知道这首歌,当然是经典了;还有一层经典的意义恐怕被很多人忽视了,那就是《赞歌》实际上成为了俗常生活赞美的模板,几乎所有的赞美对象,几十年来,都可以在这首《赞歌》中找到关键词及其标准。

全民热唱赞歌,不过很可惜,中国人的赞,常常表现在讴歌和颂扬,却很少落实在对周边的人翘一翘大拇指。在生活中,中国人更多的是严肃,是批评,是看不起。因为在大唱赞歌的年代,同时也发生了大字报大批判、打倒一切、你死我活的阶级斗争直至"文革"。并且,如果说赞美是抬头向上,是对伟岸的赞美,那么批评乃至批判恰是平视的你我他之间,是对普通人的怒目。可想而知,历经那么多年的人性扭曲,大部分中国人不苟言笑,更不善赞扬。即便有赞扬,翘起来的大拇指,似乎也不那么纯粹,让人有溜须拍马阿谀奉承之嫌;虽然也有真赞扬的,也算是伸出了大拇指,总不像是翘起来,而且也欠硬朗挺拔。很多人心里想要夸赞,说出来的话却是僵硬得很，自己都觉得勉强。赞，是一种态度，也是一种能力，很多人与生俱来的"赞无能"。

相反，只要是贬损的话，那才是灵光乍泄，正所谓与人奋斗其乐无穷。比起翘大拇指的抖豁，更多人反而熟稔食指和小拇指，食指是用来指手画脚，用来指责对方的，小手指很少出手，却是背过身去对别人的不屑与嘲讽。这样的事情，往往每个人都被人家贬损过，同时，我们何尝不是也贬损过人家？还很起劲呢。

以前我们曾经如此沾沾自喜，似乎夸赞别人是虚伪，贬低别人才是真实，人与人之间就应该是这样。只不过时代真的不一样了，发现别人身上的优点，是一种客观，承认别人身上的优点，是一种境界，赞美别人身上的优点，是一种能力，也是一个人的优点。和这样的人相处，彼此脸部表情是轻松的。善于夸赞别人的人，往往主导了一个圈子的人气走向，往往是这一个圈子的领袖人物。这样的领袖人物很善于夸赞朋友之所长，不是简单的说几句好话，是一种心境，也是一种艺术。一个聚会十来人乃至几十人，他总是熟知新友旧交之所长，经由他的夸赞，每个朋友都到了惺惺相惜的地步。他所夸赞的，真是别人身上的优点,他发现了,他也分析了,有仔细的考究,有分寸的拿捏,也会有婉转的建议。一段夸赞,真是被夸赞者心里的温馨。

夸赞是语言,也是表情。有时候我会在一些公共场合留心中国人和外国人的表情。中国人独自走的时候,大多神情严肃,目中无人,蛮像是罗丹的雕塑"思想者",实际上或许他什么都没有在想。外国人也是一个人漫步,却是笑脸居多,如果和他目光对视,他会笑得更加明显,也不知道他在笑什么。内心里,一张笑脸随时随地准备夸赞别人,一张严肃的脸是在伺机伸出食指或者垂下小手指。

2007年某天,华盛顿地铁车站有一流浪艺人在拉小提琴,他拉了45分钟的巴赫,这期间大约有2000人从他身边经过,45分钟过后,他收到了十几美元。这是一个社会学的实验,拉小提琴的男人是美国最著名的小提琴演奏家约夏·贝尔,此人也曾经来华演出。此前一天晚上,约夏·贝尔在地铁车站不远处的剧院演奏了同样的节目,票价不菲,掌声雷动,一天过后,同样的巴赫,同样的约夏·贝尔,却没有了人赞美,因为没有人把他当作约夏·贝尔。这个调查的结论是,一生中我们失去了多少美好?

　　生活中并不是没有值得我们翘起大拇指的事情,就在我们身边,甚至不少。问题在于我们是用什么态度去评判他们。我们很善于唱赞歌,因为赞歌需要赞扬的都是预设好的剧本,我们不善于赞,因为赞需要的是判断、境界、胸怀。赞难于赞歌,赞重于赞歌。

有意识的存在

有一位旅欧女画家在上海买房,看遍市中心楼盘,最后的选择是比邻新天地的石库门。朋友问为什么选择石库门,画家说,新楼什么时候想买就可以买到,石库门只会越来越少。当然,画家购置的石库门是改造过的石库门,有独用的煤气和卫生设备。没有人因为想怀旧,而去接受旧日的旧生活,诸如倒马桶、生煤炉,与"四害"共舞。

石库门曾经是上海最普遍的市井住宅,在经历了七十二家房客的逼仄年代之后,又成为上海居住困难的同义词,于是被当作危房旧屋大片大片地拆除。只是当一幢幢新楼取代石库门之时，有人想到了石库门城市历史意义上的价值。看一个城市的热闹，在于它有多少新房子，看一个城市的历史，在于它有多少老房子。

萨特说，存在决定意识，其实意识也在决定存在。同样是石库门，一二十年前如同破帽遮颜，如今已经是城市的记忆，正在作非物质文化遗产的申请。在签署过中美联合公报的锦江小礼堂，举行了石库门论坛：不是石库门的存在改变了，而是人们的意识改变了，意识到了石库门对于一个城市的重要性。

城市都是强大的，每一个人都可能在城市中撞得头破血流；城市又都是柔弱的，拿起铁锤，开动机器，每一个人都足以成为它的摧毁者。

如果将人和城市的关系以母子父子关系作比喻，谁是孩子谁是父母？人在无知的时候，人是城市的孩子，可以肆意挥霍而不需要承担责任。人在有知的时候，人是城市的父母，所谓父母，是责任和义务，人不可以挥霍城市，人应该呵护照顾城市。人的亲情谓之血脉，人与城市的亲情谓之文脉——文化之脉，文脉才是一个城市的精神。

房子有新旧之分，人亦有少老之别。曾经有一段时间，PK成了公共人际关系的准则，优胜劣汰成了生活的方向，似乎公共人际关系也像新房子老房子一样。主张生活PK的环境，一定是一个贫穷的环境，是一个视同类为异己的环境，是一个你死我活的环境，是一个将弱势者当作劣质品淘汰的环境。在公共交通上，为什么要设立一个老弱病残孕的专座？那就是在人的基本生活环境里，不可以PK，不能因为有些人的能力下降或者缺乏，就PK式地剥夺这些人的基本生存权利，不仅不可以，还要为他们制定特权。如果没有这么一种人文意识，那么就不会存在人文的关怀，尤其不会有被人文的关怀。

老房子也有它们的特权，这一份特权是它们所蕴含的历史。对老房子，人们不再是捣蛋的坏孩子，而是一个为父为母。

喝酒这本事

假如世界上没有了香烟，那么世界就会纯净得多；假如世界上没有了酒，那么世界就会寂静得多。两个抽烟的人抽着烟说烟话，声音越来越轻，多半是两个人在密谋，两个喝酒的人喝着酒说酒话，声音越来越响，基本上是两个人忘乎所以了。所以，酒逢知己千杯少看上去像牛顿定律一样牢不可破，其实在酒场上本无所谓知己，喝着喝着，就知己了。我们常常看到的是喝出来的知己，并且越喝越知己，因为在知己的时候也知彼了。

这也不错，没酒世界上就少了许多知己。日本人的一个实验，证实了酒对人际关系有促进作用。他们发现，闻到酒香后，人的舒适程度会随之提高，精神也一起放松，于是，不是朋友的做了朋友，不是兄弟的称了兄弟，虽然有"酒肉朋友"之嫌，毕竟四海之内皆兄弟了。不信也可以去打探一下，失酒肉者失朋友，大致如此。

　　酒被上升为一种文化来解读已经有些年头了，到底文化在哪里？是酒的文化，还是喝酒的文化？对于西方人来说，酒是文化；对于中国人来说，喝酒才是文化。不论是干红干白，白兰地，还没有喝，先要接受常识教育，餐前酒餐后酒开胃酒，每一款酒专属于每一款酒杯，像西餐刀叉匙的双手分工一样，错一点点就是没文化。有位对西方酒文化颇有心得的"老克勒"先生，极其愤懑如今很多葡萄酒用一个塑料塞取代了软木塞。有人对他解释，这样做是出于环保的原因，而且塑料塞也比软木塞卫生；但是老克勒不以为然，他喝葡萄酒的重要享受之一，是听软木塞被起出来时"嘭"的一声，还有软木塞被葡萄酒浸润过的颜色。这是礼仪，当然也就是文化。至于与谁煮酒论英雄，并不重要。

　　中国人喝酒当然也讲究酒，但是更讲究的是喝酒的热闹，喝酒的一醉方休；要讲段子，要开涮，要妙语连连，要高谈阔论，雅者吟诗赋词，俗者行令猜拳。酒一定是少不了的，分贝一定高的，温文尔雅绝非中国人喝酒的做派。红酒白酒黄酒国酒洋酒，兵来将挡，酒来我喝。看上去好像很粗俗，很没有文化，但是酣畅淋漓地喝三杯，不由地感叹，喝酒不仅是文化，而且对于中国人来说，还深藏玄机，它是一把看不见的金钥匙。普遍的，中国人的性格矜持不外向，不似老外一见如故一见钟情；不喝酒也是豪情满怀。中国人不喝酒的时候，心之门虽设而常关，大都趣味淡淡，谈锋平平，连笑容也是一丝丝的牵强。只有酒过三巡，那三巡之酒，对血脉阵阵推波助澜，心之门没做严防死守就完全敞开，矜持的表情被脸上的红晕一扫而光，想说就说，再也不像喝酒之前，要把一句话的语法修辞逻辑都想明白了才姗姗开口，开口的时候，还下意识地挠耳抓腮，捋头发、托下巴。这种心灵的推动，不在乎是什么酒、什么酒礼仪；醉翁之意不在酒，在乎喝也。一个乏味的人会变得灵动，一个拘谨的人会变得生动，就好像是上了一堂公共关系学的快餐速成班，与其说这是酒的作用，还不如说这是文化的作用——喝酒的文化。

酒是兴奋剂，让人张扬，是催情剂，让人敢想也敢做。酒当然还是知己间惺惺相惜的一醉方休，酒逢知己千杯少，让喝酒有了一千个理由，到了当下，这句经典名言，恰又成为结交新朋旧友、对付应酬公关的座右铭。每个人总是免不了有求于别人的事情，怎么求？先交朋友；怎么交朋友？先喝酒。不管是公事还是私事，托人一件事，至少三场酒。否则真也是对不起朋友。只是有一点，这般喝酒，酒量越来越大，酒的销量也越来越大，但是社会上的知己好像未见正比例的上升，反而，更多的场合，酒是用来谋和生意的，是用来构建人脉的，是用来笼络交情的。如果说，往昔喝酒是文化，那么如今喝酒是本事，喝了酒会借酒说话是本事中的本事。于是许多原来只沾滴酒的人，几年间酒量有了长足的进步，正是应和了爱迪生的名言：一个人的成功，是百分之一的天赋加上百分之九十九的后天努力……

男酒女茶

为人处世，所谓近朱者赤，近墨者黑，到了饭桌上，很自然演变为近哥们者酒，近女士者茶。饭店虽然也是男男女女共度好时光的地方，但是毕竟还是以男人为主体，它们的店名，要么叫做饭店，要么叫酒店，吃饭与喝酒总是男人可以逞能和显摆的项目。就这么几年前，有了茶餐厅，茶上升为主旋律，白酒黄酒断不会有，即便有饮料和啤酒，也抵不过一个茶字。这时候，茶餐厅和饭店就有了主体对象上的区别，当然女人是茶餐厅的至尊，男人在茶餐厅不会少见，但是应该是配角了。

还不仅仅是在酒与茶的区分上。有时候会去饭店，有时候也会去茶餐厅,实在也是在两种角色中转换。在饭店,点菜是一件蛮重要的事情,涉及档次、口味、帮别,及至点酒,更加是规格和兴致的交叉点。只是所有的重要常常发生在喝酒之前。西餐中有餐前酒一说,那是在进餐前的开胃酒,在中餐的酒桌上,更加准确的应该是"酒前餐"——点菜要么亲临展台,要么一一过目,酒当然还要验明正身;在三杯两盏之时,还有关于冷菜热菜的讨论。之后,男人们常常只关乎杯中酒,酒喝得越多的时候,桌上的菜也剩下越多,甚至到了第二天,只记住了酒,忘记了菜。喝酒的时候,最能体现的一句话就是"舍命陪君子",因为是陪君子,也就会有舍得其所的豪迈和被迫。

茶餐厅是用不着舍命的,却也逃不脱一个陪字,而且这一个陪字,在形式上还是一个尊字。单位里有一群熟稔时尚生活的年轻女同事,空闲时相邀而去,总是在各类茶餐厅转悠。真要欣赏她们的主人翁姿态,菜单差不多是不用看的,某一个茶餐厅的某一道菜的某一种口味,尽了然于心,简直像是小学生背唐诗宋词一样。在茶餐厅里,其实茶也不是重要的东西,这一个"茶"无非是起了排斥酒的作用,茶餐厅是重吃不重喝的。于是习惯于豪迈而被迫地在饭店舍命陪君子的人,在茶餐厅可以轻轻松松。轻轻松松的关键词依旧是"陪",从选择哪一家茶餐厅到点什么菜,自有年轻女同事们担纲。

话语权在饭店和茶餐厅间切换,频频干杯高谈阔论是没有了,替代的是叽叽喳喳的声音。女同事们为了一个菜讨论,可以花上一桌饭的时间。也正是深入探讨,也就有研究的结果。

人可以貌相

人可以貌相？这当然是在同"人不可以貌相"的古训唱反调。

就从"相"貌起。曾经有这么一个生活案例，足以引发对貌相的丰富联想。某人与老同学聚首，拍了一大叠照片，向同事展示，不等他介绍，旁人却抢先指认：此人是老板，此人是当领导的，那人是社区棋牌室的常客……居然，就十分准确。虽然"英雄豪杰"和"下岗工人"没有烫在脸上，而且从照片上看去，和英雄豪杰同样光鲜，脸色也一般的红润，但是真实身份还是从各自的相貌上流露了出来。

假如让一百个人在老板椅上坐一坐,而其中只有一个是真正的老板,那么谁是老板,在他们坐下去的一刹那,便已经揭开了谜底,不是老板的人,坐在老板椅上,举手投足间,再颐指气使,终是遮掩不住小家子气。

假如让英国女王伊丽莎白二世隐身于一群英国老妪之中,而且假设人们从来没有看到过女王,那么完全不用叛徒出卖,女王还是因为她的雍容华贵,在一群老妪中水落石出;那是必然的结果。要是一个国家君主的气韵与世俗老人不相上下,是这个国家的悲哀。所以细细一想,诸多有关皇帝到民间微服私访的传奇,实在经不起"相貌学"的推敲,皇帝的本色,岂能是一身微服就能掩盖得了的?要么是皇帝庸俗,连皇帝的尊严都荡然无存,要么是百姓愚蠢,连帝王气息都嗅不出来,否则,皇帝的马脚肯定是要露出来的。

假如让一百个人合一张影,其中只有一个是领导,即使领导不站在中央,不坐在首席,还是躲不过群众的火眼金睛,因为领导改变不了领导的气宇轩昂,员工也改变不了员工的纯朴卑微,除非领导到了更高的层次,去和更高领导一起合影,他才会显出被领导的纯朴卑微。

不必再假如了。只需微微闭上眼睛,就能回想起曾经一次次成功地貌相:这个人一看就是个教师;这个人一看就是民工;这个人一看就是医生;这个人一看就是白领;这个人一看就是从国外回来的;这个人一看就是当过兵的;这个人一看就是大家闺秀;这个人一看就是暴发户……

人可以貌相。一个人的相,是这个人散发在脸上和举手投足间的信息。一个人的学识高低,修养深浅,一个人的职业性格,都写在了脸上。比如一个人做了几年白领,自然就上班精致下班休闲,热衷时尚,刻意穿戴,憧憬乡野,一副白领的作派;假如当了几年教师,那就像老教师一样,显得朴素而矜持,脸色略枯黄,眼神中相间着浅浅的清高和淡淡的拘束。有一句古话可以为此作证:"近朱者赤,近墨者黑"——人可以貌相的科学原理,原来在很久很久以前,就已经被证实了。

公交车上,戴双C发卡的女人

灰姑娘和她的后裔

人生是寓言，寓言是人生。

灰姑娘的故事所以脍炙人口，是因为灰姑娘中彩票大奖一般地找到了王子，只有遇到了王子，灰姑娘的寻找和等待才有意义。假如灰姑娘找不到王子，那么还有谁会记得村里有个姑娘有点灰？其实更多的灰姑娘总是满怀着等待王子的情怀，最终在失望之余嫁给了平民小子。假如有一个灰姑娘矢志不移，非王子不嫁，转眼间灰姑娘变成了灰老太。孑然一身之时，颤巍巍地却还念叨着灰姑娘之梦，旁人看在眼里，是不应该赞美灰老太了，倒是应该劝告灰老太赶紧找个老伴；灰发茫茫，白发苍苍，找个老汉，心里不慌。如今等待王子的灰姑娘是不太有了，等待着成功男人的灰姑娘倒是越发多了。等得到当然是好事情，假如一个当代灰姑娘，也一定随着灰老太的足迹，非成功男人不嫁，那么伤心总是难免，芳心总是难托。

　　姑娘有灰者，男孩亦当如此，就叫做灰男孩。假如一个灰男孩，嗜好文学创作，并且发誓，不发表轰动的作品，就不娶妻，不工作，不享乐，除了最低水平的吃喝拉撒，唯文学是图。假如还有一个灰男孩，当然也可以是灰姑娘，一心做个歌星，于是荒了学业，废了家业，丢了事业，不管月亮是否可能摘到，我此生只摘月亮；"不想当将军的士兵就不是好士兵"的格言，不知不觉就变成了"当不了将军的士兵就不当士兵"的偏激狂躁。旁人看在眼里，不必嘲讽，却也不必为他们抬轿子。一个目标很美好的时候，追求目标未必就是美好，追求一个追求不到的目标，即使不算作是好高骛远，至少也是不脚踏实地，不必因为他们追求得很赴汤蹈火，就赞美他们，弄得她们上了轿子就下不来。珠穆朗玛峰人人都说很美好，不见得人人都要爬一次，不爬的理由是因为没有几个人爬得上去。

这毕竟与一个患了不孕症的妇女长年累月地求医求孕不同。不孕症或许最终还是不孕,一个不孕的妇女求孕,是为了求得实实在在的日子,为了能够怀孕。

也有相同的事情。似乎每年都会有几个超龄高考生,从五十几岁到古稀之年,成绩则是超低,几个人的分数加起来还进不了大学;据说其中常有经济拮据,一生未婚,却将考大学奉为至尊。人们都钦佩他们的勇气,但是许多人在钦佩的时候,将钦佩当作了推崇,把老龄高考当作美丽的风筝,放到了蓝天之上。简直就要成为民族的文化经典,这风筝是要越飞越高了。却没有人勇敢地说一两句:其实大学不是每一个人必须考的,其实大学不是每一个人都考得上的,其实过实实在在的日子比考大学更要紧。

皇帝有皇帝的新衣,百姓也有百姓的新衣。人生就是寓言,寓言就是人生。

天大地小

其实,很多中国人在 1970 年 4 月 24 日撒了一个美丽的谎,他们其实并没有看到天空中那颗一纵即逝的人造卫星。我就没有看到,那时候我眼睛视力达到2.1。卫星真实地从天空划过,按照报纸电台指引的观察方向、角度和时间,几亿颗人头齐刷刷地望星空;看到了,看到了,很亮的……看的人都以看到卫星为荣;看到卫星似乎就从卫星上看到了地球,从卫星上聚焦了白宫、克里姆林宫。虽然从卫星上传回来的《东方红》旋律是简单的,而且是同步从电台的扩音器中听到的,但是足够了,因为这声音是从天上传来的,什么叫做天籁之声?

此也。

自从人类跨越了蛮荒时代之后，便知道了后羿是射不下太阳的，至多也是像一代天骄成吉思汗只识弯弓射大雕。我的意思是，人对天空越来越敬畏，人在天空面前越来越渺小，这与人对地球的态度大相径庭。天空是圣殿，也是最大盛典的主办地，比如王母娘娘在天空，神在天空，仙在天空；孙悟空有过不买账的念想，号称齐天大圣，结果玉皇大帝只封了个弼马温给他当当，幸亏孙悟空偷吃了王母娘娘蟠桃宴上的仙桃，才有了长生不老的资本；这也正说明天上仙桃与地上水蜜桃的不可比性。有缘无分的情人当属牛郎织女，因为是隔银河而终无渡，假如是依偎在小桥流水两遍，美都美死了。

在地球面前，人豪言万丈，气壮如牛，可以像崔健一样在地球上撒点野，可以吼一吼，让地球抖三抖，可以修地球，可以征服珠峰征服南极，实在觉得有愧于地球，还可以拯救地球，反正是一副主人或者业主的气派。面对天空，人将梦想、浪漫和仰视糅合在一起。黄河算了不得了吧，但是黄河之水天上来，最了不得的是天；天价、天敌、天才、天怒，天就是至高无上；以好莱坞的经典大片《星球大战》为首的太空科幻片，无一例外的是外星球人对地球的入侵，不经意地就显露出人对天空的敬重和心底抹不去的畏惧。

似乎牵强附会。人类在几十年前就登上了月球，九天揽月之豪迈完全等同于五洋捉鳖之能耐，但是且看看人类是如何形容自己的太空行为，就能看清楚在太空面前，人，完完全全是一个介于婴儿和幼童之间的孩子。到了太空，人的最伟大的壮举是太空行走，像陆地上一个孩子的蹒跚学步，大人理当为他喝彩。多年前，美国的阿波罗号和前苏联的联盟号两架航天飞船在太空中实现了对接，称得上是一座里程碑，但是"对接"两个字，简直就是孩子在玩玩具。人在对待地球时所有的底气，一旦穿越大气层，竟被燃烧殆尽。"征服"、"拯救"、"与天奋斗"之类的强悍词汇，没有一个被收入太空词典。

留下的是童心和浪漫，这与人类对地球的现实态度完全不同。遨游太空，畅游太空，显露出的毕竟是纯真的理想；硬邦邦的彗星活动，竟然变成极其小资的"流星雨"；那当然是来自于人对天际的态度。曾经有过一位美国富翁，花了2000万美元去太空玩十天，既是在人间摆阔钱有多么多,也是要去天空看看天有多么大。虽然天有多么大,是看不出来的,否则也就无所谓是天了;并且天再大是不是有尽头,还真说不清楚。于是天就是人类的梦想。

戴绿帽子的日本小朋友在箱根火山春游

地上一缕烟

天边一朵云,地上一缕烟。

假如香烟对人体的健康没有危害,那么它一定是既富有经典的意义,又包含时尚的韵律。无论是驰骋沙场、还是委身官场、还是纵横商场、还是牵挂情场,烟总是上好的添加剂。那几个至今还回忆得起来的外烟广告,要么是西部牛仔,要么是沙漠吉普,威猛得让每一个男人都对香烟动心。可惜,只要它是香烟,就注定了尼古丁的成分,就注定了它的尴尬的命。香烟是如今世界上唯一一种出演"自虐秀"的商品,一边推销自己,一边念念不忘打自己的耳光:香烟有害健康。看香烟盒上这一条提醒,好像是一个地主老财戴了高帽低头认罪一般。

"自虐秀"是有效的,因为一部分人不吸烟了,但是"自虐秀"也是痛苦的,因为香烟的销路也备受自虐。日本唯一的烟草商"日本烟草"做了一份调查,日本成人烟民所占全国人口的比例,已经超低,在为烟民创新低纪录而欢呼的时候,"日本烟草"宣称将有"减味"香烟问世,提倡明智吸烟,还将有一份五公斤的黄金大奖垂青某一个,当然是某一个烟民。估计在金条上将镌刻如下几个金光闪闪的大字:吸烟有害健康,敬请明智吸烟。所谓金光闪闪,也算有了名至实归的感觉。

撇开香烟对人的危害,隐隐约约,人对烟素来有好感。地上一缕烟,天边一朵云,具有美学上同等的价值,乃至和烟有关,都是一幅幅隽永的水墨画。烟花三月是踏青的,烟波浩渺属于岳阳楼的,烟雨蒙蒙献给琼瑶的;又见炊烟四起听乡村音乐的。烟,实是赏心悦目的享受,及至有环保意识之前,大凡歌颂工业欣欣向荣,一定会有工厂的烟囱冒出滚滚的浓烟当作见证。即使是近百年前的香烟老板,不经意地也真给后人留下了诸多的眷恋和收藏：香烟壳子和香烟牌子，尤其是香烟牌子，当年仅仅是为了香烟促销塞在香烟壳子里的一张画片而已，与如今可以抽出一根五公斤的金条大奖比起来，实在只配是给小孩子玩玩的。但是就是这样的玩玩，玩出了一段传奇。"美丽牌"是第一代的国产烟，它的香烟牌子上的女模特儿，当然算得上是美女，62岁那年，竟然死于26岁小警察的劫色，真是美死人了。

既然美人上了香烟牌子，那么男人抽烟也就有了风度上的讲究。看一个人夹烟、弹烟灰的手势，基本上可以判断出这个抽烟者的身份和修养。这些年烟斗悄然复苏，还有些许烟斗秀成为时尚的热宠，让人悠然想见了丘吉尔斯大林叼着烟斗的不可一世。叼烟斗应该是极其讲究技术含量，大约比女模特着比基尼泳装的难度还高；还应该讲究空间，或许是在踱步，或许是仰靠在沙发，而不是在牌桌上、发廊里。

最早发明香烟的人，一定不会发现香烟里有尼古丁，也一定不会发现香烟可以考察风度和讲究，香烟牌子可以成为值钱的收藏。当然更不会发现，在中国，香烟可以堂堂皇皇地成为敲门砖式的礼品。"毛脚女婿"上门，拎两条香烟孝敬未来的丈人,三四十年以来竟然就成为了坚定不移的民俗。某个洋女婿上门也被女友要求拎两条香烟,洋女婿愕然:香烟是有害健康的,怎么可以当作礼品送给你的爸爸?

恨不美之心

爱美之心人皆有之，为了爱美必然恨不美，于是恨不美之心也人皆有之。偏偏美是我所求，不美是我所有，于是我爱我所求，我恨我所有。绕开所有的花里胡哨，恨不美之心，就是恨自己之心，恨自己不美之心。这样的美或者不美，可以是容颜，可以是物质，可以是身份。有时候恨得心平气和，有时候恨得心动过速，就有了以假乱真的心术。

如此爱与恨互为因果的关系，应该归功于、也可以说归咎于1921年诞生的选美和1962年诞生的硅胶隆胸，当然还有亭亭玉立在两者之间的比基尼。倘若说选美是在给女人上一堂美女欣赏课，比基尼是在用标准的三围数据启发女人学会自我批评，那么硅胶隆胸是在鼓励女人，你也可以做魔女。选美和硅胶隆胸的创立者当年不可能想见到的是，选美是将最小一部分女人当作普天下女人的理想，隆胸是让绝大多数女人拥有最小一部分女人的生理参数。女人在梦幻般面前自惭形秽，但是又不失抄近路、做小弊的聪明。

过高的、并且很多寻常之人难以高攀的标准，以及随之产生的附加值，一定会产生追逐标准的名利场，名利场又一定是以假乱真的天赐良机。

以假乱真的招数对于爱美叫做整容，对于社会秩序叫做违规，且是无法彻底灭绝的违规，绝非是维纳斯身上可以卸载的两条手臂。英国算是一个国民素养很高的国家，绅士多得可以像农民工一样成群结队，但是绅士中就有伪绅士。有一份英国人自己做的调查证明，1/4的求职者在写简历时会夸大其词甚至编造职业经历，平均到每个求职者头上，频率竟高达每人撒谎3次。英伦尚且如此，更何况英伦之外。有太多的生活细节需要造假，需要仿冒，又有太多的生活细节需要防假，需要反假。

视频技术粉墨登场，让情侣的卿卿我我有了更亲密的效果，却也是看得见对方是否专注，更使对方无处逃遁。这世界所有亲密的玩艺儿，都暗藏了不信任对方的杀机，反过来说，所有的不信任，都来自于亲密的过分。

按照常识，爱与恨总是看得越清越能接近事实本身，诚信更加需要近距离的观察。但是来自于年轻人恋爱的经验证明，如今很少同一单位男女自由恋爱的。可以卡拉OK，可以打情骂俏，但是真要恋爱，还是找不认识的——不在于要找一个有距离的，而在于要找一个略略模糊的，因为自己也是略略模糊的，当然房子工资绝不含糊。

中国有位国画大师曾经极富黑色幽默地模糊过一回。"文革"时为生计所迫，大师一时动了以假乱真的念头，自绘了一张乘公交车的月票；山水尚且信马由缰，何况是区区月票？大师自绘月票果然以假乱真；可惜大师终是有作假技巧而无乱真表演，被卖票员当场抓住。假如大师那一张自绘月票如今还在，无疑也是艺术瑰宝，足够大师率六亲终身免费绕地球飞行；而且大师身价高高在上，更是频频有仿冒者赝品潜入于世，这是从爱美到恨美到乱美的极端行为。

　　乱美乱多了，竟使得爱美和恨不美也模糊起来。有个女孩走在马路上被星探看中，女孩怀疑星探是骗子，要星探出示介绍信，星探出示了介绍信，女孩依旧不相信，因为介绍信和公章都可以伪造。女孩看不清楚，晕了，星探说不清楚，也晕了。

谁对谁的征服

同样是山，贫穷时代爬山是生活所迫，翻山越岭的一定是穷人或者是颠沛流离；到了文明时代，登山变成了一项让人向往的体育运动还连带着时尚的内容。越是高的山、越是爬不上去的山，越让人朝思暮想，就像攀登珠穆朗玛峰，已经成为人类这大半个世纪的一段文明史。

在欣赏登山队员的勇敢和坚强的时候，我们很自然、也是很习惯地想到了一个词：征服。几乎没有人怀疑这样的解释：为了登上珠穆朗玛峰，有多少次功亏一篑，有多少次半途而废，更有多少次捐躯在狂风雪崩之中，只是为有牺牲多壮志,才有一次又一次地前赴后继,笑傲喜马拉雅。

珠峰被征服了吗?没有,珠峰依然是8848米,依然挺然屹立傲苍穹,人类每一次攀登,依然是充满了艰难困苦和随时随地都会降临的凶险。珠峰不是西班牙斗牛场里的公牛,再桀骜不驯,最终也会被斗牛士一剑封喉。珠峰没有倒下,没有被征服。人在征服牛的时候会有快意,人在登上珠峰的时候会有快意,但是登上珠峰不是征服者的快意。因为珠峰不是人类的对手,更不是人类的敌人。人类攀登珠峰的历史,不是征服的历史,而是渐渐亲近的历史。其实这其中并没有深刻的道理,只有一个对世界的态度。

大自然是人类生存的土壤,当人类以征服者的姿态去对待大自然的时候,就会将践踏和亲吻当作一回事,当人类以一个朋友的身份去接近大自然的时候,就会将大自然的野蛮当作神秘,当作进一步接近的动力。假如是一个征服者,完全可以开着飞机从珠峰顶上掠过,完全可以从卫星上获取珠峰的所有信息,但是这就像包办婚姻一样扼杀了攀登珠峰的意义。从1953年人类第一次登上珠峰到现在，人类刚刚触到珠峰神秘面纱的一角，离揭开面纱还有很远很远的日子，攀登就是如此的细细品味。而比起六十多年之前，人类对珠峰的了解，人类对珠峰的热爱，伴随着每一次攀登而增强，虽然这个女友不免野蛮，还经常使性子，但是人类对她痴心不改。细细想一想，人类真的不是一个征服者，而且也不应该是一个征服者，恰恰相反，人类是一个被征服者，是被珠峰的魅力所征服，以至于有再大的艰难险阻，都会不屈不挠地攀登珠峰。让我甘心为了你，付出我的所有。

那么人类的征服意识是从哪里来的？难道人类登顶的快意中就没有征服的成分？有的，人类确实是个征服者，人类亲近的是珠峰，征服的是自己，征服的是自己的懦弱、鲁莽、愚昧、毛糙、混沌，就好像一个人跑马拉松，他最终征服的究竟是四十多公里的那段路程，还是两个多小时的时辰，还是他自己？登山的勇敢和坚强，是为了登顶的快意，而登顶的快意在于我可以和珠峰亲吻，而你在喜马拉雅的山脚下，远着呐。

惊回首

一条大学生的生命停留在了登山的山路上,当然不是第一次,也肯定不是最后一次。旧的记忆仍旧刻骨铭心,新的悲剧却再度上演。这是真正的惊回首。

有多少人感叹大学生登山悲剧的频繁。从来没有听说农民登山发生事故的,这不是废话吗?假如是农民就不叫登山,叫上山,上山砍柴上山放羊;也从来没有听说工人登山发生事故的,这不仍然是废话吗?假如是工人就不叫登山,叫爬山。上山或者爬山照样也会发生事故,但是基本上归类于社会新闻,完全无法和大学生登山事故相提并论,并不是农民工人的生命不重要,而是大学生做的事情叫登山。

其实是没有必要讨论大学生是否应该登山这样的话题,就像没有必要讨论人类有没有必要去征服珠穆朗玛峰一样。农业社会,愚公移山都来不及,恨不得将所有的山都夷为平地,怎么会从登山中发现愉悦?再高的山,再举世闻名的山,登上去了又下来了,一无所获,至多是带下来一捧海拔六七千米的高山白雪,算是精神上的纯净和提升。也就是一个短暂的有效期,一览众山小之余,照样踯躅在水泥森林的根部,并未见到登过高山的人回来之后就比别人崇高,嬉笑怒骂,一如平地行走之人。

燕雀焉知鸿鹄之志。混沌社会与文明社会的区别,常常不过是需要和不需要的东西对换而已。登山肯定如此。登山不比马拉松,马拉松在筋疲力尽的时候,充其量是躺在地上,登山假如筋疲力尽,那么就是牺牲——要登山就会有牺牲。我一直以为登山的愉悦就在于一览众山小、极目楚天舒,但是一旦想到一边发生着人命事故,一边前仆后继地登山,而且这就是全世界登山的普遍规律时,登山的愉悦绝对不仅于此。登山的凶险在于悲剧就在身边,而登山的快感就在于有这样的悲剧,而我足以跨越这样的悲剧——从地雷阵里全身走出来的人,显然会获得一种特别的快感,登山就是在不断地发生人命事故时才会显出它的艰难和了不起。

这么一想便会觉得,登山事故对于一个个人来说,是一个不幸的悲剧,但是对于登山来说,是一件必然会发生的事情,而且还会有概率在其中。

以我为本

不约而同的,大家都在关心人类的命运和生存,这是一种准则,假如谁熟视无睹,那么谁就面临着被开除人籍;这也是一种时髦,假如谁漠不关心,那么谁简直就成了一件捐给贫困山区的旧衣衫。

为了准则也为了时髦,大家都显示出了空前高涨的热情,连向来"重利轻离别"的商人,也挤兑着参与,并且喊出了比文化人更文化的口号:科技以人为本。虽然它不过是句广告,但是它对人类的自我关心,真的关到了心里。比起那些"全面呵护娇嫩的你"、"唤醒女性沉睡的肌肤"、"男人要有一点爱"之类的甜腻和浅薄,

"以人为本",要多深沉就多深沉,要多豪迈就多豪迈,要多亲切就多亲切,文化人都是自叹不如。当然,这么响亮的口号,多半还是商人出钱雇文化人写的。

"以人为本"的亲和力,在于它一事当先,先替人打算。不过大家早已经有了一种常识,凡是口号强调的事情,恰恰是实际生活中发生问题的事情,否则也不必强调了。就像强调提高市民素质,说明市民素质不高一样,强调科技要以人为本,说明很多时候,根本没有把人当回事。风光一时的玻璃幕墙建筑,是以耀眼为本,却很快因为刺眼而成为新型的污染;十字街头的人行天桥,还被当作过一道景观,那是以车为本,想到了千车万车奔腾疾,却忽视了老人过桥上气不接下气,直至后来亡羊补牢地安装了电梯;想当年农药属于了不起的科技发明,只是在绿色食品诞生之后,人们才一阵阵的后怕——原来农药是以杀生为本;毛泽东曾经批评有些共产党人不是想革命,而是想当官,那是革命以官为本,以至后来有一个批判性的专有名词,叫做官本位;寒冬朔风时刻,小姐们一袭短裙翩然碎步,让老人们看得都会发抖,小姐们却还舔着冰麒麟,那是以美丽为本,以美丽战胜严寒；当代世界军事史，实在也是尖端科学史，从原子弹到贫铀弹，从地雷到细菌武器化学武器，哪一件是以人为本？谁知手中枪，杆杆皆残酷。这时候，人的聪敏和狡猾一览无余，先是用科学发明了它们，然后又用法则限制了它们。

这么些毫不相干的事情可以凑合在一起，是因为"以人为本"太难，往往目的是以人为本，结果却把人遗弃了。令人啼笑皆非的是，即使以人为本了，也未必见得是对。比如中国人口失控的年代，是最经典的以人为本。一个光荣妈妈生出十个光荣孩子，人多力量大，只是人多到了人满为患的程度，以人为本更多的是某某人某些人的随心所欲。还比如让世人伤透脑筋的疯牛疯猪疯羊，也是以人为本结果：给牛吃科学合成的、比草更容易长肉的荤素什锦。于是牛疯了。如今科学家终于想明白了，牛就是吃草的命，只有给牛吃草，才能挤出牛奶。人养牛的时候，不是以牛为本，养鸡养鸭养蟹养鳖的时候，当然也不可能以鸡鸭蟹鳖为本，都是以人为本，确切地说，是以人类为本，以我为本。这个"我"，是最自私的伟大，也是最伟大的自私。

于是有人提出，应该以自然为本，乍一听，很温馨，但是自然到了极致，就没有了科学，人也就回归到了猿人。还有什么意思！

知道的，就知道了，不知道的，仍旧不知道，上海淮海路上，爱马仕来了

惩罚本是一场秀

想到惩罚居然可以用作秀来抵押,是在联欢会上。

每逢过年过节,有单位必有联欢,有联欢必有表演节目,有表演节目必有奖品。既是奖品,就决定了只有幸运者或者是胜利者才能获得。纯粹的抽奖太便宜了幸运者,别人看得也嫉妒啊,至少表演一个节目吧,唱歌朗诵之类。这是从最贫瘠的年代传承下来、在富足时代继续发扬光大的保留节目,曾经是为了一支铅笔一方手帕而激活艺术细胞,如今的奖品即使是一部刚刚出品的苹果手机也不算奢华。

有人提议"击鼓传花",花传到谁的手里,就请谁表演一个节目,然后给他一个奖品。但是立即招来反对,而且理由中充满了历史和现实的对比与交错,以前击鼓传花,大家最怕的是花落我家,常常鼓已停而花不止,最终的护花使者,实际上是游戏的失败者,他受到的惩罚是表演节目,其实这和打牌输了钻桌子夹夹子是殊途同归的手段。加上贫瘠时代,人人只会大鸣大放大辩论,短于小琴小调小歌唱,于是羞答答,扭捏捏,千呼万唤始出来,是上台者的共同造型,为了几秒钟的"哼哼哈兮",就要折腾十分钟,最终以一份奖品作为对失败者的安慰;惩罚与反惩罚,起哄与突破重围,联欢要的就是这个味儿。20年前,摄影家雍和在公园里曾经拍过一张团员联欢活动的"击鼓传花",极为传神。在如今的卡拉OK时代,花钱唱歌都足以通宵达旦,一唱雄鸡天下白;稍稍谦逊一点没有很快点歌,冷板凳上就会坐上个把小时——歌者在作秀,不歌者在受罚。潜移默化地,惩罚变成了秀。当联欢会还照样寻找受罚者的时候,受罚者实在是一阵窃喜,不用拖拖拉拉,便声情并茂起来,恨不得多唱几首,还可以拿奖品。于是有人提出,今后联欢会受罚者,不是必须唱歌,而是不让他唱歌,让他喉

黔东南瑶族女子敬酒歌唱起来,实在吃不消啊

咙痒得难受，然后奖励他一盒金嗓子喉宝。

惩罚脱胎换骨为作秀，于是人人不惧惩罚，同时人人又爱看人家受罚，这实在也是一道看似简单却难以解答的社会课题。去闹新房的时候，这种惩罚与作秀的场地交换，更加明显。以前闹新房，垂下一个苹果让新人去咬，趁机让他们亲个嘴，都是一件比登天还难的事情，如今倒是开朗无比，新郎新娘钻在被窝里，在众人起哄之中，一件件衣服脱下来往外扔，有一点点零星抵抗，很快，领带、衬衫、胸罩、内裤，都一一缴了出来，于是众人也算是将闹新房进行到了底，知趣地退出了新房。闹新房者还未走远，里边的新人笑将起来，他们的肢体早就不陌生了，脱不是惩罚，而是表演，更是正中下怀的喜悦，巴不得早点开始这个程序，所以面无赧然地三下五除二；有一句成语仿佛就是为这样的闹新房度身定制：半推半就。

真作假时假亦真，罚作秀时秀亦罚，看不到受罚的本身就是一种罚，总不见得想看受罚的时候，就跑到马路边看警察惩罚交通违规者。

成功之母

这还用说?

差不多连一年级的小学生都明白,成功的母亲叫做失败。科学家就是认失败为母亲的;体育的世界冠军总是把无数次的失败做垫背的;更不必说艺术家了。与此有关的经典故事,边看边掉眼泪并不稀奇,边看边激励自己也是常有的事儿。许多人看着这么伟大的人都曾经失败过,才知道自己的失败入情入理,而且还知道失败像个小媳妇一般,总有熬出头的时候;虽然不能说失败到底,就是胜利,但是"失败乃成功之母",确实也已经到了铭心刻骨的程度。

只是,当许多成功者在讴歌成功之母时,许多失败者却在为苦苦找不到母亲而沮丧。那些考了三四回大学而年年落榜的高考生,是不会津津乐道失败给了他多少母爱的;那些做着影星梦、歌星梦、舞星梦、作家梦的男男女女,也必定是随着猛醒时分的到来,放弃了寻找母亲的念头;还有那一支失败了几十年的足球队,按着它屡战屡败的资历,简直可以找到两三个母亲了,结果连个后娘都没有找到。更有许许多多平头百姓,一辈子沟沟坎坎,一辈子跌跌撞撞,一辈子惨淡经营;万事俱缺,独有东风;饥不择食,败不择母,拉到家里就叫娘。然而那成功之母恰似一弯明月,可望而不可亲,只照你身,不暖你心。

比起春风得意的人来,失败者的失败往往是另一个失败的开始,成功者的成功则是又一个成功的先兆。一个无名小将和一个世界冠军,谁更容易受到印象分的青睐?一个小业主和一个大老板,谁更容易做成大手笔的生意?一个文学青年和一个著名作家,谁更容易著书立说?某位著名作家,在几十年前还不是作家的时候,竟然是冒用当时著名作家的署名发表成名作的,这也算是对成功之母的一个注解。再看看男女明星们，因为是明星，便轻而易举地获得了各种身份和称号，还轻而易举地开店开公司，注册资金动辄上亿，也同样轻而易举地著书立传拍电影，发行量票房牛气冲天，更同样轻而易举地宾客盈门，笑纳人家馈赠的别墅和珠宝之类。面对如此美事，不必眼红，红了眼还是轮不上你；人家炉火纯青，你炉中的柴火还在田里种着呢。

成功是成功之母。

接受这样一个事实，其实也不见得让人窘迫，让人心灰意懒，让人心态失衡。相反倒是可以激励自己去成功，而不是长久地安于失败的现状，长久地安于"牛奶会有的，面包会有的"的自我慰藉。

接受这样一个事实，其实也不见得抹煞在逆境中奋起的精神。一个人成功十次百次并不难，难的是成功第一次。正因为成功前的失败极其痛苦极其严酷，所以，对于成功来说，失败这个角色，更像是严厉有余的父亲，而不是宠爱有加的母亲。

接受这样一个事实，其实也不见得同时接受失败者永远失败、成功者永远成功的宿命论。"成功"这个母亲，有时候也是个百般溺爱的母亲,是个唯儿独尊的母亲。如今些许有点脸熟的明星们、名流们,不是已经被"成功"这个母亲宠坏了?而且宠坏了还在加倍地宠。

这样的时候,往往是失败者和成功者交换场地的时候。

我的向明中学班主任、语文老师王素真先生,九二高龄,给我寄来了她亲绘亲书的贺年卡,还有一封对我充满期望的信,拆开信的时候,真是少有的激动

火 烛

假如火不会伤及人命和财产，那真的算得上好玩，而且很好玩。在所有人的记忆中，都曾经有过玩火的记忆。在大人看不见管不到的角落里，或许是一根火柴引爆一盒火柴，或许是一把火烧毁了蚂蚁的运输队，看到蚂蚁在火光中四处逃窜，就好像自己是格列佛在俯瞰小人国的鬼鬼祟祟，不免得意；甚至还觉得人家生煤球炉都是一件特别好玩的事情。通常来说，幼年的火游戏都是充满稚趣的。乃至偶尔听到消防车呼啸而过，便会冲出弄堂尾随一阵，恨不得消防车拐个弯就停下来，其实往往也就是一场虚惊。

第一次看见火灾，便是一场著名的火灾，四十多年前上海文化广场的火灾。大概相隔两公里之外，看见了冲天的火光，那时候也正好是看多了战争影片，又处于备战年代，第一感觉不是灾难，而是和电影很像；大家在教室里坐不住，老师以学校纪律来极力阻止，却有同学喊了句口号，火光就是命令，火场就是战场，哗啦啦十几个男生便向文化广场奔去。当然是凑凑热闹，况且谁也没有能够冲进火场，警察早就封锁了现场。文化广场一把火，烧掉了文化广场，倒没有波及民居，所以许多人是生来第一次将一场火灾看够了瘾。实在太过瘾的观火者，还参加了救火，结果，这一场火灾死了十几位救火者，全部都是没有消防经验的群众，其中还有学生。

第二次看见火灾，不仅看见了，而且还听见了，听见了撕心裂肺地呼叫；相隔二百米的小弄堂里，冬夜里的一场火，堵住了消防队的进路，隔断了居民的退路，二百米外的观火者被火光照亮惺忪的脸，看都看得心在跳、脚在抖，心里都在为自己逃难做打算。作为灾难，那场火大概算是很小，但是它给予人的颤栗，远远超过了文化广场的火灾，因为它就发生在眼皮底下一条弄堂里，有一个大家认识的人死在了火灾中，据说就是因为煤球炉子取暖不成取来了火取走了命；当火成为实际生活中的一场灾难，不管你有多大的胆，你都胆战心惊，就像一条眼镜蛇窜出竹篓，那不是好玩，那是要命。

渐渐地，火灾多了起来，凭着消防车常常奔波在马路上，就能感觉到火灾的"此起彼伏"。明明知道火灾会烧出人性命，但是火灾还是像诸葛亮初出茅庐三把火总是免不了。按照人的进化学说，学会使用火，是人类进化的重要标志。每届奥运会的火炬全球接力，多多少少包含了纪念人类祖先用两块石头擦出火花的里程碑意义。如今取火太容易了，容易到了一不小心就走火的程度，于是防火的意义，已经不亚于人类祖先取火的意义。如果谁发明了不走火的装置，那么他一定会获得全世界的最高荣誉，奥运会的火炬，将多了一层意义。

一切皆有可能

当今世界两个最大的体育品牌耐克和阿迪达斯无论如何未曾料到，他们最富有创意的广告语，进入中国后可以融化为最有创意的行为。阿迪达斯的"一切皆有可能"(Impossible is nothing)，可以当作腐败、暧昧和阴暗的广告：一切皆有可能，甚至还可以拟人化："谁都有可能"(Impossible is nobody)；如若不信，可以用耐克的广告来作证："就这么做吧"(Just do it)。事情就是这么暗合。

如果明天公安局把某个当红明星抓进去了，有可能；如果明天公安局把某个政要抓进去了，有可能；如果明天公安局把某个老板抓进去了，有可能；如果明天公安局把某个世界多少强的董事长抓进去了，还是有可能——谁都有可能。就像是《尼罗河上的惨案》，谁都有杀人的动机和机会，但是和《尼罗河上的惨案》凶手仅是一男一女不同，有可能被抓进去的人多了去了。

几年前的中国足球界拉开了"一切皆有可能"的序幕。像过年时候的一个水果篮，一张透明薄膜包裹得严严实实，具有审美的价值；也因着这份审美价值，成为辗转流连的礼品，大家已经不关心捂在水果篮里的水果是否已经腐烂。待到最后一个接盘者拆开透明薄膜，把水果一个个翻过身，烂的，烂的，还是烂的，怎么就没几个好的？主人拿了把水果刀，将就着削掉苹果上的一个烂点，一直削到了苹果心，还是烂的；将就着再削一个生梨，和苹果一样的结局。夸张一点说，这一个水果篮，就像是中国足球。或许削剩下来的水果，可以烧一锅水果羹，再要做水果拼盘是不行了：当车尔尼雪夫斯基杞天忧人般地思考"怎么办"的时候，耐克手一挥：就这么做吧（Just do it）。

历史是由偶然事件揭开内幕，也是由偶然事件改变走向的。有一天，水果篮上那一张有审美价值的透明薄膜不知怎么被戳破了，篮里有个苹果滚落下来。这个苹果是好的还是坏的？"一切皆有可能"(Impossible is nothing)。

弗拉基米尔·伊利奇在莫斯科红场，当然是模仿的，看他不要钱

一世中的一年

那一个晚上，上海市中心所有马路上都是暴走族。第二天清晨打开手机，几乎所有的微信都在诉说自己的暴走经历，走三四个小时不在少数，地铁公交车已经停运，出租车倒是有，当然里面坐了人，但是车已经被暴走的人堵塞在马路中间，根本无法动弹。暴走族纷纷拍照，记录下当夜的月明星稀，记录下全城暴走的盛况。即使是电视台现场采访，也无法比拟暴走族全方位全角落的真实记录。

那一个晚上，是2013年12月31日。每一年的最后一天，总会有年轻人走上街头，辞旧迎新，许下一些自己的心愿,但是没有如此壮观的。上一次的"人来疯"辞旧迎新,已经是1999年的12月31日了——那是跨世纪的意义。这一个晚上"疯"在哪里?原来为了2013年与2014年"一生一世"之谐音,许一个最美好的心愿。

原本"一生一世"之类于我已经没什么关系,但是关系还是来了。上海书城发出跨年度签名售书的邀请,我带着《上海制造》去了。在当日晚上的活动中,我向读者介绍了一位重量级嘉宾、我的中学同学、国家游泳队教练叶瑾,她特意赶来参加签名售书活动。当时读者们纷纷赞美她的高贵气质,对她这么一位大气而低调的女性还略略陌生。那一晚以来,叶瑾对我的祝福,我实现了不少。更重要的是,叶瑾的得意门生宁泽涛在亚运会上一鸣惊人,"小鲜肉"成为了最耀眼的明星。四十多年前,叶瑾还是向明中学学生的时候,就去了国家游泳队,后来做了教练,曾经培养了齐晖,如今又冒出来宁泽涛。在"一生一世"中,有如此的壮举,美哉。

那时节,恰逢打车软件的疯狂,先是加价可以优先,很快便是坐出租乘客和司机各自享受补贴,这一份便宜谁都喜欢。还有余额宝,每天眼睛睁开一刷屏,便看到了入金纷纷，心情也为之愉悦。只是好景不长，打车软件和余额宝很快像流星一样漂亮地划过，然后消逝，到了2014年将要过去的时候，几乎没什么人还会想起它们曾经的令人激动。撇开它们的是是非非，它们短暂的活力容易被人忽视，那就是它们的时尚活力。在第一时间熟稔地使用打车软件和余额宝，是年轻人，这就是年轻人的生活元素，年轻人的时尚元素。当一些中年人亦步亦趋好不容易学会怎么打车怎么赚钱的时候，两大流行软件已经不疯狂了，像是几声秋蝉。

"一生一世"是心愿，也更是行动。可以上升为一生一世的年份肯定是好年，所谓好，就是结婚的好年和生育孩子的好年。如今的世俗规矩和宜忌越来越烦杂，借着马年的吉祥，快快来吧，结婚的结婚，生孩子的生孩子。在我的办公桌上，隔三岔五地又放了一盒喜糖或者一盒喜蛋，还要问一下是哪一位年轻人结婚了还是生孩子了。偏偏现在的喜糖和喜蛋是差不多的盒装格局，常常会拿了喜蛋盒问是谁结婚。一生一世的事情，在这一年中完成，尤其是生孩子，虽然也有人劝解，会导致人为的生育高峰，影响将来的读书就业，但是那是将来的事情了。

已经到了"一生一世"的份上,当然也肯定不可能仅是普通人会追求,公众人物有自己的心愿。可能是"一生一世"被过于放大的缘故,事实上也就是两个普通年份的对接,但是再回过头去看这一年的时候,"聚散两依依"也确实有公众人物在扎堆。传奇的牵手和离奇的分手,甚至传奇的再牵手和离奇的再分手在这一年中益加频繁。《三国演义》开首语的"分久必合,合久必分",好像就演绎为"三角演义"的是是非非。我的年纪注定了我不会过于关注娱乐,但是我对所有当事人的态度方式有兴趣。有些人在喧闹,有些人在抓狂,有些人在弥合。

在这一个"一生一世"的年份中,注定有一个人的一句话,将成为名言,哪怕过了十年八年,这一句话仍然弥久历新:"且行且珍惜"。不管这五个字是马伊琍的智慧,还是她的团队危机公关策略,这句话就是经典。它不仅包含了人生的态度,也具有禅学的深度。这是一个开放式的人生命题,足以涵盖爱情,事业,家庭,官场,生命,精神,物质,人际关系,两性关系,亲情关系……简直就是每一天,每一次,每一步,"且行且珍惜"已经到了座右铭的地步。因为这一年,行而不珍惜的人,情场,官场,职场,杨柳岸晓风残月,都多了一点。"但愿人长久,千里共婵娟",说明很多时候,人都很难长久。

也许中国大妈才是一生一世最恒久最坚决的践行者。在年初黄金价格一路下滑中,"中国大妈"成为了一个具有全世界知晓度的专有名词,她们汹涌,她们坚挺,她们豪放。黄金价格没有止跌,但是中国大妈的名气越来越响,买黄金的是她们,跳广场舞的是她们,出手阔绰的还是她们。我曾经在游轮上见识到中国大妈的大手笔。五天游程结束前的早餐,听得邻桌几位中国大妈聊天,说话声音响得很自信。其中一位说,我这一次带出来八千元……我心里还在猜想是什么货币,不低的话语声旋即飘来:只剩下一百美元了……这一个年龄层次的中国大妈前半生蹉跎多,后半世派头大,明年复明年。

一生一世是美好,凡是美好一定不容易。于是不容易的美好会更美好。

年味之淡之走

一个传承了几千年的节日,到了要用"保卫"这么一个严峻的词汇,来回味它往昔的欢乐时,实在也是有点滑稽的。滑稽在于,春节并不像某些传统的民俗文化,已经濒临失传或者消逝,如果不保卫,那么这一些民俗文化真的就将绝迹。春节每年都是好端端地居于一年之首季,为了过一个春节,每年元旦之后,人也就没有了心思,总是被"过年"纠缠,甚至过完了年,还要慢慢调节自己的过年情结,直至正月十五之后,才能从春节中摆脱出来。春节根本用不着保卫,但是保卫春节又是很多人的呼声,这才是滑稽的由来。

每年春节时候，总是可以听到两种唠叨。一种是四五十岁以上的老生常谈：念叨以前过年的好滋味，菜场排队如何纯朴，童年游戏如何情真意切。另一种是30岁以下的前卫发言：从来就没有觉得春节好在哪里。即使既不会怀旧也不前卫，假如问他春节是不是很开心，他一下子都没有办法回答，因为吃得好睡得好玩得好都不再是衡量是否开心的标准。但是假如，假如取消春节，或者重新过一个津津乐道的几十年前的春节，所有人都不同意，至少一个长假没了，至少7天懒觉睡不成了，至少年终红包和压岁钱没了派发的理由。

曾经有过几年，人们对春节无法重新燃烧起自己曾经有过的激情，吃着饭店里的年夜饭，看到的是一双双迷失的眼睛。我们能够回想起贫穷时代春节的乐趣，却体会不出富足时光春节的意思。如今回想起来，这不是春节的错，是我们错把春节当成了一个"粮食节"和"衣服节"，于是当粮食和衣服不再是春节的必需品时，我们就连节都不会过了。虽然平日里都高唱着"平平淡淡才是真"，但是当春节平平淡淡时，茫然成为了一时的话题。这是脱贫之后的必然阵痛。好在经历了茫然就是豁然开朗，人们重新从春节中找到了开心。春节改变着我们，我们也在改变着春节。

以前我对春节没有特别的好感。因为春节太一本正经，这个节日虽然气氛很浓重，但是更多的浓重都来自于它的仪式。是节日，就会有节日的仪式，仪式就是规矩就是习俗，在所有的节日中间，就数春节的规矩最重习俗最繁，必须吃的和不允许吃的，必须穿的和不允许穿的，必须说的和不允许说的，必须做的和不允许做的，宜忌分明，简直是繁琐的交通规则，这就是春节，这也大抵是许多人曾经不太喜欢春节的理由，使得一个人在节日里都像是在江湖之上，身不由己。如今的春节还是节日，仍然习俗多多，规矩已经越来越少。更讨人喜欢的是，春节越来越像个假日，而不仅仅是节日，它越来越善于将原来的习俗演变为新的假日方式。可以旅游，可以睡懒觉，可以做很多的尝试，可以做一个所谓的性情中人。甚至一个家庭主妇可以在年初一就晾出去一条被儿子尿湿的裤子，而不必忌讳"裤答答滴"谐音于"苦答答滴"，尽管如今的主妇在年初一还没有如此这般的勤劳。

每一年春节，老人都会对孩子说，你长大了；每年长一岁的孩子，渐渐长大成人，并且有了沧桑的阅历和眼神，看着这么多年春节年年岁岁岁岁年年，居然也就像看到了自己的孩子：你也长大了。历经少年的无邪和青春期的骚动，春节终于迎来了它长大成人的季节。假如说，春节有什么开心的话，长大了的春节，就是开心的源头，平平淡淡的假日才是春节的返璞归真。

如果要说到保卫春节，倒也有需要保卫却很少被意识到的险情。如今的春节年味是淡了，但是越来越铺张了，攀比了，奢侈了。一个压岁钱红包上万的不少，然后小朋友又捐出了压岁钱。这是年味淡了么？不，是年味走味了。

心想环游

和朋友闲聊旅游。朋友说,要是我现在邀请你环球旅游,你接受邀请吗?当然啊。怎么个环球?我的兴趣陡然上升。

最有环球旅游味道的不应该是飞机,飞机太现代了,地球兜一圈是很快的事情,非常急吼吼,飞机上又一直绑着安全带,浑然没有悠然自得的闲适,一举一动都在空姐温柔却敏锐的监视之下。火车适合旅游,但是火车旅游就是一段路程,若要环球,这两条铁轨还不知道怎么铺在太平洋上。

环球旅游,最理想的承载工具,一定是船,被称之为邮轮的船。环游的"游"是三点水，恰恰隐约解释了船的优势。因为船是一个各色情感的载体，是一个有层次有变化的空间和时间，在船舷，在过道，在酒吧，甚至在盥洗室，它让素昧平生的人在这个空间频繁地邂逅，它让人追逐而追得上，让人躲闪而躲得了，让人放肆而放得了。若是环球旅游，船再好不过，它使旅程变得悠然，同时它还有海水作为依托，海天一色，明明知道自己的照相机根本无法记录这样意境，却还是你照我照；即使是一个人独处，在船舷"凭海临风"，也是独而不孤——让人幽思也幽得了。大海和苍天有足够的心胸，容纳任何的千媚百态和凭栏沉思。好莱坞把一个极其平常通俗的爱情故事安排在《泰坦尼克》展开，恰是对船的特性的注解。

环游是一件带有童话或者传奇色彩的事情，鲁宾逊漂流记是童话，成龙的电影《80天环游世界》是传奇，于普通人来说，环球旅游足以想入非非的事情。朋友对我说，不是想入非非，你我都可以，我邀请你去啊。现在，这样的邮轮航线也不少了，从上海起航，地球兜一圈再回到上海，比成龙的80天环游世界，还要多出3

天,而当年蔚为壮观的泰坦尼克号原定旅程,仅仅只有12天。

我没有接受邀请,朋友不是玩笑,我则笑不起来。83天的环游,对于当下的我来说,有点遥远,一年将近四分之一的时间漂在海上,游在异国,感觉会严重影响生活。我不是一个日理万机的人,却也是一个无法完全游离自己生活三个月的人。我相信与我有相同心境的人肯定不少。我反问我的朋友,你会去吗?朋友似乎脸有赧然:好像会想家的吧。

至少在目前,环球旅游并不是为每天忙碌于俗常生活的人开设的。这个社会有忙碌的人,也有空闲的人,还有既有闲又有钱还有兴趣的人,他们才是去实现环球旅游的童话和传奇的人。还有谁呢?还有是那些不仅有能力赚钱,还有能力把自己的时间空出来的人:环球旅游是生活质量,也是生活态度。

当然环球旅游也是奢侈,消费的奢侈,时空的奢侈,精力的奢侈,也许还是感情的奢侈。如果一个人在上船时一见钟情,漫漫三个月,不知这一份情会漫游到哪里呢。其实这还是在臆想至少是误解了邮轮漫漫旅途,就应该是一个家庭,花三个月的时间在船上无所事事,去化解另外九个月的琐碎和俗常。邮轮是称得上文化的,乘邮轮环游,倒也真是文化之旅了。言下之意,我还不是文化人哪。

后来听说,83天环球游,终于没有成行——没几个人报名。幸好我也没有接受朋友的邀请,也不至于失落。

卫生问题

有一些很小的事情,如果用放大镜放大,却是有意想不到的发现,并且涉及很广泛的社会历史科学,还有价值观。

在本书《先想到了什么》一文中,说到了不同文化背景的人使用抽水马桶时为什么要盖上马桶盖完全不同的理由,我常常将此话题抛给朋友们,每次都有参与性很强的讨论。抽水马桶本不登大雅之堂,原先所涉及的使用习惯是一个卫生问题,现在还是卫生问题吗?还是理念问题?好像都不完全是了,好像已经是环保问题了。有关好空气坏空气,是一个大雅之堂的重要课题。

以前只有卫生问题没有环保问题。卫生可以提到很高的高度，比如"以讲卫生为光荣"，还比如"爱国卫生"，此类标语口号至今还有深刻记忆。如此说来，不光荣的人不爱国的人也真是不少。后来生活水平提高了，每家每户干干净净，不再低要求地讲卫生，而是高水平地求环境，追求环境优美，追求装潢豪华。

十多年前流行参观朋友的新居。几乎每一个新居都有一个共同的亮点——亮，亮在于灯多。在某一个新居，主人打开所有的灯，吊灯、顶灯、射灯、壁灯……客人几乎被亮晕了，主人神情喜悦：一共有二百七十多盏灯。在另一个新居，主人更加豪迈，大概三百多盏灯吧。当然这些灯中包括了连串的，但是几百盏灯在居家之内，用现在的话来形容，是土豪，但是在十几年前，是时尚——土豪常常就是披了时尚的外衣的。

十几年过后，谁都不会这么土了，大家都知道了，灯开得太亮不仅是土豪，还不环保。居家的市民是知道了，但是这一个城市倒是还不怎么知道。夜里霓虹使得这一个城市失去了夜的魅力。白天不懂夜的黑，其实白天更不懂夜的白。以前要去南京路看霓虹灯，看彩灯，如今想要找一条只有路灯没有夜照明没有 LED 的马路实在太难了。有一幢还算是科技创新的大厦,就在上海某一座浦江大桥的旁边,晚上整幢大楼被 LED 包裹,还不间断地五彩缤纷。在一个城市因为贫穷而夜里黑暗的时候,梦寐以求的是不夜城,当一个城市整夜整夜像白天一样刺眼,像一个人整夜整夜失眠——不夜城不是美丽是环境污染,是没有把好空气保护好。某一晚,我路过此大楼,拍了张照片上传到微信,竟然有很多朋友都见识过此楼,于是人人口诛笔伐。

有一个现象蛮有意思。在网络上每个人都有强烈的环保意识,在生活中也常常习惯于不让坏空气释放出来,但是同时很多人自己常常没有意识到自己要将好空气保护好。某次是在瑞士,旅游大巴上不提供卫生袋,导游解释瑞士人爱干净,车上不要吃东西,当然很方便的零食是可以吃的。车上有众多年轻白领,大多不从也罢了,忽而听得车上有咬坚果声,居然有几人在吃小核桃;也是这几位,居然可以自得其乐在大声嚷嚷之中。有人说这是个人修养问题,说到根子上了,环保问题归根结底是修养问题,他们制造的坚果颗粒污染和声音污染都来自于他们缺乏最起码的修养。如果从"爱国卫生"的角度衡量,实在是不爱国还是在国外呢。

有人不珍惜好空气,在别人眼里那些人就是坏空气。于是别人的应答有两种,一种独善其身,盖上马桶盖拒绝坏空气,另一种应答是,坏空气已经太多,也就跟着坏。

第二种应答,似乎没有这么弱智的,但是请注意,这是一个寓言式的提问,所谓寓言,那就是谁都知道夸张到了极点,谁都觉得自己不可能,但是事实上,就是可能。千万不要指望一个指甲沟里嵌了污秽的人,会晚上做一个洁癖的梦。他们顶多在梦中,用沪语读了一句有关爱国卫生的传统口号,并且梦中笑出声来——爱国卫生掀高潮,瓜皮纸屑莫乱抛……

绰号"三毛"

想起张乐平想起了三毛,想起了三毛又想起了什么呢?想起了一个绰号:三毛。

曾经有相当长的历史阶段,凡是学生皆有绰号,简直可以怀疑NBA球星皆有绰号的做派就是模仿了中国学生的想象力,只不过,NBA让绰号成为了更深入人心的代名词:飞人乔丹、邮差卡尔·马龙、魔术师约翰逊……而中国学生的绰号几乎是极尽挖苦嘲讽之能事,逼迫绰号的主人既愤恨又不得不接受。印象中"三毛"是一个最常用绰号,大概就像英语名字中的杰克、迈克尔一样的寻常;而且"三毛"这个绰号有形象却无太多的恶意,比起"癫痫"、"扁豆"等等,"三毛"算是可以接受的绰号。

其实就没有一个被叫做"三毛"的孩子真是头上只有三根头发的,或者是头上长过一个疤,或者是看上去稀了一点点,或许是一早醒来有几根头发不服帖翘了起来,于是"三毛"的绰号伴随到毕业,甚至什么理由都没有。某次有相隔几十年的同学未见,其中有一人还是被大家叫"三毛",他也不生气地应和,实际上人家头发好好的,而且也是很有身份的。

好像还没有人在以绰号作为自己研究的文化课题,而绰号虽然回荡在孩童间,但是一定是并不肤浅的民俗。比如"三毛",假如没有张乐平的三毛,孩童的乐趣分明就缺少一大块。上升到文化的层面,没有了"三毛"这个绰号,就是低了一个文化台阶。中国至今也没有一个漫画大师,创造出一个三毛之外的形象可以让孩子们起起绰号的,孙悟空不是绰号,猪八戒是绰号,多少有点侮辱人的意思,完全不似"三毛"包含了谐趣。朱德庸的四格漫画倒是了得,但是有个高手说,朱德庸有图有故事有文字,独独缺少形象可以传世,哪像"三毛",说到这么一个名词，眼睛前就一闪而过三根毛。以至于小时候画出来的人头顶上总是三根头发，当然很粗的三根。再看杂技的小丑跑出来也总是三毛的打扮，

很久的后来，看到外国杂技中的小丑居然也是三毛，恍然想到两件事情，一是张乐平在中国的空前绝后，在世界的不可一世；二是民俗学家、艺术家们真要向张乐平谢罪，这么生动有趣的一个三毛，长期以来，却被流放在孩童的绰号天地里，就没有一个人想到它的价值等同于迪斯尼的米老鼠唐老鸭。大约是三毛的卖相不够伟岸吧，他命苦，只配流浪，而不配在岸边"小螺号，嗒嗒地吹"，更不配"让我们荡起双桨"，假如有人提议让三毛担当某个国际活动的吉祥物，肯定有人怀疑提议者脑子有毛病，当然是不会有人提议的。我觉得2010年上海世博会最贴切传世的吉祥，就应该是三毛，而不是如今已经被遗忘的海宝。细细一想，"三毛"是蛮受委屈的，似乎三毛也就是这个命了，质本俗来还俗去，一俗俗到绰号里。

倒是有人看中三毛的三根毛的，那就是一个原名叫陈平的台湾女子，她的"三毛"名字叫得响绝，但是总

觉得是一个与三毛无关的三毛；也还曾经有一种毛纺品，也以三毛冠名，却是觉得滑稽，也就不去推究其起名的缘由。假如要做推究，那就去推究孩童为什么喜欢将"三毛"作绰号？还有，当年张乐平在创作三毛时，为什么不是二毛、四毛、五毛，甚至干脆就是无毛的光头？

1978 年的易拉罐

要是有一个 1978 年的易拉罐储藏到现在应该很值钱，但是在 1978 年的中国易拉罐比当时的茅台还贵。

如今大家都在津津有味地咀嚼回味 1978 年改革开放后的巨大变化，着眼点大多在于家电、交通、通讯、衣着、住房、副食品等等的今非昔比。这当然都是很有意思的比较。不过从体育界传来一些回忆，却别有一番滋味。参加 1978 年年曼谷亚运会的选手，当年二三十岁的年轻人，如今六十岁上下的中老年人，他们对当年参加亚运会的回忆，用"引人入胜"来形容，毫不为过。

先听听足坛宿将年维泗的回忆。他说参加曼谷亚运会的中国运动员，第一次被允许将自己的真实地址留给外国人。在1974年德黑兰亚运会时，中国运动员给外国人留的地址是统一的，这是纪律，是政治问题，不管你是哪个省的，地址一律是"北京体育馆路9号"——那是国家体委训练局。这说明1978年的曼谷亚运会，真是个里程碑。

另一件具有里程碑意义的事情，当属金牌获得者第一次拿到了奖金。中国男篮的绝对主力黄频捷，拿到了200元奖金，而且已经是最高档次的奖金。黄频捷说，这钱都吃了，不是贪嘴，是讲究营养。当然，物质奖励是有了，可是谨小慎微的心理还是依旧。在曼谷那个火热的地方，人家送给了中国运动员许多T恤，黄频捷和伙伴们一开始都不敢穿，后来终于穿了，竟然全都翻过来穿反面的，因为怕正面的英文字母和图案给人家看见，弄得送T恤的外国人见到黄频捷他们一脸的莫名其妙。

宋晓波当年大概是功亏一篑、屈居女篮亚军的缘故，已经记不起来是不是拿过奖金，可是她清楚地记得当年参赛时的业余生活。男队员学唱歌的胆不小，什么"你要是嫁人不要嫁给别人，一定要嫁给我"，居然唱了一遍又一遍,男队员还会带着副军棋到女队员房间来串门,但是带照相机的人倒是很少。宋晓波本人是带了书奔亚运的:"没错,我是在飞机上看完《基督山恩仇记》的,那时兴看名著,平时时间少,比赛倒有时间了,再说在曼谷,屋里也没电话……"

那一年曼谷亚运会上,自行车运动员张立华第一次见到了易拉罐。那是在曼谷机场。他至今非常清楚地记得,那个易拉罐饮料是白色的,有一串银色字母,其中有"7UP"字样;当时大家看着这小易拉罐都觉得新鲜,还是服务人员帮着给拉开的。张立华"当时的心思是想办法带一个回去,给我爸喝,他这辈子没尝过这么好的东西"。

重淘这些老古时,谁都会对当年的一切报以哈哈大笑,但是谁都不会将当年的一切来嫉妒今天。

若为工资故

现在的工资收入实实在在地加入到了隐私的队伍中去，别人万万问不得，也算是繁文缛节西风东渐了不少。在"文革"时，工人阶级的工资单是全方位公开的，那时候的青年工人此生将永远铭记这样一个数字——36元，他们就是拿着举国一致的36元月薪开始谈恋爱、结婚、生孩子。于是在民间，曾经有过"36元万岁"的口号。直至"四人帮"下台，工人阶级终于破天荒加上了工资。36元万岁万岁万万岁，不到10年就作废。不过只能加5元，而且只有40%的工人才能加上这宝贵的5元。

因为晋级面只有可怜的40%，另外60%只有干瞪眼的分，所以，从加工资的小道消息传播直到加工资结束，生死搏斗步步升级，为这5元钱，几乎什么事儿都能干都肯干。师徒诚可贵，姐妹价更高，若为工资故，一切皆可抛。单位头头也因此处于一级战备状态。有些人擅长风攻——到头头那儿煽煽风，背靠背地揭发别人的错误缺点，比如上班时打私事电话或者偷几张单位的报纸回家之类，以此确保自己挤进40%的晋升圈，殊不知别人也在背后说他的不是。有些人好用水攻——一把鼻涕一把眼泪地泣诉，若加不上工资便会失恋便会离婚，以孟姜女哭长城的精神哭到头头心慈手软为止。有些人的拿手好戏是化学战——拿着两瓶敌敌畏或者安眠药去见头头，加不加是你凶，吃不吃是我凶。有些人的杀手锏是迷踪拳——自知肯定归属60%，便从此失踪，家属每天到劳动局喊冤。有些人对糖衣炮弹颇有研究——也只是拎两袋强化麦乳精而已。当然也有不少美人计和仿美人计之类。

于是，哭得死去活来的，吵得天昏地暗的，花得两腮泛红的，闹得鸡犬不宁的，精神终于变成物质，在40%之中抢占去相当的席位。这就不得不委屈只会干不

工资袋啊工资袋,如今谁靠你发财

会喊看到头头冒冷汗的人儿。对这些人,头头们虽然也常常怜香惜玉,但是最终往往还是情不自禁地把他们作为顾全大局、发扬风格的小卒,公开表扬他们物质变成精神的伟大与痛苦。这些人即使毕恭毕敬地去找头头,也常常是满载着一张空头支票而归——下次一定考虑;只是下次复下次,下次何其多。到了下一次,旧头已换新主,这一张旧支票,怎会有新头来买单?让人深深感动的是,当时国家劳动总局还必须为此在《人民日报》上发表谈话以解决这些思想问题,可是60%的人干瞪眼的问题解决不了,思想也就解决不了。

三十多年过去,当年加工资的盛况现在说起来简直是不可思议,并且有了忆苦思甜的味道。老百姓如今断不会为了加工资而死去活来。即使要死去活来,那也一定是死活在别的事情上。

就像波西米娅花瓶

美丽的东西总是脆弱,也因为脆弱,才显得重要,比如健康。就像是波西米亚的玻璃花瓶,完好的时候看它一眼都舒服,破碎后却一钱不值,纵然是重新粘合起来,也已经布满了裂缝和裂痕。于是大家通常对花瓶的保护都是小心翼翼,花瓶的包装盒上一定有明确的提示:易碎品,朝上,并且还要画上一个高脚酒杯……

健康是如此的重要,为了健康,我们需要快乐不需要忧愁,我们需要轻松不需要沉重,我们需要豪放不需要猥琐。于是我们去快乐,我们去时尚,我们在心里,已经默默地将健康快乐和时尚看成是《三国演义》中刘备、关羽和张飞的桃园三结义,或者是一个浑然天成的三人演唱组。但是想一想,再细细地想一想,根本不是这么一回事情,它们更多时候就是在互相抵触,是永远暗战着的同桌的你。你不得不承认,时尚和快乐的诞生,就是我行我素,根本不会考虑是否会妨碍健康,而健康却常常阻拦着时尚阻拦着娱乐。

就像小姐们脚下的那双高跟皮鞋。

高跟皮鞋刚刚始于足下,医学专家就看不下去了:高跟皮鞋有碍于脚的健康。这份忠告绝对是有道理的,但是这份忠告绝对是没有人会理睬的。这就是时尚一贯的做派。回想一下,时尚几乎是在同医学专家的坚决斗争中时尚起来的。当年牛仔裤刚刚风起云涌,有悖于道德教化不说,医学专家也是一脸惊恐地指出,由于牛仔裤紧包屁股,男青年长期穿着会危及精子生长;还曾经有过松糕鞋唐老鸭一般地流行,医学专家担心少女的脚就将失足在松糕鞋里,果然那时节药房里的伤膏药特别畅销;还有化妆,医学专家更是谆谆告诫,应该淡淡妆天然样。医学专家一如既往的忠告,总是一如既往地被时尚当作耳边风。在健康像上帝一样地受到顶礼膜拜的时代，唯独时尚天马行空，也真是无畏了。

以往在寒冬时节女性一袭短裙而产生一句名言：美丽战胜严寒，如今当时尚一再对医学专家大逆不道时，又产生了一句名言：美丽战胜健康。比如女人的吊带裙和低胸的夜礼服，从中世纪的欧洲时尚，一直到二十一世纪在中国盛开，有时候看着两条光闪闪的纤纤玉臂都会有点凉意，估计年长后必染肩膀的风寒，但是时尚来了，健康都挡不住。在鸡尾酒会上，为了健康，难道就不穿礼服而去穿老棉袄吗？

至于快乐，她和健康常常几乎就是分道扬镳。许许多多的乐趣，许许多多的浪漫，许许多多的情怀，交织在每个人的每天每夜。通宵达旦的欢娱，唱歌也罢，跳舞也罢，上网也罢，秉烛夜读也罢，打麻将也罢，过劳伤身，过娱伤神。将黑夜当作白天的延长线，人人都知道不应该过娱，但是谁都难以拒绝，因为那真是一种快乐，而对于健康来说，又只能是一种必须做出的牺牲。如同专家对人的睡眠有许多界定一样，据说专家对人的性生活的频率也有诸多高见。有一份报道说，一方面有许多人的性生活处于低频状态，另一方面有更多的人的性生活，早就越过了专家打造的雷池，因为性是人的乐趣，要人家在乐的时候，想及专家们的高见和过欲产生的不健康，那实在是快乐并痛着的故事了。传媒大亨默多克70岁还与小娇妻生了个孩子，算是挑战人类极限。还有喝酒，任何有关健康的文章都主张戒酒，而且大家也都如此地承认，但是一醉方休的人就在我们身边，常常，就是我们自己。

健康是目标，同时也是约束，所谓约束，就是牺牲，健康需要用牺牲用奋斗才能获得。真是太严肃了。以前常常有人慷慨陈词天上不会掉下馅饼，天上不会掉下幸福，天上就会掉下健康么？馅饼是要去做的，幸福是要去创造的，健康是要去奋斗的，要为健康而奋斗。哪怕是一个花瓶，也须小心轻放，谨小慎微地供着，更何况是有关性命的健康？

要奋斗就会有牺牲，就会付出代价，这种牺牲出去的，肯定不是鸡肋一般食之无味弃之可惜的东西，也肯定不是我们的鄙视我们的唾弃，否则也无所谓牺牲不牺牲。比如我们不能说远离毒品就是牺牲，尽管毒品是健康的死敌，但是毒品是罪恶。比如我们不能说不嫖娼是牺牲，因为嫖娼与社会公德相悖。所谓牺牲，是我们的喜欢甚至是我们的珍爱，而且偏偏又是合法的甚至是社会公德提倡的，就是忍痛割爱。忍的最大的痛是快乐，割的最大的爱是时尚。

需要牺牲的项目还有很多。因为提到了牺牲的高度，也就见得割爱的困难。有时候甚至就会想，牺牲了又如何？割爱了又如何？曾经有一个段子，是讨论健康与牺牲的问题的。说是有个男人去向医生求长寿之道，医生问：抽烟吗？回答说：不；喝酒吗？不；熬夜吗？不；玩女人吗？不；吃动物内脏吗？不……都不？是啊，都不；都不？那你还要长寿干什么？这个段子看似无聊，却是说出了乐趣和牺牲之间应该有一条黄金分割线。人是需要健康的，人也是需要乐趣的，而乐趣很可能是妨碍健康的，不能因为乐趣而忽视健康，就像不能因为健康而丢掉乐趣一样。

当健康阻拦着快乐和时尚的时候，健康俨然是一个唠叨的长者；当健康需要小心翼翼地呵护时，健康是一个娇小的女孩子，她有两个承担着呵护责任的哥哥，一个叫做快乐，一个叫做时尚。

裤袋里的一把硬币

工作不是生活的全部——就像太阳也不是天空的全部,像这样逻辑和比喻双重的力量,谁听了想都不细想就信了;按照这样的逻辑还可以狠狠地推理一番:爱情不是生活的全部,财富不是生活的全部,家庭不是生活的全部——凡是生活的一切,都不是生活的全部。

有很长一段时间,人人喜欢看天,因为在天上有美好的概念生活:生活是火红的太阳,生活是明亮的月亮,生活是美丽的彩虹,生活是坚定的北斗,至少也是繁星似锦。那时候的生活,就是仰起头看天,当然那时候看天的机会也很多,比如夏夜里,没有人没看过天的,天上的一切都可以当作生活的一切，做出来的梦都像云在天上飘荡，只是爬不到天上去……后来，生活像飞机着陆一样有了着落，看天成了怀旧，即使生活不如意而找不到北，有看着天发呆的，却鲜有看天找方向的，就算是跟着孙悟空西游了一番，"敢问路在何方"？答案却是很坚定的"路在脚下"。

任何东西一旦到了脚下，既是最现实的，也一定是最琐碎的最零落的，而且完全不似在天空，看似有实是无，而是实是有看似无，什么都是生活，却很难说得清楚生活是什么。就像一把硬币，小孩子，也有些男人，至今还保留着裤袋里滞留一把硬币的传统习俗，这一把裤袋里的硬币，基本上也就是每个人接触得到的生活，当手插在裤袋里的时候，啊哈，那个最大也是最有质感的，当然是一元，那个很小的倒不是面值最小的，是五角……因为我们早已确认每一枚硬币的基本价值，所以对待硬币的态度是胸襟开阔的，即使偶尔掏钥匙包的时候一枚硬币滚落在坑坑洼洼的地方，便再懒得拾起，因为硬币不是财产的全部。

就好像说工作不是生活的全部，只是一把硬币中的一枚硬币，所以放弃工作，放松放松自己的心情，好像就时尚起来。当然如此不啬硬币的人，肯定不是一个生活拮据的人，如此不稀罕工作的人，肯定不是一个尝到过失去工作苦涩的人。工作不是生活的全部，但是一旦没有了工作，许多人就没有了全部的生活——突然发现那一个丢了的硬币，是磨破了裤袋，从裤袋的小洞洞中溜走的，更要命的是，原来的一把硬币，竟然跟着工作那一枚硬币，全顺着小洞洞溜走得一个子儿也不剩——不必说上饭店渐渐奢侈，就是打手机都悠着点。紧挨着轻松的心情，便是焦灼地寻找新工作，还托了人，请了吃，其实到最后找到新工作，也仅仅是在自己的裤袋里放进去了一枚硬币而已。

少年不知愁滋味，知愁滋味就不再是少年。年龄渐长，愁滋味渐知，年龄渐长，裤袋里的硬币渐少，早就不工作了，早就不想入非非了，早就没有乐趣了；原本一大把的硬币掉啊掉的，就只剩下了最后一枚，插在裤袋里的手将这枚硬币死死揣在手心里。对于曾经孩提的人来说，这枚硬币是回家买车票的钱，对于暮年的老人来说，这枚硬币的正面和反面刻了同样的两个字：

生命——每个人的一生,都仅仅是挥霍这一把硬币的过程。

八仙桥,年轻人是不知道了,连卡福就在八仙桥,几年前让位于美美,如今,前度连卡福又重来。再要淘一个老古,连卡福这块地皮,曾经是嵩山电影院,一幢西班牙风格建筑,有点像大世界,九十年代拆掉了

小女人有小女人的姓

喜欢小女人。男人大都这样。

有句很说明小女人好的成语,叫做"小鸟依人",因为鸟儿小,人才能被她倚靠,要是一只老鹰俯冲而下,人一定会被他吓死。请注意,在写到小鸟的时候,我用了"她",在写到老鹰的时候,我用的是"他",这种性别上的选择,既是民间故事的传统,也归入到了人们的通识。

想想影视、小说中的女主角,他们都是虚构的人物,被起了一个虚构的名字,恰恰是这种虚构的名字,体现出了小女人的特征、小女人的惹人喜爱。比如姓

"白"的女子特别多。从五十多年前《林海雪原》中的白茹开始,哦,要从《白蛇传》中的白素贞开始,历经琼瑶的言情小说,直至眼下的青春剧,姓白的女子没完没了。白茹/白洁/白云……为什么这么喜欢姓白呢?因为"白"有纯洁的意思,有纤细的意思,有弱小的意思。"白"与富贵无关,与强壮无关,与粗鲁无关,所以姓白的女人,在读者的想象之中,一定是一个娇小玲珑的小女人。这样的小女人,能够想象她会姓"鲁"吗?能够想象她姓"鲍"吗?不能,尽管真实生活中什么样的姓的女人都有,姓白的女人却非小女人的也一定不少,人们还是从"白"这个姓氏中,发挥出自己对小女人的想象和爱怜。

小女人容易让人家放心,让人家有自信心,让人家不生忌妒心。当然女人也是可以做大,作大事业的,也是可以有钱有大运的。假如一个女人了得之余,谈笑间便渗出大富大贵的油脂,友好间更是一派主人翁的姿态,甚至还有一干随从,即使她姓白,即使她是你中学时代的初恋,你一定是退避三舍了。因为她不是小女人,你想怜香惜玉都不成,你想呵护关怀都没有机会,你徒长了宽厚的肩膀,因为人家根本就不会想到要来倚一倚,靠一靠,因为人家不是小鸟,而是苍鹰,尽管苍鹰的性别并非一定是用"他"来表现,但是苍鹰必栖息于大树,而不是靠于肩膀。

呵呵,小女人。

看背影,猜猜她是不是上海小女生

美称在变丑

七十多年之前某一个阳光明媚的春天，金嗓子周璇把自己比作笼中的金丝鸟，生活优越，却再也无法自由飞翔。周璇无论如何没有想到的是，自己对金丝鸟的怜爱，不经意地造就了金丝鸟在几十年后的冤假错案；如今哪个女人愿意自比金丝鸟？即使就是名副其实的金丝鸟，在众人之前也必定是对金丝鸟躲犹不及。至于男人，尤其是有身价有名望的男人，可以怡情名花名鸟，却断不能养金丝鸟，省得金丝鸟没养好，弄了一身坏名。金丝鸟在约定俗成之中，已经成为被包养女人的代名词。金丝鸟就这样蒙受了不白之冤，虽然凡被人豢养之鸟,即使是秃鹫,也是笼中春秋,但是坏名声就由金丝鸟担待了,而且至今都看不出谁会为金丝鸟请命。唧唧喳喳并且灰不溜秋的麻雀尚且恢复了名誉,但是金丝鸟还要将黑锅背下去。假如金丝鸟像人一样具有法律意识,说不定它就要和周璇的后人打一场名誉权的官司。

当然金丝鸟是不会在意人对它的态度的,是人在在意自己对金丝鸟的态度。虽然金丝鸟这个名字,也是人给它起的,而且这个名字本身就是一种褒义的美称,但是如今褒义转化为贬义,美称转化为丑名,于是人的态度像体操中的旋转一样,180度,360度,720度……由人自己来定义。金丝鸟也仅仅是变化多端的人态度中一个不幸者。

不幸者不仅仅是金丝鸟。

比如,宝贝。请闭起眼睛,用五秒钟的时间,瞬间地想象一下你印象中的宝贝是什么形象。足球宝贝,三版女郎,比基尼,性感艳丽,花边新闻;或者就是和金丝鸟梦牵魂绕的桃色事件,在电视剧中,凡是被称作宝贝的角色,基本上是小蜜一类。假如有人对一个陌生女子"宝贝宝贝"的称呼,那一定是性骚扰。就这样,宝贝归属在比上不足比下有余的社会层次里。所以当有人听到一首歌的歌名就叫《宝贝》时,满以为就是足球宝贝之歌,其实稍有些阅历的人都知道,那是印度尼西亚一首特别严肃的游击队歌曲,母亲轻轻摆动儿子的摇篮:"宝贝,你爸爸正在过着动荡的生活……"光阴似箭,日月如梭,宝贝如冰,化成了一摊水。

别以为这种褒贬的变迁都和女人、轻浮有关,男人的遭遇也不怎么好。也是几十年前,当年的乒坛名将李富荣被公认为美男子加轰炸机,那是一个让别人垂涎、嫉妒的雅号,有几个人称得上美男子的?但是在文化圈这个称呼就不那么让人恭维。有一位很严肃的文学评论家,被人家称作"美男评论家",虽然也可以理解为"美男子加评论家",但是那位评论家忍无可忍;因为所谓美男,差不多就是说一个男人是在靠自己的男色在取悦他人,所以,评论家发誓要以一场官司来洗刷"美男"这份耻辱。

那么"美女"呢?当然不是四大美女之美女,连美女蛇之美女也算不上啦,倒是有趣,叫人家美女不会遭遇白眼的。"美女",在当下,只有女性的意思,就是几十年前的"女同志",女同志的称呼是有歧义的。叫人家女同志,那只有习惯叫同志的人叫得出口了。

我不知道她是谁,因为是晚上十点多,有点偏远的轻轨车站已经站台空寂

女人永远有道理

当今社会，最吃得落的是女人，最吃不消的还是女人。最吃得落是在饭桌上，男人们在斗酒，女人们在PK肠胃，吃得最多的一定是女人，而且还有很充足的理由。吃不消是在生活里，按照英国的一项"八卦"研究，女人比男人善于自圆其说，任何一件事情，女人想做或者不想做的时候，理由永远就像消防龙头里的水柱，不是流出来的，而是飙出来的，但是一旦关闭了消防龙头，一滴水也流不出来。

尤其是在绝代或者传宗的问题上，女人真是有令人吃不消的道理。值得当今女人幸运的是，她们赶上了

"我的肚皮我做主"的民主时代,生儿育女完全成了某一种爱好——很多时候,女人是因为有爱好而幸福;只不过是,女人的爱好,不像男人的爱好常常傻乎乎地直来直去,女人的爱好是感性的,感性的是会变化的,感性的是无常的。越有文化的女人,越感性。

有一位文化女人,早早地就有了感情的归宿,并且写文章宣称自己是一个小丁(克),将来就做一个老丁(克);做丁克的好处是那么的充分,以至于她的若干为人母的女友汗颜自己境界卑微。她的丁克生涯完美地延伸着。十年后的某一天早上一觉醒来,小丁克怀孕了。当然周边的朋友都祝贺她,也问及小丁克怎么就丁不住了。小丁好像已经彻底忘记了自己十年来几乎可以称得上主义的丁克主张,她大谈不经历怀孕生育就算不上一个完美的女人,大谈怀孕并不是女人终身的权利;及至做了母亲,她对一个准备扛起丁克大旗的小女人面授做母亲的幸福:侬勿晓得哦,再也没啥事体比自己有一个小人更加开心了。小女人看她的三围,已经想象不出以前为什么就会羡慕甚至嫉妒,但是她一点不以为然,还自嘲是俄罗斯老大妈。再去读读她写的文章,母亲的喜悦溢于言表，哪怕被人家批评俗得像个纺织女工也毫不介意。至于如今二胎之风渐起，那就是新的说法啦。

女人永远有道理，虽然常常先后两个道理是相左的，但是女人就是有本事将相左的两个道理做一个无缝的焊接。生还是不生，当这个问题撇开了女人传统的义务和生存压力之后，是女性和母性之间的较量。不生的道理在于维护女性的美丽，生的道理在于捍卫母性的权利。不生因为恐惧做母亲，那简直就是牢狱，没有了浪漫，没有了休闲，没有了身材……但是女性与生俱来的母性细胞，把一个女性推向母亲，一旦做了母亲，想想自己曾经的幼稚，怎么会是牢狱？去公园看看带着孩子的女人，像是囚犯在放风？倒是没有孩子的女人，可能心中窃喜幸亏自己没有进牢狱，也可能心中暗淡，就觉得生活没有了驱动力。

真怪不得女人令人吃不消，实在是女人和母性的反差让女人吃不消。西蒙·波伏娃的经典著作《第二性》是看到了女性被男性排挤到了第二性，如今在上海这样的城市，第二性差不多就是男性了，但是女性照样面临第一性和第二性的痛苦，只不过两个性都是女性自身，第一性是女人，第二性是母性，这是在这个女人还没有怀孕之前；一旦怀孕做了母亲，那么母性是第一性——现在的女人真厉害，女性仍旧是第一性。

手时代的手指味道

难道就是那一缕淡淡的烟草味道?也未免太小孩子气了一点。既然谓之于一个时代的到来,当然会有些说得过去的理由。

手指的味道,当然应该局限在男人,一个女人即使抽烟,手指上也断不会残留烟味的;男人手指的味道,在于手指没有了味道之后才有讨论的价值。假如是一个老农刚刚浇了大粪从地里归来,有人要嗅一嗅他手指的味道,那是对他的无理。假如是一个满手油污的修车工,人们不可以不尊重他的劳动的手,却不必恭维油腻的污浊——手时代是手不干粗活脏活的时代,是对手工业手农业时代说一声啊朋友再见。男人的手指偶尔也会有味道,那是在菊黄蟹肥的饭桌上,当然那手是一定要在茶叶水中滤味的。

手时代的到来,手娇嫩起来,而且手就是身份的象征,人可以貌相未必见得,人可以貌手一定如此。手伸出来的时候,或者细嫩,或者粗黑,或者优雅,或者低俗,不用细打量,粗略瞟一眼,就明白了对方在三教九流中的归属。这也符合社会前进的需要,男人的手象征着男人的成功与否;女人的手需要美丽,男人的手需要紧跟着优雅,不入流的味道,当然是断断不可有的。西方的名流,尤其是好莱坞电影中的男一号主角,几乎都有一双分不出彼此的手,细嫩柔滑,指甲修茸得像每天刮过的胡子。对了,就像我们看到的比尔·盖茨一样。

如此优雅的男人之手突然遭到了冷遇。美国哈里斯互动调查公司一份调查告诉人们,对于绝大多数的女人来说,最受欢迎依旧是"血气方刚"、"没有整修过指甲"的本色男人,而非那些喷着香水、定时为指甲美容的入时男人。道理倒也简单,不去美容院、很少光顾发廊的男人,会有更多的时间去购买日常用品店,会有更多的闲暇之时多做家务。男人与其会打扮自己，还不如为家里添置几套电器。更要紧的是，这样的男人更可靠。修葺得像白宫草坪般齐整的指甲，居然也是一种不安定的因素，大约这样的手，在优雅并且绵软地挥动中，阵阵暗香浮动，摩挲起冰凉的小手自然磁性难当。浮动中的暗香，就是手时代的手指味道了。对于一个主妇来说，俊朗、优雅的男人所配备的那双时时整修过指甲的手，是艺术品而不是生活用品，女主人需要的是生活。

倏忽间，男人的手，尤其是男人的指甲，变得严肃起来，检测一个男人对两性关系的态度，可将指甲当作试金石。这枚试金石在美国获得了认同，在本地是否也可以屡试不爽？

同学即江湖

多少年来，一直是这样吧。早先是科举时代，赴京赶考的穷书生，几个志同道合者考完试互相作揖，既是道别，也是留下点伏线：苟富贵，勿相忘——如果发达了，不要忘记拉自家兄弟一把；这么一种传统文化一直延续到了大学生时代，毕业在即，散伙饭上最赤诚的语言，依旧是这么六个字：苟富贵，勿相忘，来日混出个人样了，最要记住的是同桌的你我他。时代不一样，但是有相同的内涵：学生总是穷的，总是想出人头地，假如自己没出息，那就要盼望自己的同窗提携。事实上，这样的期待常常指日可待，许多行业里会有某某大学帮某某大学派，大抵就是"苟富贵，勿相忘"的美谈。

只是当学生不再是穷学生、而是像长江商学院之类以培养新一代优秀人才的纯金摇篮里早已富贵之人，并且还是大富大贵。就像任泉所说，他的那些商学院同学中，"亿万富翁都是小意思"，于是再也不需要想着别人来提携，再也不需要想着去接济潦倒的同窗，因为凡是商学院的学生多有大鳄，至少也是未来的大鳄，或者是演艺圈的勤奋杰出男女，学费就是六十几万之巨。这样的人聚拢在一起，每一个人是一座山头，每一个人是一片领地。按理说，再也不可能萌发"同桌的你"的懵懂之爱，再也没有"愤青"的热血，再也没有穷学生半块橡皮的励志……很多人读书是为了成功，成功者读书却又为何？为了成功的读书，是世界上最苦的事情，成功者的读书则是世界上最酷的事情。

充电是扯淡，挑战自我是虚晃一枪，几十万的学费恰如加入上流社会会所的会费才差不多，才是商学院学生们的读书目的。中国的上流社会，最重要的不仅是血脉关系，也是人脉关系。这比战略更重要。在中国，最不能相信的是人，最值得利用的是人脉，只要有了人脉，什么人间奇迹都可以做出来。依旧还是任泉的读书体会："作为一个商人，EMBA能让你认识更多的朋友，同窗的感情总是会深厚一点，合作也简单一些。"与其富贵了去提携一个穷同窗，不如再去结识一个富同窗。依稀听闻到的商场经典成功典范，常常就是强强联手，而强强联手的感情青草地，正是商学院这样上流社会会所。穷书生求的是苟富贵，勿相忘；富学生做的是，已富贵，来结网。境界完全不同。至于从商场再轮回情场，商学院又是一个春情勃发的滋生地，最成功的男士、最优雅的女人之间，没有恨的理由，只有爱的探索。

还有一句名言，看上去与商学院的同学们无关：人在江湖，身不由己。事实上，人没有了江湖，才是真正的身不由己。所以商学院的经历，是让同学们多了一个江湖，同学即江湖，在这一个江湖里，每一座山渐渐地连了起来，山连山，强大到了让想进而进不了会所的男女心生恐惧的地步。

两分法

好多年前热衷哲学的时候,知道了两分法。只是那个时候没有什么事情值得两分法,倘若你对上山下乡进行两分法,那你就是在自找苦吃。幸好两分法没有忘记,如今放眼看去,便知道了两分法的广阔天地。虽然运用起来不免牵强附会,但是很容易获得豁然开朗的妙处。

这样的哲学思维,先从男人和女人开始。

就好像男人有了钱不见得都会变坏,但是变坏的男人中,必定会有有钱的男人。富贵为变坏提供了物质基础,"富贵不能淫"的警诫,本身就意味着富贵容易淫的可能。至于女人,女人不见得是花瓶,但是花瓶必定是女人。进而可以说,漂亮的女人不见得是花瓶,而花瓶必定是漂亮的女人。拒绝做花瓶,仅仅是漂亮女人的清高,姿色平平者就不必佯装一副出淤泥而不染的姿态。

当然,能够适用于两分法的不仅仅是男人和女人。

就好像抽烟不见得会有糟糕的结局,它毕竟不像吸毒那样一吸就中毒,七八十岁的抽烟老人并不少见;但是在糟糕的结局中,必定有抽烟者的卷宗。

两分法的绝妙之处,是辨别那些或者似是而非、或者似非而是的事情,从而不必再为那些无聊的问题争个脸红耳赤。

就好像夜总会、桑拿、发廊,甚至洗脚店,是可以不淫乱,可以不鬼鬼祟祟的,唱歌跳舞是娱乐,洗澡理发更可以理解为爱卫生,讲文明,但是在淫乱和鬼鬼祟祟的事情中,必定有夜总会、桑拿、发廊,还有号称"从头洗到脚"的洗脚店;扫黄行动,总是扫这样的地方,断不会扫到超市、百货商厦、或者烟杂店里去。如若是在超市里面有什么行动,那一定是在抓小偷。夜总会、桑拿、发廊里经常有犯法的事情,但是夜总会的本身是合法的,有营业执照。

就好像麻将，是可以不赌的，是可以成为休闲的道具的，甚至还是可以举办锦标赛、大奖赛的，但是在赌博的花名册上，永远也抹不去麻将的名字。虽然没有麻将也能赌，但是赌起来总会想起麻将。倘若有哪一家调查公司制作一张表格，在大街上任意统计中国十大赌品及其排行榜，其中肯定少不了麻将，而不是围棋、桥牌等等。

麻将的拥护者也完全不必因此伤感，甚至不悦。伤感的是围棋和桥牌。因为麻将和围棋桥牌同属于国家体育总局的棋牌司管辖。为什么？不为什么，麻将也是牌。

两分法是如此的点铁成金，以至于每个人都可以成为哲学家。事实上这只不过是一些事后的风凉话而已。身临其境的时候，必定是头脑发昏的时候。比如传销之类，使得多少有常识的人竟然纷纷失常，一见钟情。只是，当事后轻松地进行两分法时，是否已经有新的问题等待着两分法，然而许多人却浑然不知?

当琐碎变成民俗

上海人的琐碎、不大气，是全国出了名的，完全不必通过春节晚会作中介，每个星期一到星期五的放学时刻，就在小学的校门口，很轻易地找到了上海人的属性：以前是一部脚踏车或者助动车，现在是一溜的汽车，还有警察保驾；夜色已黄昏，心中有明灯。接孩子放学哪。这缺点，甚至说这毛病传播得特别快特别广，那些新上海人，昨天还在蔑视老上海人的行为，今日自己也在小学的门口和老上海人一样的琐碎；至于其他地方，凡是城市，必定和上海一样地犯此城市病。

今天谁都不会批评家长接送孩子来去学校了，但是当年这股风气刚刚蔓延的时候，还真是被批评过的。

粗粗想了想，接送孩子上学之风，始于三十年前的上海。改革开放了，胆子越来越大了，对孩子却是越来越不放心了，最大的不放心，在于上学放学的不放心。三十年前舆论就开始强劲遏制这股不利于孩子素质教育的风气，三十年后，风气已经成为风俗，差不多就是民俗了。一心移风易俗，不料又长出了个风俗。三十年前的强劲舆论，如今甚至还比不上强弩之末。

成不了风俗要立一个风俗难，成了风俗要废除它更难，因为风俗有风俗的道理。三十年了，汽车越来越多了，马路越来越宽了，横道线穿不过去了，学校越来越远了，隔壁弄堂上小学不可能了，路上半小时还算近了，放学越来越晚了，学了数理化，再加琴棋书画，书包越来越重了，作业越来越多了，读书越来越苦了，坑蒙拐骗时有所闻了，歹徒也蠢蠢欲动了……这就是当下小学生的路程作业，这项路程作业恰恰是小学生无法单独完成的作业，从保护孩子的角度看，又是不应该让孩子单独完成的作业。作为监护人，甚至不可以让小孩单独在家里，当然更不应该让孩子单独在路上。孩子理应有校车，孩子理应无作业，家长理应很惬意地在家里等孩子回家——世界上所有冠之"理应"的事情，都是做不到的事情。做父母的、做祖父祖母外祖父祖母的，主动地承担起了理应由社会承担的责任、学校承担的责任，还承担得有滋有味。拉着孩子的手，背着孩子的书包，一天中可以和孩子最轻松的沟通，也唯有共同完成孩子的路程作业了。在琐碎中见天伦，在小气中见责任，也算是上海人精明聪明的一绝：他们只是笑呵呵地说一声现在的书包真重啊，现在上学真远啊，一点都看不出埋怨的样子。

到哪一天，孩子大了，大到了不要家长牵他的手了，大到了他自己想单飞上学了，大到了他讨厌家长去接他了。做家长的，嘴上说，啊呀，终于熬出头了，心里却是掠过一丝很不淡的失落：一个固定了好些年的生活方式戛然而止了。有时候经过孩子的学校大门，看到攒动的人头，就会想到曾经的北风猎猎，裤管瑟瑟。孩子不再需要接送了，但是另一种形式的接送一直在延续：为孩子落实中学，为孩子落实家教，为孩子落实老师开出来的辅导书——依然是有滋有味。"天大地大，不如孩子读书事情大",这话是不对,可是怎么个对法呢?琐碎、不大气的上海人,是解答不了这个问题的。

玉石上的《上海制造》,杨忠明篆刻

需　要

如今的人是越来越实在了。有一份调查表明，将近百分之四十的男人，确切地说是百分之三十七点五的男人，在好女人的排行榜中，把"最有魅力的女人"的桂冠热情地献给了贤妻良母。作出这个庄严选择的男人，大多既有高等学历，又是有家有业，所以，他们的选择自然包含了权威的成分。

虽然美貌、聪明和可爱仍旧被公认为好女人的三大要素，但是贤妻良母似乎更受当今男人的爱戴和喜欢。正所谓，美貌诚可贵，聪明价更高，若为贤良故，两者皆可抛。想着若干年前，道德学家还竭力号召男人要注重心灵美，不要以貌"娶"人，却没有太多的小青年响应，如今接近一半的男人都喜欢贤妻良母（这个数字比重甚至超过了西方总统的首轮选举），大概也是这些男人在生活中的经验或教训所致。

这样看来，贤妻良母也是吃得苦中苦，方为女上女了。只是，即使是贤妻良母的自我感觉，恐怕也不会有如此之好。既为妻为母，必是中年光景；花季之年早就不是了，不管自己是不是就范，一双手不再纤细而粗糙，一张嘴不再甜美而絮叨，原来的杨柳枝如今成了冬瓜腰，连自己想刹车也刹不牢；原因是把人家喝咖啡、听音乐、谈情调的时间，都花在了贤良之上。这些都是做贤妻良母的代价，否则也就不贤不良。虽然贤良无悔，但是实在不敢奢望，悄然间自己已是最有魅力的女人。有些贤妻良母甚至不敢高枕无忧，深怕一觉睡去，接收魅力的人到了别的地方去接收别人的魅力。这中间，一定就有高举着"贤妻良母"金匾的、百分之三十七点五的男人。

并没有调侃贤妻良母的意思，也不是数落百分之三十七点五的男人。如此众多的男人对着贤妻良母唱赞歌，当然也不坏。只是男人唱这赞歌，实在是自己、自己的家庭需要贤妻良母,而不是喜欢。需要和喜欢有点儿像,却又不一样。如同人需要电。大多数的男人,因为敬重贤妻良母,所以也就把需要当作喜欢,把美德当作魅力,并且执意把军功章分一半给妻子。

与男人需要贤妻良母相似的是,女人需要有事业、而且也有点钱的男人作为丈夫。但是这样的男人通常很少有空陪她们兜商店,甚至说说话的功夫也不常有,更不要说共游撒哈拉沙漠这等三毛式的闲情逸致。这一定不是她们所盼望、所喜欢的,但是也正是和她们互相需要的。

需要并不是坏事儿,最要紧的是需要,然后才是喜欢。国乱思良将,家贫念贤妻,也就是需要的意思。如今足球俱乐部招募球星,唱片公司和歌星签约,都像是夫妻一场,各取所需,倒是"喜欢"偶尔会沾些许腥味。比如在上司喜欢异性下属时,绯闻也就跟了过来;在上司喜欢同性下属时,总让人觉着会有什么勾当发生,就像皇上和宠臣一般。

如此,不妨将"最有魅力的女人",改为"最需要的女人"。

谁的眼泪在飞

一个内地小镇的九岁小姑娘,被邻家的鞭炮炸瞎了双眼。之后的哭诉、哀怨、求医、绝望、慨叹、状告,就像所有此类悲剧故事一样,无一例外地一一发生。听者或是看客,虽然怜悯之心油然而生,却也是不会再有什么新意,就把它们当作了一部有点掉牙的哭哭啼啼的古装戏。日子久了,除了小姑娘一家,谁的眼泪会因为小姑娘的遭遇而飞?

小姑娘的母亲却把这段司空见惯的遭遇,引向了意想不到的境地。那是在记者追问她如何设计女儿的未来时发生的。小姑娘的母亲和父亲不惜倾家荡产,到市里借了一间陋屋，每天陪着女儿去读盲童学校。这不令人惊奇，惊奇的是小姑娘母亲对记者的回答。

为什么要让女儿去读盲童学校？记者问。因为在当地，亮眼孩童不上学的也不鲜见。

女儿长大后，你准备让她做什么？记者又问。

小姑娘的母亲没有想过要让瞎了眼的女儿去当盲人音乐家，根本没有这么浪漫地想过。那是个贫困的小镇，决然不像繁华的都市，音乐似乎成了市民的生活必需品，连扫街车也要音乐伴奏。贫困的小镇是容不下音乐这个奢侈品的。在那个小镇上，从来没有出现过音乐家，虽然有过拉胡琴的瞎子，那是乞讨营生，全然不需要去读盲童学校。小姑娘的母亲既然倾家荡产地让女儿读了书，便不会甘心让女儿将来去过讨饭的日子，肯定是为女儿想好了一份需要文化知识的职业。

小姑娘的母亲没有想过要让瞎了眼的女儿到福利工厂去当工人，根本没有这么现实地想过。那是个贫困的小镇，不福利的工厂也只有七八家，余下的是烟杂店小摊之类，福利工厂这个词，恐怕许多人听都没有听说过。在那个贫困的小镇上，正常人的求职尚且无法满足，甚至就没有求职的传统,当然谁也不会意识到,需要谋生的,不仅仅是四肢健全五官端正的人,连小姑娘的母亲也没有这么认为。

小姑娘的母亲没有想过要让瞎了眼的女儿去向残疾人组织求援,甚至将来成为它的工作人员,根本没有这么清醒地想过。那是个贫困的小镇,要开创的事业实在太多,以至于慈善事业还没有成为事业,如同火车铁轨还没有铺设到那个小镇一般。诸如爱心工程、求助热线这样的事情,与几十年前的城里人一样,听来一定极其陌生。这陌生,自然包括小姑娘的母亲。

总之,小姑娘的母亲没有想过要让女儿长大后去做需要文化的事情。可是她偏偏要让女儿去读盲童学校,而且不惜付出倾家荡产的代价。

在小姑娘的母亲看来,想必一定有什么职业,既用得着文化,又容得下残疾,还能赚钱养活自己。

关于女儿的将来,小姑娘的母亲只是平静地说了这么一句:我想让她去学算命。

"空　叔"

允许我一点点夸张。在那一刻，我创造了历史。

轻轻扶住送餐车不锈钢扶手，与一个空姐面对面，她退我进，从头等舱直抵经济舱的末排。这是发生在从上海飞向成都旅途之中正儿八经的事件。在这一个航班中的一小段时间，我当上了空乘。

二十年前，上海有十八位纺织女工当上了空乘，因为都是已婚、且三十上下的年纪，所以被称作"空嫂"。比起当年空嫂的年纪，我又上了好几个台阶，叫做什么呢？我给自己起了一个名字："空叔"，恐怕"空叔"都已经勉强，或许更应该是"空伯"？不管是"空叔"还是"空伯",历史就这样在不经意中被改变了。在中国民航史上,大约还没有一个像我这样的年纪,没有经过任何的培训,直接担当起空乘的,虽然仅仅是那么几步。于是我又一次想到了柳青长篇小说《创业史》的开首语:人生道路虽然漫长,但是紧要之处就是那么几步。

"紧要之处"来自于之前半年的一次轻松创意。上海航空杂志社主编的一本汇集了上海每一个区人文地貌的书《上海魅力》将要出版,我因为一直在《上海航空》杂志上开设专栏——2013年出版的《上海制造》许多文章便是来自于同名专栏,并且2014年的新书《为什么是上海》,也将在上海书展期间首发。两本书各有优势,理当联手。地上的签名售书当然重要,空中是不是也可以来一场呢?想象一下飞机上新书首发的场面,是蛮诱人的。几乎是一拍即合,开始了一步一步的细化方案。只是飞机上的签赠从来没有举办过,虽然上航有空中平台空中优势,但是机舱过道窄,高空飞行,常有气流颠簸,安全第一决定了活动的难度。好在上航领导特别支持,一个完整的空中签赠预案开始在上航航班实施。

空姐向每一位登机的乘客发放了一张上航"蓝天书

屋"的书签,在书签上已经有号码自然生成。旅途过半,餐饮已毕,空姐向乘客报告了二十名幸运乘客的号码。送餐车上铺了白桌布,桌布上贴了红色爱心,还有一捧鲜花,都算作是二十套书的点缀,看出了航班乘务组的细心与热诚——上航选择这一个航班乘务组也是预案之一,这是"吴尔愉品牌乘务组"。名不虚传哪,飞机上活动的细节都是她们特意为之。

著名文化前辈丁锡满老师率先向一位幸运乘客赠书一套,接着是上航领导毛为民,我殿后。按照预案,为保证签名赠书的嘉宾安全起见,余下的十七套书由空姐专送。我已经入座,心里似有不甘。仗着自己年龄还徘徊在叔伯之间,短短几秒钟后,我抓住了历史机遇,向空姐提出做一回"空叔",让我以一个作者的名义直接向乘客赠书。空姐答应了。"紧要之处"的"那么几步",就这么开始。"空叔"什么长处都没有,唯有年龄长,还有作者的身份,气氛立刻活跃起来。后来倒是有照为证,不仅乘客是一张张笑脸,连我这样习惯严肃的人,居然也是一脸笑容。飞机上就有乘客说,我的表情和在电视台"甲方乙方"大不同啊,那乘客不仅是活动的幸运者,也常看"甲方乙方"。

空中签赠后,朋友们纷纷玩笑说,这是名副其实的"高大上",我认同。"高"是万米高空,"大"是波音767飞机,"上"是什么?是我自荐当"空叔"之时,犹如《冰山上的来客》的经典台词:阿米尔,上。

我是"空叔"

对细节的意会

在要打开飞机餐盒的时候，视线留在了餐盒上。只是一个最普通不过的翻盖纸盒，感觉上与其他飞机餐盒有些不同。不是航空公司的广告语，却是一张新天地石库门的图片，还有三两行介绍海派文化的文字。打开盒盖，视线的必由之路是翻盖背面印着的四首童谣："三三三，山上有个木头人……"我不知道那一天在机上用餐的时候，是否也有人会像我这般的多心，会觉察到这一个细节的与众不同。我多心，是因为我那天的心情与餐盒上的海派文化有某些契合。

当下都在崇尚细节，将细节提高到足以决定成败的高度。只是细节的高度和细节的重要，决定了细节的难，并且是双向的难。细节需要催生，但是本质上是自然流露的。细节的难，还在于细节太细微，可能在很长的时间内在很大的范围内，并没有多少人注意到它的存在。"媚眼做给瞎子看"是细节很有可能遭遇到的窘境。这种时候，细节还需要吗？还决定成败吗？

一个细节可能被忽视，但是有细节的人一定不止一个细节，细节与细节的叠加本身也是自然和必然。飞机上的又一个细节，因为是一个形体动作，不需要刻意放大，已是尽在眼前。有乘客招呼空姐。空姐走过去，平行方向地蹲下身来。因为下蹲而低于乘客，空姐头微抬，乘客只是略转颈脖就可以说话了。蹲式服务，在地面上已经困难，在飞机上，且空姐大多个高，应该是太吃力的事情，况且，即使不蹲下，也是一样可以服务的。所以当空姐以同样的姿势和我说话时，我心里不免受宠若惊，却是接受了。从心理学的角度看，服务或者对话中对对方最高的尊重和礼仪，是矮半个头，视线略微向上。我们早已经习惯了空姐的俯视式服务，这也没什么错，好像有呵护的责任，但是蹲式服务的尊重是一定的。

其实那天还有诸多细节,是为这一个航班度身定制了。那一天的航班,还兼有一个上航蓝天书屋的活动,据说也是中国民航史上第一次的活动,两本图书《上海魅力》和《为什么是上海》的空中签赠。我所以对那天细节如此了如指掌,因为我就是那天活动的参与者,甚至,在向乘客赠书时,我还担任了"空叔"——一定也是空前绝后的事情。"空叔"的感觉真好。

其实也就是20套书,因为是"史无前例",因为有丁锡满这样的前辈文化大家领衔出席,机舱气氛很温婉地热烈起来。其实,如若是一个常乘飞机的人,会觉得机舱里是有点无聊和孤寂的,但是在那一天的机舱里,所有的乘客,在密闭的空间里体会了时尚,在静止的氛围里享受了活力,在短暂的旅途中亲历了海派文化。蓝天书屋在蓝天上做空前的文化活动,当然是时尚,航班上还会产生幸运乘客,当然有活力,盒饭盖上的新天地和沪语童谣,两本上海主题的书,当然是海派文化的亲历。

在这么一次空中签赠活动的背后,包含了诸多繁复的准备，空中活动和地面活动完全不同。于是就要由优秀的乘务组来担当，我看到了"吴尔愉品牌乘务组"的字样。吴尔愉是空嫂的佼佼者。招募"空嫂"宛若眼前，却已经是整整二十年前的事情了。我曾经想过，空嫂为什么诞生在上海而不是在其他地方？是偶然还是必然？是必然，是上海城市细节的必然。上世纪九十年代一百万纺织工人的下岗，给后来的十八名空姐提供了最广泛的海选基础；纺织女轻工虽然不无小市民习气，但是上海的都市化生活气质的熏陶和海派文化潜移默化的浸淫，使得上海的女轻工行得了织床，飞得了客舱；上海航空公司独具冒险的慧眼，招募了十八名空嫂，一个细节连着一个细节，最终成为了一个轰动一时、影响久远的社会事件，以至于《现代汉语词典》也从此增加了一个新词汇："空嫂"。

细节决定成败，什么决定细节？是生活气质，有怎样的气质便有怎样的细节。细节需要气质，细节也需要意会。如果得不到意会怎么办？甚至有相左的细节同时出现怎么办？也是在同一个航班上，在商务舱的第一排，有乘客脱了鞋，脚掌顶到了客舱前壁上。这也是细节？

是陋习。我用余光打量,那人还很惬意的样子。如果那人那天也成为了 20 位幸运者之一,我向他赠书会是什么感觉?

"吴尔愉品牌乘务组"的空姐们

漂着金子的河

谁都不会相信我还会弹冬不拉的,连我自己都不相信,但是有照为证,我就是在弹冬不拉。照片作假太容易,真正让人相信我会弹冬不拉的是照片中在我身边随乐起舞的阿依古丽,是如此的默契贴合。惜乎眼见未必为实。阿依古丽起舞是真的,我弹冬不拉是摆的。我没有以假乱真,是阿依古丽以其真饰我假。

去阿依古丽家里做客。酒后饭余,主人邀请我去看看书房(或者叫做什么房?)。墙上挂了几把琴,见我好奇,主人便摘下一把,教我席地抚琴,还戴上了维吾尔族的六角帽。在我"拗造型"的时候,女主人阿依古丽无乐而起舞——维吾尔族人善舞是与生俱来的细胞，在阿依古丽强大的舞蹈气息中，好像我真会弹琴。同去的朋友一阵随手拍，于是我会弹冬不拉成为了朋友圈中的新闻。

阿依古丽家住新疆喀什泽普。喀什是上海对口援建地区，我去泽普参加泽普红枣节，认识了阿依古丽一家人。当天在泽普文化广场（县中心露天广场），数千民众集结于此，维吾尔族、汉族，还有其他民族，不分彼此。我和阿依古丽邻座，于是有了去阿依古丽家里做客的缘由。

去泽普前听说过了那里的胡杨树，听说过了关于胡杨树种种传说，但是没有亲历过，一切传说总是非常远非常淡。到泽普已经是晚上，泽普县委副书记、上海援疆泽普分指挥部指挥长张珺告诉我，泽普的维吾尔语意思，是漂着金子的河。我不解，我印象中泽普与塔里木盆地接壤，没有著名的河流，也没有金矿。张珺说，明天你们到了金湖杨国家森林公园，就明白了。

确实，在金湖杨国家森林公园里，"漂着金子的河"有了答案，金子是胡杨树的树叶。十月的胡杨树，一片金黄,是一年中最精彩的篇章,胡杨树叶黄得可爱稚嫩,又显得浑朴庞然,因为目光所及,皆是胡杨树,有2万亩之广。所谓漂着金子的河,是胡杨树在河面的倒影,如金子漂在皱褶的水面上——叶尔羌河支流从森林公园内流淌而过,些许胡杨树叶随着河水漂逝。十月的泽普少风雨,在公园里漫步,或者可以自行车,或者可以电瓶车,感受到了喀什唯一一个五A级旅游风景区的惬意。

倏忽间想到了进公园时的疑惑,公园门口的园名是"金湖杨",有人还以为是"金胡杨"之误。看到了公园内河面上胡杨树的倒影,明白了"金湖杨"是对"漂着金子的河"的解释。

如果说"漂着金子的河"是泽普胡杨树的美谈,那么我在泽普大街上倒是看到了另一种金子,而且还是和上海非常亲近的"金子"。泽普好几条马路的行道树居然是梧桐树。是梧桐树吗?正是梧桐树,有一条马路还以"法桐大街"命名。上海和新疆,经度纬度相差很多,却有同一种行道树。比起上海的梧桐树,泽普的梧桐略微低矮,却是更加粗实。如若不是路边在叫卖刚采下的新鲜红枣,瞬间会错觉回到了上海。我以为这些梧桐树是上世纪六十年代上海知青种下，倒也是前人栽树后人乘凉。新疆朋友说是八十年代才种下的，看来梧桐很适应泽普的水土。十月的泽普梧桐，也和上海梧桐一样，该是落叶纷纷，也是一片片黄色的树叶，是否也可以说是金子呢？这是我作为上海人，对梧桐有点偏爱了。张珺说，作为援疆干部，他初到泽普时也有同感。比起胡杨树叶稚嫩的黄，梧桐树叶显然是焦黄的沧桑。当然，泽普的梧桐树落叶，还没有可以像上海湖南路的梧桐落叶一样，可以当作街景保留。

阿依古丽居住的楼房外也是梧桐树，楼房也是寻常的几室几厅。一进门看到的便是满桌的干果水果，约有一二十种。细看器皿，皆是维吾尔族风格，同一款式，显然是成套的，且无一有豁口裂痕，足见主人生活的考究和待客的周详。

也就是在我弹冬不拉后，阿依古丽从厨房出来，请我们吃甜瓜。上海去的朋友都称道在新疆吃到的哈密瓜实在是好。阿依古丽再请大家吃甜瓜，我们没有意会，还是在夸哈密瓜，因为上海可以买到的。阿依古丽不得不正式纠正，这不是哈密瓜，哈密瓜是哈密的甜瓜，这是我们泽普的甜瓜……表情是和悦的，语气是坚决的。很有可能，在上海买到的哈密瓜也有泽普的，只是几十年前最早打进上海市场的是哈密甜瓜，以至于上海人把所有的新疆甜瓜统称为哈密瓜，后来还有了伽师瓜，就这么叫顺了。泽普最有名，且是闻名全国的，是名曰"骏枣"的红枣了，这也就是为什么泽普人会把集结了民族诸多文化、娱乐和喜庆的活动取名为红枣节，说不定以后我们也会把所有的新疆红枣都叫做泽普骏枣。

在新疆朋友家里做客，我弹冬不拉，女主人阿依古丽翩然起舞

飞雪三千尺

一身滑雪的装束,站在黑龙江亚布力雪场一千七百多米高的山顶,我眼前晃过了阿诺德·施瓦辛格的影子;当然不是他刀枪不入的胸肌腹肌,而是他那两条被拐杖架起来才能走路的腿,硬汉就是在一次滑雪中腿骨骨折才架起拐杖的。

影子一晃而过,由不得我多想,所有的犹豫在站上雪场山顶前已经了断。没有人怂恿我从山顶滑下去,两个年纪略轻于我的同道已经退出,只有我自己怂恿自己。绝没有想得很豪迈,诸如挑战自我之类,诸如要圆一个少年时代"杨子荣穿林海跨雪原"的豪情壮志,绝对没有，倒是有点悲壮。在天命之年，以一个初学者的身份，如果放弃了这一次的滑雪，今后不会再次尝试，那也就是这一生中放弃了滑雪。所有的事情，凡是上升到一生一次的高度，勇气也就有了依靠。

年轻的同道已经不见了身影。所有人都是初学者，都只是学了三四个小时。刚刚穿上雪靴雪板的时候，我以为我至少不会是最落伍的落伍者，那几个娇柔的女子大约是会落在我的后面。事实上她们恰恰是最快的，其实也就应该是这样，只是因为她们的上海女人的角色，让我忘记了她们的真实身份。当看到诸韵颖她们只不过半小时就已经滑得很像样的时候，我一阵惊愕，恍然醒悟人家是国际级的体育明星，当然身手不凡啊；还有李国君也是身轻如燕。唯有昔日跳高名将朱建华是个例外，他一直在雪场山顶的休息室喝茶聊天，他的重心很高，是一个向上运动的天才，滑雪所需要的俯身对于他来说还真困难。

终于出发了。亚布力雪场海拔高度是一千七百多米，滑雪是要蜿蜒而下，所以它的雪道长度是三千多米。"不是你一个人在战斗"这句很俗的话，在此时倒真是用得上了，因为是有一对一的教练全程陪滑。又是一个很娇小的女子，记得姓赵，却是很有来头，在全国滑雪比赛中获得过很高的名次，大凡在雪场当教练的，差不多都曾经是职业滑雪运动员。这么三千米的雪道，像小赵教练从山顶滑下去，大约是6分钟，还是很随意的，像年轻的同道，大约要个把小时；我真正用在滑雪的时间，也差不多，尤其是在最后一段被称之为幸福大道的平坦雪道上，一千米左右的长度，也就是十来分钟的工夫，但是另外两千米消耗了将近两个小时。在半山腰的一大段陡直雪道上，很长时间我一直重复着三个动作：摔出去，趴着，或者躺着；教练把我拉起来，再摔出去，再趴下或者躺下，会看到有人从身边高速滑下去，就会想到那一句诗：沉舟侧畔千帆过。那时候，可怜的施瓦辛格，我眼前再也没有晃过他架着拐杖的双腿，只想到站起来，站起来，有点反省自己知天命之年的不知天命。

只有最后冲刺到达目的地的时候，才又恢复了滑雪的兴奋，好像还有点自豪。什么叫做自豪？就是自己觉得豪迈，与别人无关。还非常庆幸，庆幸自己没有像施瓦辛格那样滑雪滑断了腿。不过后来有人告诉我,滑雪滑得骨折的,倒还是高手,要挑战难度才出事故,像我这类初学者,还轮不到那样的命。

撒谎在曾经

很多年后，我偶尔仍然会从潜意识中冒出来那个冬日阴沉的下午，虽然不可能像是忏悔一样煎熬着自己，但是那一条拖着灼伤尾巴的金鱼，分明在我眼前恶游。我从来没有想过是否对不起小金鱼之类这么严肃的问题，就像我从来没想过一直隐瞒着这么一段很小的秘密是否有道德或者心理阴影之类的严肃问题。

但是我至今仍然无法想象，就像别人更加无法想象，我曾经用比硫酸淡一点的液体倒入鱼缸，我用的是盐酸，四十多年前——上世纪的六十年代末"文革"时期常常用来清洗浴缸和抽水马桶，我用盐酸杀死了一条金鱼。

好像一点也没有来由，那条可怜的小金鱼肯定没有惹我，它只是有点无精打采，即使我将小鱼缸晃了晃，小金鱼仍旧木然一般。我觉得它不应该死气沉沉，我应该让它游起来。我很自然地想到了卫生间角落里的一瓶盐酸。拔出软木塞，冲出来一股呛鼻的酸味，我手背上当时还留着不小心被盐酸溅到过的伤印。向鱼缸里滴了几滴盐酸。大概是盐酸被水大大稀释的缘故，小金鱼竟然没有反应。那就再倒一点下去吧。小金鱼受到了刺激，并不见得痛苦，只是沿着鱼缸壁恶游，一圈一圈地恶游。我的心情好了很多。待小金鱼游速减慢时，再倒点盐酸，小金鱼又是一圈圈地恶游，我享受着目睹小金鱼被灼伤后反而欢快起来的快感。那个下午天气仿佛不再阴沉，大概是我好长时间中最快乐、最得意的一个下午，我主宰着一条小金鱼的命运；一个人在家里，却没有了往日的孤独和卑怯。

渐渐，小金鱼的尾巴泛了白色，有点像是在腐烂，那是被盐酸灼伤了。我停止了游戏，并且想到要编一个理由。我将鱼缸里含有盐酸的水全部换去，又放了些饭粒。小金鱼再一次木然了。母亲回家后看到了悲伤的小金鱼，问我金鱼的尾巴怎么了。我说大概是我这几天喂的饭粒太多了，引起小金鱼的尾巴发炎了。母亲便不再问。母亲也不可能想象从不撒谎的儿子，会将一个谎撒得很圆润。

第二天，早上起床后，我惦记着小金鱼。它已经死了。很多年之后，我偶尔会分析自己杀死小金鱼的心理原因，那是因为自己当时就常常过着小金鱼般的生活。那条小金鱼，后来唤起了我的许多良知和思考，以至我即使受到再大的委屈，也绝不可能用硫酸去杀人。而那天下午撒的谎，却一直在寻找一个坦白的机会。

我有一匹红马

又一个马年初起时，有人问起，你生肖属马？姓马怎么就属马了呢？因为马这个生肖讨人喜欢，所以马这一个姓，在马年也多了些乐趣，常常是被朋友当作辞旧迎新的"吉祥物"。尤其是突然流行"马上体"，诸如"马上有钱"、"马上有房"、"马上有对象"，我的名字中恰恰有"马上"的谐音，甚至还可以"马上弄"，我这一匹老马，也真是一直被朋友们"马上"着，既是被友善地当作新年茶品，也是一再被祝福：马年你这一匹红马，真是红。

别误会，红马不是我，只是我拥有的一幅画"红马"，著名油画家王达麟的作品。以前也见过不少画中马,风格迥异,色彩不同。从一个完全外行的角度看,我以为,马和画家之间需要有、也必须有一种灵性上的互动,因为马是最传神的动物,最有审美价值,马的线条、眼神、静态、奔跑,从小马驹到骏马,乃至老骥伏枥,实在是浓妆淡抹总相宜。喜欢画中马,不是一朝一夕,且不需要理由,尤其是对于一个姓马的人来说。但是当我看到这一匹红马的时候,真是"啊哟"一声。肯定不是我的少见,因为一旁的杨柏伟也同样"啊哟"了一声,两个人瞬间都"弹眼落睛"。如果说红鬃马红的仅仅是鬃毛,那么,这就是一匹红马。在《新民晚报》大小的卡纸上,这匹红马顶天立地,温顺而威武,肌肉筋骨凸显,因为是通体红色,马的灵性更加张扬。油画家在卡纸上作画,是用什么颜料?什么画笔?更让我惊奇,用的是红墨水和钢笔。

王达麟画马有点偶然。他是油画家,1987年,著名的香港艺倡画廊为上海画家举行大型联展,在入选的七名油画家中便有王达麟。十多年前,他在甘南草原第一次骑马,草原骑马的感觉是心旷神怡的,于是他几次去内蒙古草原细观马的神与形,直至在德国的一个牧场,几匹黑骏马在山坡上自由奔驰，那天，雪片飘在灰色的天空中悠悠散散，那一刹那，王达麟说他的心与马一样兴奋，同轻柔雪片形成强烈反差。马的内在和外在的一切完美，开始刻入他的画面之中。

似乎有点心血来潮。确实，艺术创造力的火花总是伴随心血奔涌，但是来自心的血当是来自经历了很多年的心的路。就像这一匹红马，或许是马年将至，或许是午后的一个奇想，或许是草原之歌从路边飘过，王达麟就用钢笔、红墨水，画了一匹红马，效果竟出乎他自己的意料，圈内人士更是兴趣强烈。王达麟马年正月，在香港办一个画展，盛况空前，其中就有多幅红马，其中有一幅红马，还长了一双翅膀。可以想象香港人对红马的喜爱程度。

红马是吉祥的，是充满活力的，是厚道与彪悍相济的，也是极其动人的，集结了马的神话与朴实。我也是突然想起，在上一个马年时，社会上风靡过一个吉祥物，马背上停了一只苍蝇，意为马上赢，回想起来，这个吉祥物求的不是吉祥，尽是功利和迷财，实在是一点美感都没有，也很对不起马。红马让我看到了马的单纯而充满想象。

红马（王达麟绘）

这篇文章原本不需要补充什么内容，但是，当这本书定名为《卷手语》的一刻，补叙也就是必然。封面照片——一只手和手中的颜料，正是王达麟老师的摄影杰作。还必须说明的是，这一只厚实而柔软的手，具有男人的性感和感性。王达麟的手。那天，杨柏伟说，封面就用这张照片。

终于上了台面

几年前某天,一家人去饭店。冷菜中有宁波烤菜,母亲尝了一口。问母亲是不是很嫩,母亲一笑,全部是菜心,哪能会不嫩?不过还没我老早烤得入味。母亲又说,要是过年,烤只烤菜早上过过泡饭,倒是蛮爽口的。

那一年过年,家里烤烤菜了。烤菜怎么烤?有下一代孩子好奇。我说,就是用烧红烧肉的方法烧青菜。去菜场之前,母亲再三关照,要买矮脚菜,菜秆肉头厚。买来后,母亲亲自检验是不是矮脚菜,又关照,先把菜晾一晾,烤起来汤头就不会太大。母亲已近九旬,早已经不下厨了，但是要烤烤菜，她有绝对的话语权并且兴致极高。那一天，她连手杖也不用，亲自在厨房督导，菜边皮要剥几爿，菜心要多少大；菜头要切掉多少，酱油要多少，糖要多少，要烤多少辰光……所有的督导意见，容不得半点的修正和更改。

要起锅了，母亲还要亲自尝味道，像电视台烹饪比赛的评委。而后装盆，一根根排列齐整，弄得像饭店一样。母亲说，现在烤菜也翻身了，好上桌头了，老早是最不值铜钿的菜了。母亲在厨房督导时还没有说尽的烤菜往事，还要继续，我们也跟着参与烤菜的记忆。

又要说到五十多年前了。现在叫做宁波烤菜，似乎很有地域文化的，类似于扬州干丝，当年就是烤菜，是宁波人家里再普通不过的家常菜，和红烧萝卜、烤大头菜地位相当。冬天霜降之后，青菜好吃了，又便宜，大概是一角买五斤吧，那就是吃烤菜的时节了。母亲从菜场挽了一个杭州篮回来，全是青菜。我都还有些许洗青菜的印象。菜太多了，是浸在大号的钢盅面盆里的，冷水里一浸，手指冻得像胡萝卜一样。母亲常常还会留出一个菜心,菜头也不切掉了,拿一个碟子加点水,菜心就养起来,太阳底下,菜心还真会长。至于下锅的流程,那一定是母亲亲历亲为。记忆中常常是在晚饭过后,那时候煤气灶空下来了,有足够的时间可以烤菜了。烤菜是最适合我们年少时大吞吐量的,还可以吃上两天,连烤菜露也一点不会剩下,清晨上学前吃泡饭,太烫了,盛得干一点,淘上烤菜露,既快速制冷,又使泡饭添了味道。

就是这么一个贫穷时期的贫穷菜,很家常,上台面是不可能的,尤其是过年时候,一年的油水储备就靠一只鸡、一块肋条肉、一条冷气带鱼,谁还吃烤菜?家里过年的时候,会有烤麸,会有咸菜冬笋,算是有档次的,烤菜那就靠边了。春节过后,矮脚菜落市了,烤菜也就不烤了。

再而后,生活条件好了,每家人家的年菜越来越高档,越来越讲究,越来越饭店化,即使很怀旧了,烤菜依旧未能再挤进家里年菜的菜单,连想也没有想过。大约烤菜不仅便宜,而且也没有什么美食的技术含量,总是上不了台面的。

一棵小小的菜心要开花了,生机盎然

直至几年前的过年，烤菜终于上台面了，还找到了上台面的理由：烤菜刮油水。尤其是春节后几天的早上，为了烤菜，就有了吃泡饭的冲动，依旧淘点烤菜露，话题也就自然露了出来。当然母亲还是会说，没有她老早烤得好。

今年，也就是2015年，过年依旧烤菜。母亲已经九旬有二，抱恙在身，再嫩的烤菜也吃不下了。我还是会准备烤菜，会留出一个生菜心，立在小碟子里，加点水，放在母亲床边柜上。我把这一篇文章一个字一个字地读给母亲听。母亲当会想起五十多年前挽起杭州篮，一篮头青菜，从巨鹿路小菜场，拎到淮海路四层楼，拎也拎不动……

附录　作家马尚龙：生活在光明邨的风与味之间

沈轶伦

马尚龙按语：2015年5月，《解放日报》记者沈轶伦对我说，她正在撰写一组"一人一地"的访谈文章，请受访者谈谈对自己影响最大的人文地标。我没有想及那些高大上的地方，却是直接想到了光明邨。于是我们在日月光喝咖啡聊天。沈轶伦很随意地问，我也是很轻松地漫话自己过往的日子。没有刻意的问答，我也就不知道她这篇文章的走向。待到看到《解放日报》，我发微信对沈轶伦说，毕竟是大报的记者，就是有功夫。文章的架构、走向、文笔，读起来都很惬意。以至于文章发后，我当年的隔壁邻居陈先生，在比利时向《解放日报》发来读后感，还和我重叙邻居的亲和。

让我必须向沈轶伦特别致意的是，为了这一篇文章，她特地翻阅了原来的卢湾区区志，告知了我居住了50年的飞霞别墅的营造商，之前，我浑然不知；她甚至还走进光明邨弄堂，去拍了几张飞霞别墅的照片。也正是在聊天时，我说到了我的母亲。彼时，母亲恰是抱恙在床，几度危急，我不免有些许伤感；被沈轶伦捕捉到了，她在文章中很准确地表达了我的感受。在此感谢，并将她这篇文章收入此书压轴——

此光明邨不是彼光明邨。前者是位于淮海中路586号的光明邨大酒家，后者是作家马尚龙家的所在——淮海中路584弄1号到4号的光明邨，现代式多层公寓建筑，原名为飞霞别墅。占地面积366平方米，建筑面积

都江堰算一卦

816平方米。邵厚德营造公司承建，钢筋混凝土结构，1941年竣工。

与美食比邻而居，是一种怎样的体验？出生并成长在这里近半个世纪，马尚龙对淮海路的概念、对上海的概念、对摩登生活的概念，全部始于这一条弄堂。

年幼时从家所在的4楼晒台俯身看下去，就是光明邨大酒家的后门，如果风向变化，还会带来光明邨的香味道，微微升到四楼的晒台。马尚龙说："如果我恰好是在'咸菜过过泡饭'，这一缕似有非有的香实在是害人——吃了两碗泡饭，还想再吃两碗。"

可是对于有7个孩子的家庭来说，在物质匮乏的年代，即便是长身体的年纪，这个"奶末头儿子"（上海话"最小的儿子"之意）的早饭份额也就仅限于两碗。

只好空对着风带来的香，默默咽口水了。

先有住宅区，再有商业街

今时今日走在淮海路上，两边时尚名店林立，往往使人容易忽略，这条商业街有别于沪上其他商业街的特色，正在于它首先是一个住宅区。淮海路商业的兴起始于20世纪20年代之后，当时上海的经济进入畸形发展阶段，先期开发的公共租界区域地价飞升，而淮海路所在的法租界还处于待开发阶段，升值潜力明显。

随着法租界当局对住宅环境和外观的严格规划，今淮海路两边慢慢出现一批新式里弄、公寓、大楼等现代民居。小康阶层的人口逐渐聚拢到这里，愈来愈稠密，使得沿街商铺应运而生。

1916年宝康里有了大东食物号。两年后日商在今普安路口设立了专营皮鞋的高冈洋行。1926—1928年，今淮海路上的俄侨商店有一百多家。抗日战争爆发后，大批华商又从闸北、南市等地迁入淮海路以求租界庇护。到了1948年，仅陕西南路以东段的商家就从330家增加到了481家。

商业的繁荣，离不开商业街背后居民区的消费。而现代商业社会的文化，也在潜移默化中影响了周边的居民。

不去楼下玩的少年

1956年，一户普通宁波生意人家最小的儿子马尚龙，出生在光明邨的弄堂里。从外面看，光明邨的整个建筑外墙立面装饰简洁,强调横线构图,窗户横向间均匀间以绿色墙面,纵向间横贯浅黄色宽带状墙体,外墙转角作圆角处理,平屋顶。几步之遥外,就是鳞次栉比的热闹商铺。但只要一回到弄堂里,一切都是静谧有序的。

相比在石库门生活中,居民彼此在逼仄的空间里交换所有的隐私,当时光明邨的住户,已经有了独立的煤卫设施。邻里之间的关系,更类似于今日公寓楼里的氛围,彼此客气而矜持,孩子们也并不去弄堂与同龄人厮混,而是各自在自家房间外的晒台游戏着。

母亲家教甚是严格,不许孩子们打架,不许捣蛋,不许出言不逊,不许欺负弱者,也不许不争气。

"我小时候以从来不去弄堂玩而自豪。"马尚龙说。停顿了一下,他又说,长大了想想,也是有点遗憾。

典当度日的岁月

光明邨大酒家因为卖熟食而热闹起来后,排队的人往往就顺着次序一路排到了光明邨弄堂里。逢年过节前,那求购的队伍有时要排到了弄堂底的人家门口了。简直像一次围剿和包抄。

马尚龙想,"据讲光明邨的鸭翅膀蛮灵的,但翅膀到了光明邨,真是插翅难逃了。"

不过,五十多年前,光明邨大酒家还未以熟食取胜,而是以肉包菜包闻名。那时候的店招牌还是光明邨点心店。大人给小马尚龙五角现金,半斤粮票,可以带上"钢宗镬子"(上海话"铝锅"之意)去买上十只包子。为显出老吃客的气派,要对着柜台大声叫道"五菜五肉",以表示自己很懂行话。

"师傅一听就晓得是一直吃的朋友,实际上面孔就不像。有辰光排队排上去,一笼馒头卖光了,只好等,里头是菜馒头的麻油味道飘出来,外头是西北风吹进去,人就立在了风味当中。"

到了谈恋爱的年纪,人们到这里买上四只包子,带着女朋友就近去复兴公园逛一逛,也是很不错的选择。可惜在这个街区,所有适龄的青年都没有逃脱插队落户的命运。

由于父亲在"文革"中受到冲击,被勒令去弄堂里扫街,为了维护丈夫的尊严,母亲挺身而出,主动去弄堂里扫街。从此,这条窄窄的弄堂,带给马尚龙不同的感受。每一处清洁,都是母亲的劳作。

最艰难的时候,家里整整半年没有收入,全家靠典当度日。第一个卖掉的是一台平时为节电从不开启的电风扇,之后是父亲的香烟盒和金笔,再然后,是卖掉了家里的红木梳妆台。看着家中的一部分随之而去,全家闷闷不言。但这个梳妆台卖掉的价钱,的确撑着全家渡过了难关。

随着上面的大哥大姐分赴祖国各地上山下乡,曾经备受呵护的马尚龙因为留沪而开始背负起照料家庭、承担家务的责任。姐姐去黑龙江后,每月从32元工资里节省下15元寄到上海家中。小弟马尚龙每月就带着米袋准时去邮局等那笔汇款,然后从成都路背米回家。

全家,都掰着手指,等着这一袋米来好下锅。

香味与记忆,都留在了油纸上

如今回想起来,马尚龙说:"我早饭吃过大饼油条粢饭糕,也在店里面吃过面,但是从来没有在早上走进点心店吃过一碗面。早上可以到点心店吃一碗面的人,不是等闲之辈了,要有钱,还要有闲,吃一碗面,从排队买筹码,到坐在位子上等,吃好面差不多要一刻钟了,当年早上有闲的人是不读书的人、不工作的人,那么就是小开之类了。"

普通人家去光明邨,只能去吃馒头。有时是只买一个馒头。而买单个肉馒头的时候,店员还会在"馒头下面衬一小张油纸,拿着就不会很烫手。店员不必拿了油纸去衬馒头,是用铝合金夹子夹起馒头在一叠油纸上一沾,便沾起一张油纸"。

后来光明邨门口炸过油条、做过油炸的"一口鲜"点心,开过麦当劳,又再次因为卖熟食而爆红。店门口经历热闹、冷清又再次变得人头攒动。弄堂却从未变化。只是住在弄堂里的少年长大了,哥哥姐姐们也都四散在各处结婚生子,像从这里长出的一株蒲公英一样,呼地一吹,大家就都飘走了。

而植物的茎还在。那是浸润在风与味之间的弄堂晒台上的记忆。如今,为了让年事已高的母亲免于登楼,马尚龙家人为母亲买了电梯房居住。但在陪伴母亲的时间里,他有时又觉得自己还是乖巧不下楼顽皮的少年。

物质匮乏的年代已经过去,普通人家如今也想什么时候早餐去店里吃面就能去吃了。闻着肉香过泡饭的岁月,一去不返。只有往昔在这条著名马路上的居住经验,如"肉馒头下衬着的那张油纸。馒头吃下去了,香味道还留在油纸上"。

(原载 2015 年 5 月 25 日《解放日报》)

卷后语

　　今年正值妈妈九二华诞，所有的子女后代和亲友，共同祝福妈妈健康，安顺，快乐，长寿。

　　谨以此书献给亲爱的妈妈。

图书在版编目(CIP)数据

卷手语/马尚龙著. —上海:上海书店出版社,
2015.7(2020.8重印)
ISBN 978-7-5458-1102-5
Ⅰ.①卷… Ⅱ.①马… Ⅲ.①散文集-中国-当代
Ⅳ.①I267
中国版本图书馆CIP数据核字(2015)第155225号

卷手语

马尚龙/著
责任编辑/杨柏伟　何人越　　　封面摄影/王达麟
技术编辑/丁　多　　　　　　　装帧设计/郦书径
上海世纪出版股份有限公司上海书店出版社出版
上海世纪出版股份有限公司发行中心发行
上海福建中路193号　邮政编码/200001
www.ewen.co
全国各地书店经销
苏州市越洋印刷有限公司印刷
开本787×1092　1/32　印张16.5　字数250,000
2015年7月第1版　2020年8月第3次印刷
ISBN 978-7-5458-1102-5/I·311
定价:52.00元

本书中文简体字专有版权归本社独家所有,非经本社同意不得连载、摘编或复制